이 정도면
충분합니다

10개국에서
디자이너로 살며 배운
행복의 조건

# 이 정도면
# 충분합니다

줄리 킴 지음

## 행복은
## 왜 '빨리빨리'
## 하지 않나요?

"언제가 가장 행복하세요?"라는 질문에, "저요? 지금이요"라고
대답한다. 어떤 날은 조금 더 행복할 테고, 어떤 날은 조금 덜 행복
하기도 하다.

하지만 나는 지금이 가장 행복하다.

이루어 왔던 공든 탑이 무너졌고, 모았던 돈들이 다 사라지고, 최
상을 유지하던 몸과 마음이 스트레스와 절망으로 인해 망가졌지만
바닥을 치고 다시 한번 일어설 수 있었다. 그런 지금이 어느 때보다
행복하다. 가장 힘겹고 절망스러웠던 그 순간에도 나와 나 사이 아주
좁은 공간으로 사랑이 파고들었다. 나를 소중히 여겨 주는 사람, 내
가 사랑하는 사람들이 바로 지금 내 곁에 있으니까.

한국을 떠난 지 23년째다. 짧다고 할 수도 있고, 반대로 아주 길고
긴 시간이었다고 할 수도 있겠다. 그 시간 동안 나는 열 손가락을 꽉

채운 나라들을 옮겨 다니며 살았다. 운이 좋았다는 생각이 든다.

긴 시간 동안 외국에 나와 살며 밖에서 바라보는 한국은 치명적인 매력을 뿜어내는 나라다. 한국인 특유의 정, 끼, 흥은 어느 나라에서도 찾아보기 어려운 것들이고, 살짝이라도 그 맛을 본 사람이라면 한국이 가진 매력으로부터 빠져나오기 힘들다.

캐나다, 미국, 영국, 스페인, 이탈리아 등 미주와 유럽을 옮겨다니며 살아오는 동안 난 한국인으로서, 한국을 멀찍이 떼어놓고 바라볼 수 있었다. 그러는 동안 전 세계 189개국을 비자 없이 여행할 수 있는 한국 여권 파워가 그냥 얻어진 게 아니라는 걸 알 수 있었고, 한국인은 싱가폴과 홍콩(IQ 108)에 이어 세계에서 두 번째로 높은 평균 IQ 106을 가지고 있는 똑똑한 사람들이라는 것도 보인다. 이런 명민함은 한국인 특유의 민첩성, 예민성, 까칠함이 더해져 대한한국을 역동적이고 혁신적인 나라로 빠르게 변모시킨 바탕이 되었다.

한국의 편리한 시스템과 속도는 그 어느 나라도 따라오지 못한다. 10개 나라에서 살면서 한국만큼 의료보험, 의료시설 및 체계가 잘 갖춰져 있고 의료비가 저렴한 곳을 본 적이 없다. 예약 없이 병원에 가도 진료대기 시간이 짧아 외국에서처럼 2~3시간 동안 차례를 기다리느라 목이 빠질 필요도 없다. 실생활에서 매일 이용하는 대중교통은 또 어떤가. 세계 최고의 기술과 시스템을 가졌다. 특히 서울의 지하철은 접근성, 편의성, 가격, 인프라, 와이파이 작동 여부, 연간 수송하는 승객수 등에서 세계 1위를 차지해 많은 국가들이 모범 사례로서 한국의 메트로 시스템을 도입하고 있다.

절대로 빼놓을 수 없는 것 중에 한식과 배달 서비스도 있다. 핀란드인 남편도 숯불에 구워낸 한우와 쌈 조합에 푹 빠졌다. 온라인으로 물건을 주문하면 당일에 배송되거나 하다 못해 몇 시간도 채 되지 않아 도착하는 배달의 지상천국이다. 24시간 동대문쇼핑, e-스포츠, 고품질에 가성비 최고인 화장품 및 스킨케어 제품은 이미 외국에서도 정평이 나 있다. 한국 사회는 매우 빠르고 정확함 그리고 편리성을 최우선 가치로 여기며 역동적으로 움직인다.

이 외에도 수많은 장점을 가지고 있는 한국이지만 모든 나라가 그렇듯 모든 게 좋을 수만은 없다. 빠른 성장만큼이나 많은 성장통을 겪었다. 목표 방향을 잃을 정도로 삶 자체가 속도전이 되었다. 삶의 기준이 '남들보다 얼마나 더 빨리, 더 멀리 갈 수 있을까'에 맞춰져 있다. 한국인만큼 자신을 채찍질하며 모자란 부분을 채우고자 자기계발에 온몸과 마음을 다하는 사람들은 없다. 자신의 능력을 키우기 위해 최선을 다해 끊임없이 노력한다.
문제는 쉬지 못하고 달리고 달려서 엔진이 더 이상 견딜 수 없을 지경임에도 여전히 앞만 보고 달리려 한다는 것이다. 그동안 돌보지 못하고 외면했던 아픔들이 한꺼번에 터져 나오는데도 말이다.

안타깝게도 한국에서 살고 있는 많은 사람들이 '헬조선'이라고 얘기하는 걸 본다. 당장 떠나고 싶어 하고, 이민을 생각해본 사람들도 많다고 한다. 이민이란 게 현실적으로 너무 큰일이다 보니 '제주도 한 달 살이'도 생각해본다.

자녀가 있는 경우는 공교육과 사교육 사이에서 줄다리기를 하게 된다. 마음 속으로는 '이건 아닌데 싶어도 다른 아이들에게 뒤처질까 조바심이 나서 혹은 학원에 보내야 친구들을 만날 수 있다는 핑계로 아이들을 학원과 학원 사이로 뺑뺑이를 돌린다. 4차혁명시대 창의성이 가장 중요하다는 것을 알면서도 여전히 선행학습과 조기교육, 국어 영어 수학도 모자라 사회과학탐구학원 등등 방과 후 뺑뺑이 교육은 계속된다. 아이들은 밖에 나가 마음껏 뛰어노는 대신 숨결을 잃은 지식을 머리에 쑤셔 넣기 바쁘다. 이런 획일적인 교육과 사회화 궤도만이 성공을 움켜쥐는 가장 빠른 길이라고 믿고 있기 때문이다. 바빠 사느라 다른 방법을 찾아볼 여유도 없다.

지금 살고 있는 핀란드로 삶의 터전을 옮겨오기 전까지는 사실 한국 사람들을 만날 기회가 별로 없었다. 열 개 나라를 옮겨 다니며 사는 동안 많은 회사에서 일을 했지만 나는 언제나 유일한 한국인이었다. 그러다 보니 일상생활 속에서도 한국 사람들을 만날 기회가 거의 없었다.

하지만 2016년 핀란드로 이사를 하고 난 뒤 상황이 바뀌었다. 동업자와 함께 싱가폴에 내 사업을 세우면서 시간을 조정할 수 있는 자유가 생겼다. 동시에 핀란드에 거주하는 한국어 전문 통역사가 드문 탓에 핀란드 국가기관으로부터 통역 요청도 자주 들어와 새로운 경험을 하는 기회도 생겼다. 핀란드를 방문하는 한국 기업 관계자, 핀란드 정부나 기관이 초청한 유명인사나 국가기관 관계자들의 통역뿐만 아니라 핀란드 교육이나 디자인 관련 방문자들도 많았는데, 대학 때부터 전문 통번역을 해왔던 터라 하는 일이 즐거 웠고 좋았다. 사업을 하면서 비즈니스 관련 통역을 하다 보니 한국 과 핀란드를 연결하는 비즈니스 컨설팅을 할 기회도 함께 생겼다. 그리고 아이를 키우는 엄마이자 17년 동안 디자이너로서 일한 경 력이 빛을 발휘했다. 지금은 코로나19로 인해 잠시 멈췄지만 무엇 보다 한국이 그리웠던 내게 한국 사람들과 만나 소통할 기회가 생 겨 신바람이 나서 일했다. 그리고 그런 기회를 통해 열정 넘치는 다 양한 직업에 종사하며 살아오신 많은 분들을 많이 만날 수 있었다.

여러 해 동안 한국분들을 만나면서 특이한 공통점이 있다는 것 을 알게 됐다. 어느 순간부터 그분들이 자신의 친한 친구에게도 털 어놓지 못했던 이야기, 회사 동료와도 나누지 못하는 마음속 이야 기, 가족에게 하지 못한 이야기들을 내게 털어놓으셨던 것이고, 한 국에서의 삶에서 행복감보다는 공허함을 더 많이 느끼고 계셨다는 것이다. 대부분 자신이 진짜 하고 싶은 일은 따로 있다고 하시는 분들도 많았다. 내가 한 일이라곤 조용히 그분들의 이야기를 들어 주는 것과 공감을 해 주는 것뿐이었다.

그분들은 자신의 이야기를 마치면 내게 질문을 쏟아냈다. 한국 을 떠나 공부하고, 일하고, 출산하고, 육아한 일, 내 사업에 관한 이 야기, 한국을 떠나 오랫동안 외국에서 살아왔던 삶에 대한 궁금증 들이다. 그리고 대화가 끝나면 자신을 돌아볼 수 있는 뜻 깊은 시 간이었다며 한국에 돌아가서는 다르게 살고 싶다고들 하신다. 그럼 난 웃으며 "한국인답게 행복도 빨리빨리 찾아오셔요!"라고 말한다. 사실 그때부터 한국 독자를 위해 이 책을 써야겠다고 마음먹었는지도 모르겠다.

이 책은 내가 한국에서 살았더라면 겪지 못했을 열 개 나라에서 일하는 동안 얻었던 다양한 경험을 통해 느꼈던 행복과 불행, 성공과 실패, 일, 돈, 사람과 사랑에 관한 이야기다. 한국분들이 자주 하셨던 질문도 포함됐다.

코로나19는 너무나도 바쁘게 살아가고 있던 우리 삶에 '잠시 멈춤'을 선사했다. '지금 이대로 정말 괜찮을 걸까?'라는 질문을 던져주었다. 누군가에게는 생계유지조차 팍팍한 상황이 되었고, 누군가에게는 바닥을 치는 위기를 가져오기도 했다. 많은 이들은 인생이 휘청거리고, 팍팍한 삶이 더 팍팍하게 느껴지고, 불확실한 미래에 대한 두려움과 함께 행복은커녕 당장 하루를 살아가는 것이 힘겹게 느껴지는 시기를 지나고 있는 중이다.

나 역시 그런 경험을 했다. 명랑, 쾌할, 긍정의 아이콘이었던 내가 극심한 우울증과 번 아웃으로 힘겹게 9개월을 보냈다. 삶의 방향을 잃고 내 동굴 속으로 들어갔다. 남들보다 열심히 살았는데 내 앞에 놓인 상황들이 나를 찍어 눌렀고, 한참을 그렇게 구겨진 채로 시간을 보냈다. 겨우 그 극심한 고통으로부터 벗어나 그 전보다 더 단단한 나로 태어날 수 있었던 것은 다행이다.

뒤돌아보니 내가 나를 너무 소홀하게 대함으로써 나를 잃어버린 것이 가장 큰 문제였다. 과거와 미래 사이에서 양다리를 걸치며 고통의 시간을 스스로 불러왔다. 남 탓만 하며 현재를 살지 못했다. 가까이 하기엔 너무 먼 허상에 불과한 경제적 만족만 좇으며 살고 있었다. 대부분의 한국 사람들이 언제 올지 알 수 없는 불확실한 미래에 자신의 현재를 희생하는 것처럼 말이다.

'괜찮은 척'을 멈추고 나니 내가 진정으로 원하는 것이 무엇인지, 어디로 가야 하는지 생각해볼 기회가 생겼다. 나를 둘러싸고 있던 사소한 것까지 내 인생에 어떤 의미가 있는지 한동안 고심했다. 잃은 것보다 가진 것에 감사하는 순간부터 내 삶은 방향을 잡았다.

내가 오랜 시간 쌓아 왔던 많은 것을 잃어버렸지만 절망 끝에서 사람과 사랑으로 더 큰 행복을 만났다. 행복은 사람과 사람 사이의 틈을 채워 주는 공감과 소통, 사랑 그리고 그 사랑을 표현하는 것으로 내게 찾아왔다. 다시 만난 행복으로 내 삶의 방향과 의미를 다시 조율할 수 있었다. 행복과 성공은 사람과 사람 사이에 적당한 거리를 유지하며 그 공간을 사랑으로 채웠을 때에서야 우연처럼 만날 수 있었다. 행복의 어원이 '우연'에서 나온 것처럼 말이다.

'모나리자의 미소'는 83퍼센트의 기쁨과 17퍼센트의 슬픔이 조화롭게 균형을 이루고 있어 가장 매력적인 미소를 보여 준다고 한다. 우리 삶도 마찬가지다. 83퍼센트의 행복, 기쁨, 안녕, 즐거움과 17퍼센트의 슬픔, 고통, 괴로움, 외로움 등이 균형을 잘 이뤘을 때 더 매력적이고 아름다운 삶을 살아갈 수 있다.

기존에 우리가 알고 있던 지속적이고 완벽한 성공이나 행복감은 실현 자체가 불가능하다. 장기적으로는 득보다 실을 더 많이 가져온다. 틀에 짜인 행복과 성공 기준을 다시 세워야 할 때다. 다른 사람의 잣대에 맞추는 것이 아니라 '어제보다 나은 오늘의 나'를 기준으로 삼을 때, 삶에 엄청난 변화가 생긴다. 나는 진정한 '나다움'을 찾아 내가 원하는 삶을 '바로 지금' 나 자신의 의지대로 살아갈 때 가장 행복했다.

　마음만 먹는다면 행복을 당장 만날 수 있다. 행복을 자주 만나면 자연스레 성공이 뒤따라온다.

　혹독한 고통 속에 또 다른 나를 만나고 나니 다른 사람들의 고통이 예전 같지 않다. 이젠 다른 사람의 행복도 챙기고 싶다. 만약 당신이 지금 극심한 고난과 역경을 지나고 있는 길이라면 이 책이 당신의 가장 빛나는 모습을 다시 찾는 데 조금이라도 도움이 되었으면 한다. 근심과 걱정대마왕과 마주할 때 맨손 투항을 하는 대신 자신을 지켜낼 방패 하나쯤은 챙길 수 있길 진심으로 바란다.

　대한민국이 지금보다 더 행복해지길 바라며, 이 책을 자신의 행복과 성공을 찾고 싶은 분들께 바친다.

2021년 따스한 바람이 살랑거리는 핀란드의 봄
줄리 킴 쓰다.

## 1부

## 폭풍이
## 지나간 자리

## 실례지만
## 어디로
## 가시는 겁니까?

한국에 들어갈 때마다 난 정신을 잃는다. 한국 삶의 체감속도가 롤러코스터만큼이나 빠르기 때문이다. 입국장을 통과해 정신없이 왔다 갔다 하다 보면 어느 시점에는 몸이 붕 뜨는 느낌이 든다. 마치 자이로드롭을 타고 공중으로 끌려 올라갔다가 떨어질 때의 아찔한 느낌까지 든다. 그리고 멀미를 유발하기도 전에 어느새 한국을 떠나야 할 시간이다. 이런 현상은 한국에 발을 들여놓자마자 반복이 된다.

한국에 들어가기 전에 잡아놓은 사업 미팅들을 제외하고는, 가족들과 많은 시간을 보내겠다는 다짐이 무너지기까지 이틀 내지 사흘이면 족하다. 내 하루 일정은 아침을 먹을 때부터 시작해 저녁 늦은 시간까지 이어지는 만남과 술자리로 꽉 찬다. 그리운 지인들과 연이은 만남, 맛집 탐방, 가족들과 짧은 여행, 친구들과 짧은 수다를 떨다 보면 벌써 출국해야 할 시간이다. 집으로 돌아가는 비행기에 앉아서야 숨 고르기를 하며 생각한다.

'4주가 이렇게 빨리 지나갔다고? 분명 한 건 많은 것 같은데, 눈 깜짝할 사이에 끝났네.'

핀란드 집에 돌아와서야 난 다시금 여유를 찾는다. 짜릿하고 스릴 넘치는 한국의 매력이 그리울 때도 있지만 롤러코스터에서 내려 집으로 돌아오면 살짝 공포감이 들기도 한다. '내가 한국에서 뭘하고 온 거지?' 이번엔 분명 가족들과 시간을 많이 보내기로 나 자신과 약속을 해놓고도 지키지 못했다는 죄책감이 밀려온다.

또 같은 실수다. 더 큰 문제는 내가 분명 다시는 한국식 롤러코스터를 타지 않겠노라고 다짐하고 다짐했음에도 습관처럼 똑같은 일을 무한 반복했다는 사실이다. 같은 실수를 매번 반복하는 나 자신이 무서운 건지 한국이 무서운 건지 모르겠다. '잠시 멈춤' 상태에서 여유를 품었어야 했는데, 또 그러지 못했다.

사실 한국을 방문하지 않았음에도 코로나19가 시작되기 1년 전부터 내 삶은 이미 롤러코스터 위에 있었다. 그것도 내가 살았던 나라들을 통틀어서도 가장 안정적이고 고요한 삶이 이어진다는 이곳 핀란드에서 그런 극심한 고통을 겪을 거라고는 상상조차 하지 못했다.

2019년과 2020년은 내 인생을 통틀어 가장 지독하리만큼 아프고 어둡고 힘겨웠던 절망의 시기였다. 인생의 쓴맛 매운맛 짠맛을 한꺼번에 몽땅 몰아준 것 같았다. 살짝 단맛을 느낄 만하면 더 매운 맛으로 나를 시험에 들게 했고, 맵고 짠 걸 전혀 못 먹는 내겐 그 시간이 고문 그 자체였다.

　인생이 꼬일 대로 꼬여 풀 수 없을 것처럼 엉망진창 난장판이었다. 9개월을 정면으로 맞서 방어하며 버텼다. 그리고 다 막아냈다고 자신하던 그 순간 내 몸과 마음은 와장창 무너졌다. 방어하느라 모든 에너지를 다 써버린 나는 더이상 버틸 의지도 기력도 없었다. 나는 밑바닥까지 추락했다. 팽글팽글 도는 뺑뺑이 속에서 그동안 내가 챙겨 놓았다고 생각했던 성공과 행복이 다 빠져나갔다.

　7개월의 시간이 지나고 나니 '이제 일어서 볼까?' 하고 자존심이 살짝 고개를 든다. '나는 누구? 지금 내가 있는 곳은 어디?' 방향감각을 살리기 위해 주위를 살핀다. 그리고 힘없이 눈만 뻐끔거리던 난 이렇게 살면 안 되겠다는 생각이 들었다.

　롤로코스터에서 내려 다시 땅을 밟고 일어서는 데 동기를 불어넣어 준 말이 있다.

Life is always happening for us, not to us.
인생은 우리를 위해 준비되어 있습니다.

_ Tony Robbins

　우리에게 일어나는 어떤 일이든 아무런 이유 없이 일어나는 것은 없다. 모든 일이 우리를 위해서 일어난다. 처음엔 '왜 이런 일이 내게만 일어나는 거지?' 억울한 생각이 머리에서 떠나지 않았다. 삶이 나를 망치기 위해 작정하고 음모를 꾸미는 것 같았다.

우선 자신을 토닥토닥 위로하며 상처 입은 마음을 달랬다. 그리고 힘을 조금 차리고 나서야 힘겹게 '인생이 나를 위해 준비한 것이 무엇일까?' 찾아봤다.

내가 잊고 살았던 것들이었다.

과거에는 내 성공과 행복만을 위해 달렸다. 항상 혼자 앞만 보고 질주하던 인생 마라톤이었다. 남들보다 더 멀리, 더 빨리 달려야 한다고 생각했다. 하지만 혼자 뛰는 마라톤은 느리게 뛰든 빠르게 뛰든 자화자찬 마라톤일 뿐이라는 걸 알게 되었다. 인생은 내게 다른 사람들의 성공과 행복을 함께 하는 삶의 중요성을 깨닫게 해 주었다. 인생 마라톤 경기에서 페이스메이커Pacemaker의 역할, 내가 모르고 있었던 특별한 능력을 다시 발견하게 했다. 나 아닌 타인을 끌어안는다는 것의 진정한 의미를 깨닫고, 더 큰 행복감과 만족감을 발견하게 되었다.

양지에만 앉아 있던 내게 어두운 그림자를 받아들이고 휴식을 취하면서 빛의 중요성에 대해 오히려 더 크게 느끼게 되었다. 충분히 화려한 삶에서도 더욱 차고 넘치게 채우고자 했던 강박을 덜어 내니 소박하고 단순한 삶의 맛을 알게 되었다. '채움'보다는 '비움'으로 만든 내 삶이 더 담백하고 고소했다.

무엇보다 중요한 깨달음은 사람과 사랑이 언제나 내 곁에 존재한다는 것이었다. 결국은 마음을 짓누르던 짐을 내려놓고 차분한 평온을 되찾게 되었다.

인생의 롤러코스터에서 내리지 않았다면 이 모든 것을 깨닫지 못한 채로 계속해서 뱅글뱅글 돌며 살았을 테다. 생각만 해도 아찔한 삶이다.

이젠 내가 어디로 가야 하는지 안다.

당신은 지금 어떤가? 롤로코스터에 앉아 있는 건 아닌가? 당신은 지금 어디로 가고 있는지 아는가?

"잠깐 멈춰 봐!
우리 목적지를 향해 제대로
가고 있는지
한번 확인하고 가자."

나는
남보다 느린
청개구리다

나는 살아오는 동안 늘, 사람들이 흔히 얘기하는 '때'를 놓치곤
했다. 남보다 아주 늦거나 혹은 아주 빨랐다. 대학교를 졸업해야 하
는 때, 취직해야 하는 때, 연애해야 하는 때, 결혼해야 하는 때, 집을
사야 하는 때, 아이를 낳아야 하는 때, 첫째를 낳고 나면 둘째를 낳
아야 하는 때…. 한국에는 무언가를 해야 하는 적절한 시기에 대한
암묵적인 압박들이 꽤 많다. 외국에서 산다고 하여 그 적령기에 대
한 압박에서 벗어나는 건 아니다.

대학을, 그것도 학사 과정만 두 번 졸업한 나는 다른 사람들보다
4년 늦게 출발했다. 졸업이 늦었으니 당연히 회사생활도 4년 늦었
다. 집을 살 생각은 아예 해본 적도 없었다. 여자 초혼이 30.2세라
고 하니 결혼은 조금 일찍 했다. 나는 스물여덟이었고, 남편은 나보
다 한 살이 어린 스물일곱이었다. 유럽인들 초혼이 남자의 경우 34
세이므로 사회 통념에 따르면 남편이 굉장히 일찍 결혼한 셈이다.
결혼하자마자 주변에서는 어김없이 언제 아이를 낳을 것인지 질

문을 던져댔다. 부담스러웠다. 우리가 첫 아이를 가진 것은 내가 거의 마흔이 다 되어서였고, 아이를 가질 생각이 없었던 내게 둘째란 처음부터 없었다.

영국으로 두 번째 대학 공부를 위해 떠났던 내가 가끔 한국으로 들어왔을 때, 주변 사람들이 했던 질문들은 놀라울 정도로 똑같았다. 4년이나 늦게 대학을 졸업하니 취직하기 힘들겠다는 자기 나름의 예언, 늦게 대학을 졸업해 경제적으로 여유가 없을 테니 결혼도 늦게 할 수밖에 없을 거라는 근거 없는 염려, 한국에 들어오자마자 결혼할 남자부터 만나라는 강압 비슷한 조언….

한두 번 들었을 때는 그냥 그런가보다 했다. 근데 한국을 들어갈 때마다 듣는 이런 반복적인 질문들이 불편했고 싫었다. 누구를 위한 것인지 알 수 없는 그들의 염려와 걱정대마왕 오지랖이 전혀 반갑지 않았다.

"쫌, 그만 좀 하지! 당신이나 잘하세요!"라고 말하고 싶었지만 당시에는 콩알보다도 작았던 내 용기로 인해 그런 말들은 그냥 속으로 삼켜졌다. "아, 그러게요. 그렇겠죠?"와 같은 대답으로 대화를 끝내는 게 상책이라는 걸 시간이 지나면서 깨달았고, 다년간의 경험으로 "저도 걱정이네요. 그럼 좋은 사람 소개해 주세요." 혹은 "그럼 좋은 직장 소개해 주세요."라고 천연덕스럽게 얘기하면 대화가 빨리 끝난다는 것을 간파했다. 이러쿵저러쿵 남의 삶을 평가하고 쉽게 자기 생각을 입밖으로 흘려냈지만 정작 나서서 무엇을 해 주는 일은 본인도 불편했던 거다. 정말 나서서 나를 위해 '내 짝을 찾아주는' 행동 혹은 '직장을 소개해 줄' 진짜 도움이 되는 행동을 할 사람은 거의 없다는 걸 깨달았다. 단지 그들의 의견이었을 뿐 내 삶에 전혀 보탬이 되어주지 않는다.

물론 나를 위해 생각해 주는 마음들일 테다. 그런 걱정을 해 준다는 사람이 있는 것만으로도 감사할 일이다.

하지만 지극히 사적이고 개인적인 삶의 결정들을 너무나 쉽게 해결될 일이라는 듯이 대하는 마음은 거두어 줬으면 하는 바람이 컸다. 나를 도마 위에 올려 생선 자르듯 머리, 몸, 꼬리를 댕강댕강 잘라버리는 일이 그렇게 상처가 된다는 것을 그들은 알았을까? 나를 진심으로 도와주려는 생각도 없이, 배려 없이 하는 말뿐이었다.

그런 의미 없는 말들에 상처를 받지 않기로 하니 마음이 한결 가벼워졌다. 띄엄띄엄 보는 그 시선들을 대하는 방법은 그저 동의해 줌으로써 그들이 더 깊게 내 문제에 참견하려는 생각을 미연에 멈추도록 해야 한다는 값진 교훈을 얻었다.

내가 찾은 '때'의 비법은 내 '때'가 잘 불어날 때까지는 나 스스로 애달파하지 않는 것이다. 일단 온탕에서 '때'를 잘 불려야 한다. '때'를 잘 밀려면 '때'를 잘 만나야 한다. 몸마다 '때'가 부는 '때'가 다르다. 남들이 '때'를 밀라고 해도 내가 살짝 밀어보면 남보다 내가 더 잘 안다. 불지 않은 '때'를 억지로 밀면 피부만 쓰라리다. 혹여 남들의 등쌀에 너무 일찍 '때'를 벗겨내 피부에 열이 난다면 냉탕에서 살포시 열을 식혀주고 다시 온탕으로 가자.

'때'는 우리가 버려야 할 '남보다 앞서야 한다는 보이지 않는 사회적 잣대'이다.

'때'는 우리가 적당하다고 느끼는 '스스로 정의하는 적절한 시간과 보이는 개인의 잣대'이다.

난 그렇게 '때'를 버리고 '때'를 기다렸다.

사실 우리는 인생을 살아가는 데 있어 정답 매뉴얼 같은 건 없다는 걸 이미 안다. 사회에서 줄을 세워놓은 '때'를 계획대로 헤쳐나갈 필요가 없다는 것도 안다.

하지만 왜 우린 그 '때'를 계속 맞춰가는 우리 자신에서 벗어나지 못하는 것일까? 그렇지 않아도 인생은 가볍지 않다. '때'를 맞추려는 인생 숙제까지 얹으면 더 무겁다. 그 적령기라는 걸 맞춰가지 않는다고 내 인생이 불행해질 리는 없다.

4년을 늦게 시작한 사회생활이었지만 나는 어느 회사에 들어가든 2년이 채 되지 않아 부서에서 높은 자리에 오를 수 있었다. 애초 바닥부터 차근차근 올라가는 걸 생각했기에 일자리를 구하는 것도 쉬웠다. 잦은 이사로 집 장만 계획도 세우지 않았지만 다양한 크기, 주거 형태, 각양각색의 인테리어가 된 집에서 살아본 경험이 좋은 집을 고르는 능력까지 키워 줬다. 서른여덟에 임신을 해서 서른아홉에 아이를 낳아 어느 때보다 더 활동적이고 건강한 체력을 기르며 아이와 함께 논다. 꾸준히 운동하는 목적이 확실하니 나에게 저질 체력은 용납할 수 없는 전제가 되었다. 아이를 늦게 낳았기 때문에 사람들이 나이보다 어리게 봐 준다는 것도 좋다. 다른 사람보다 훨씬 늦었어도 내겐 딱 맞는 '때'였다.

사람마다 자기에게 딱 맞는 '때'가 있다. 그 '때'를 남들에게 넘겨 줘 버리면 자신의 '때'를 계속해서 놓치게 된다. 우리의 삶이 의미 없는 반복과 공허함으로 채워져 있다면 자신의 '때'를 계속 놓치고 살았다는 증거다.

다른 사람보다 빠를 수도 있고, 느릴 수도 있다. 우리가 일상에서 서로에게 하는 말들이 관심이라는 탈을 쓰고 다가오는 오지랖일 수도, 애정 어린 말로 포장된 언어 폭력이 될 수 있다는 걸 인식하며 대화하면 좋겠다. 제각각 다를 수밖에 없는 다른 사람의 의견을 자신에게 알맞게 적용해서 살면 된다. 남의 '때'에 질질 끌려가며 살 것인가? 나의 '때'를 이끌며 살 것인가? 선택은 순수하게 본인에게 달려 있다.

이쯤에서 사람들이 무심하게 흘려보내는 말의 속뜻을 한 번 살펴보자.

"너 결혼 언제 하냐?"는 말을 돌려보면 "너 이혼 언제 하냐?"라고 묻는 것과 비슷한 무신경이다.

"입사하신 지 얼마나 되셨어요?"는 "퇴사하기까지 얼마나 남으셨어요?"라는 무서운 질문이다.

"사귄 지 얼마나 되셨나요?"는 "이번에는 얼마나 있다 헤어질 것 같아요?"라는 당신과 상관없는 질문이다.

"아이는 언제 나을 거야?"를 묻기 전에 "아이 키우는 데 얼마나 도움을 주실 건가요?"라는 말에 대답할 마음을 가지고 물어봐야 하지 않을까?

인터넷에 뜬 글을 보고 웃었던 기억이 난다.

'결혼적령기에 결혼하라는 거 짜증. 지들은 평균수명 넘어가면 자살할 거임?'

정말 도와줄 생각이 없다면 묻지 말자.

그냥 각자 기준에 맞게 사는 것이다.

"남 신경 쓰지 말자!
그냥 우리 기준에 맞춰
'때'에 맞는 행복만 신경 쓰자."

살면서
가장 용기 내서 한 말,
도와줘!


누군가에게 내 속마음을 꺼내보인다는 것은 절대 쉽지 않은 일
이다. 한국에서도 그렇지만 외국 역시 마찬가지다. 누군가를 믿고
털어놓은 내 속마음 얘기가 나를 공격하는 화살로 돌아와 '슈우
욱!' 하고 야들한 심장을 정확히 관통당한 경험을 여러 번 했다. 그
화살은 대부분 내가 가장 아끼던 친구거나 유달리 친하다고 믿어
의심치 않았던 사람들이다. 처음으로 외국살이를 시작한 캐나다에
서 몇 되지도 않던 한국인 친구 중 하나에게 된통 당한 적이 있었
고, 여러 나라 회사에 다니며 정말 친하게 지냈던 외국인 동료에게
도 괘씸한 일을 몇 번 겪었다.

긴 외국생활에서 가장 처음 느낀 것은 '정말 나 혼자구나!' 였다.
도움을 청할 곳이 마땅치 않았다. 도움의 손을 뻗어도 다들 바쁘게
사느라 내게 신경을 써 줄 여력이 없다. 거절 경험을 여러 번 겪다
보니 어느 순간 나는 자연스레 모든 것을 혼자 해결하게 됐다. 도
움을 요청할 줄 모르는 사람으로 변했다. 아쉬운 소리를 하는 것이

싫었고 거절을 당하는 건 더 싫었다. 사실 혼자 해결하지 못할 일도 별로 없었다. 엄청난 고생의 차이는 있었지만 말이다.

2019년, 내 인생이 멈췄다. 너무나 많은 일이 한꺼번에 터졌다. 감정의 소용돌이 속에서 버거운 날들이 이어졌다. 이유를 알 수 없는 답답함과 무기력함을 느끼기도 했지만 그렇다 하더라도 그만하면 잘 지내고 있다고 여겼다. 난 내가 잘 지내고 있다고 착각하고 있었다.

어느 날 남편이 나를 보고 조심스럽게 제안을 했다.
"병원에 가서 진찰을 받아보는 게 어때?"
"이미 병원돌이 하고 왔잖아. 허리디스크 재발도 MRI 찍고 물리치료하고 있고, 눈에 생긴 단순포진 각막염도 항생제랑 안약으로 병원에서 얘기한 대로 잘 투약하고 있는데? 편두통이 심한 건 내일 예약되어 있어."
"그 병원 말고 감정을 검사해보는 건 어때? 핀란드는 정신과가 굉장히 오픈되어 있어."
"아…, 정신과 의사를 만나보라고?"
나는 잠시 합죽이가 되었다. 뭐라 표현하기 힘든 감정들이 들쑥날쑥하면서 난 바로 답을 하지 못했다. 몇 십 초 만에 겨우 입을 열어 대답했다.
"왜, 내가 미친 것 같아?"
뾰족한 내 대답이 너무 직설적이었나? 남편도 몇 초간 멈춘다.

"지금 자기가 그렇게 얘기하는 것처럼, 사실 요새 자기 같지 않은 말과 행동이 잦아졌어. 걱정돼서 제안해보는 거니까 가지 않아도 되겠다 싶으면 가지 마. 선택은 자기가 하는 거니까."

이런 대화가 오간 뒤 나는 며칠 동안 생각에 잠겼다. 연애 4년, 결혼생활 15년. 총 19년을 함께 한 우리였고, 20대 초반부터 나를 가장 가까이서 보았던 그는 빈말을 하지 않는다. 결국은 자진해서 보건센터에 전화했다.

핀란드에서는 전화로 첫 번째 진료가 이뤄지고, 간호사는 전화 진료를 바탕으로 당장 치료를 할 것인지 시간을 두고 천천히 진료할 것인지 결정한다. 여러 가지 질문과 답변이 오간 뒤 의사를 만나기 전 특별 간호사와의 예약이 바로 잡혔다. 일반 진료는 상태가 심각하지 않은 이상 몇 주를 두고 예약이 잡히는 편인데, 이번엔 진료 진행이 빨랐다.

특별 간호사와 마주 앉으니 뻘쭘했다. 어색했다. 내 이야기를 하려고 입을 여는 순간 나도 모르게 눈물이 줄줄 흘렀다. 그런 내가 당혹스러웠다. 특별 간호사는 차분하게 내 이야기에 공감을 해 주기도 하고, 고개를 끄덕여 주기도 했다. 한 시간 남짓 동안 특별 간호사는 눈물 콧물 대방출해 내는 내 얘기를 들으면서 휴지를 건네주기 바빴다. 그 와중에 나는 '그냥 휴지통을 나한테 주지, 서로 불편한데 왜 한 장씩 준데'라는 어이없는 생각을 했다.

우울증 검사를 받아보는 게 좋겠다고 했다.

다음 날 예약 없이 우울증 검사를 받으러 갔다. 생전 처음 들어보는 '정신응급센터'를 방문했다. 예약 없이 우울증 상태를 점검할 수 있는 곳으로 누군가와 대화가 필요하다면 전문가를 바로 만나 이용할 수 있는 무료시설이다. 핀란드는 무상 의료가 시행된다.

또다시 한 시간 내내 눈물 콧물을 쏟아냈고 우울증 테스트를 했다. 울음이 터져 나오는 이유를 나는 이해할 수 없었다. A4 용지 7장 앞뒤로 한가득 적힌 질문지를 받았다. 질문지의 내용은 놀랄 만큼 평범한 질문들이었다. 잠은 잘 자는지, 수면 시간은 얼마나 되는지, 식욕은 어떤지, 일에 대한 의욕은 어떤지, 성욕에 대한 부분도 있었다. 평소와 얼마나 달라진 부분이 있는지 체크하는 진료였던 것 같다.

15분 정도 답변을 마치고 그 자리에서 바로 결과를 알려 준다. 극심한 우울증이라고 했다. 보통 9점에서 12점 정도가 일반 사람이 받는 점수라면 나는 32점이 나왔다고 했다. 별 감정이 없었다. 그냥 그런가보다 했다. 예전의 나라면 그럴 리가 없다고 부정했을 텐데 그러지 않았다. 그저 '평소보다 좀 입맛이 없고, 평소와 다르게 자주 피곤하고, 의욕이 덜할 뿐이야'라고 여겼다. 힘든 일을 겪었으니 그러는 게 당연한 게 아닌가? 쉽게 여겼다. 문제는 그 '평소보다'가 7개월을 넘기고 있었다는 거다.

결과는 개인진료 자동시스템에 입력이 되어 바로 의사에게 전달이 된다. 다음 날 드디어 정신과 의사를 만나러 갔다. 5분 일찍 병원에 도착해서 의사 선생님 이름이 적혀 있는 진료실 앞에서 기다렸다. 칼 같이 정확한 시간에 그리 멀지 않은 거리의 복도 끝쯤 있는 문이 열리고 밀가루처럼 하얀 얼굴에, 금발 머리, 두꺼운 검정 뿔테 안경이 보였다. 너무나 전형적인 핀란드인, 대학을 졸업한 지 얼마 안 됐을 것 같은 꽤 어려 보이는 선생님이었다. 그 순간 내 기대는 바닥으로 떨어졌다.

'너무 어려 보이잖아. 나는 좀 더 연륜 있는 의사 선생님을 원했다고!'

의자에 앉자마자 선생님이 첫 마디를 꺼냈다.

"그동안 많이 힘들었죠?"

그 한마디에 무장해제가 되어서 펑펑 울기 시작했다. 특별 간호사를 만났을 때와 응급정신센터 간호사를 만났을 때와는 차원이 다른 폭포수처럼 쏟아지는 눈물이었다. 의사 선생님은 자기 앞에 놓인 휴지 상자를 통째로 내 앞에 놓아 주었다. 그 작은 행동마저도 내 맘을 알아주는 것 같았다. 내 울음소리는 꺽꺽, 헐떡이는 흐느낌으로 변했고 두서없이 말들이 쏟아져 나왔다. 의사는 분명 내 말을 정확히 알아듣지 못했을 테다. 실컷 눈물을 쏟아낸 지 30분이 지난 후에는 훌쩍훌쩍 콧물을 들이키는 정도로 진정이 됐다. 펑펑 울고 나니 마음의 문이 살짝 열렸다.

난 영락없는 한국인이다. '빨리빨리'가 안 되면 답답하다. 뭐든 '의지'만 있다면 다 해결된다고 생각한다. 오랫동안 외국에서 사는 동안에도 늘 빠른 속도로 최선을 다해 나를 단련시켰다. 도움을 청하는 대신 무엇이든 혼자 해결하는 게 버릇이 되었다. 빨리 해결하는 것이 중요했다.

속도에 집중하다 보니 협동심이 모자랐다. 함께 가면 느리기 때문이다. 오랜 외국생활을 하며 독립적이고 감정 자제력이 매우 뛰어나다고 착각했고, 어렵고 힘든 일이 생길 때마다 내 감정을 돌보는 대신 누르고 억제하는 것이 성숙한 인간의 덕목이라는 가치관이 나를 지배하고 있었다. 의지로 다 해결된다고 생각했다. 거기서 파생되는 부작용으로 감정 표출이 무뎌졌고 울지 않았다. 약해질 틈이 없었다. 꾹 참고 달려들어, 될 때까지 악바리처럼 해결해 내고야 말았다.

하지만 '빨리' 해결할 수도 '의지'로 해결할 수도 없는 일을 만났다. 내가 살아오는 동안 어딘가에 떨어트리고 온 나를 챙겨오는 일이었다.

20년 넘도록 한국을 떠나 살아오는 동안 누구에게도 해보지 않았던 말을 했다. 나로서는 엄청난 용기가 필요했던 말이었다.

"네, 너무 힘들어요. 도와주세요."

"너무 힘들 때는 얘기를 해!
도와줘! 라고 솔직히 말해.
모든 걸 혼자 하려고 하지 마.
넌 혼자가 아니야."

나를 잃어버린다는 건
생각보다
훨씬 더 잔인하다

"사느냐, 죽느냐, 이것이 문제로다. 참혹한 운명의 화살을 맞고 마음속으로 참아야 하느냐, 아니면 성난 파도처럼 밀려오는 고난과 맞서 용감히 싸워 그것을 물리쳐야 하느냐. 어느 쪽이 더 고귀한 일일까. … 우쭐대는 꼴불견들의 치욕을, 버림받은 사랑의 아픔을, 재판의 지연을, 관리의 불손을, 선의의 인간들이 악당들로부터 받고 견디는 수많은 모욕을 어찌 참아나갈 수 있단 말인가?"

_ 윌리엄 셰익스피어, 《햄릿》 3막 1장

사느냐 죽느냐의 문제였다. 내가 죽어가고 있었다. 용감하게 인생에서 만나는 역경들과 맞서 싸웠지만 더는 혼자 견뎌내고 참아낼 수 없었다. 어떻게 해서라도 나 자신을 살려내야 했다.

내가 나를 살리기 위해 선택한 치료는 정신과 의사와의 상담이었다. 정신과 의사를 만난 건 세 번이었는데, 첫 번째 진료는 설움에 북받쳐 우느라 제대로 말도 하지 못했다. 나도 모르게 쌓인 게 많았는지 이야기를 제대로 꺼낼 재간이 없었다. 억눌린 감정이 살아나 튀어나왔다. 내 몸 안에서 그렇게 많은 눈물이 나올 수 있을 거라고 상상도 하지 못했다. 두 번째도 역시나 눈물을 한 바가지 쏟아내긴 했지만 첫 번째만큼은 아니었다.

의사는 내 일상생활과 수면 습관에 관해서 물어봤는데, 출장을 제외하고 홈 오피스에서 보내는 내 일상은 단조로웠다. 평소처럼 새벽 4시에 일어나 사업 관련 업무를 처리하고, 아침식사를 마치면, 아이를 유치원에 데려다 준다.

집에 돌아오면 바로 회사 업무를 시작한다. 오전 오후 꽉 찬 스케줄은 대부분 회사 직원들과 미팅, 마케팅과 광고제작 혹은 진행되는 마케팅 데이터 확인, SNS 관련 콘텐츠 작업을 했다.

오후 4시 반쯤 아이 하원 시간에 맞춰 회사 업무를 잠시 멈추고 아이를 데리러 갔다. 몇 시간 아이와 같이 놀고 저녁식사를 한 뒤 아이를 재우고 나면 저녁 9시부터 또 회사 일에 매진했다. 자정이 다 될 때쯤 에너지가 바닥나 기절했다.

또 다음날이 시작된다. 그런 생활을 이어갔던 게 거의 4년이나 되었다.


세 번째가 되어서야 의사와 사람다운 대화를 할 수 있는 상태였다.

"지금 줄리를 가장 힘들게 만드는 게 뭐예요?"

"글쎄요, 너무 많은데. 너무 지쳤어요. 이런 적이 한 번도 없었는데 삶의 의욕이 별로 없어요. 음식만 보면 신나서 먹던 모습도 사라진 지 오래고 뭘 먹어도 맛이 없어요. 운동을 열심히 했었는데, 이젠 그것도 못 하고 치료를 받으려 병원을 다니죠. 디스크가 재발해 물리치료도 받고, 예민할 때마다 생기는 눈 헤르페스로 항생제를 먹고요. 온몸이 아프네요, 기운도 없고. 추가로 지금 여기에 정신과 치료도 받고 있네요."

"원인을 제공한 어떤 사건들이 있었나요? 아니면 특별한 일은 없었음에도 그런 것 같아요?"

"어디부터 시작해야 하나… 2015년 11월부터 싱가폴에서 내 주얼리 리테일 사업을 시작했어요. 그 전에는 디자이너로 12년 동안 여러 나라에서 일했고, 실력을 인정받아 경제적인 부분을 포함해 원하는 것을 하며 즐기면서 만족할 만한 생활을 했어요. 회사를 설립한 뒤에도 운이 좋아 첫해부터 3억이 훨씬 넘는 쾌거를 이뤘죠. 하지만 동업자와 의견이 충돌하기 시작한 이후로 서로 싸우느라 지난 3년은 마음 편할 날이 별로 없었어요. 너무 빠른 사업 확장으로 자금 유동성이 어려워지면서 그랬던 거였어요. 회사 상황이 나빠지면서 파트너는 모든 걸 내게 떠맡기고 떠나버렸는데, 그게 내겐 충격적이었어요."

"정말 그랬겠네요. 지금은 좀 어때요?"

"사실 그런 상처가 아무는 건 쉽지 않아요. 2018년 11월이었으니까 벌써 1년 반이 넘은 일인데도 여전히 원망스럽고, 화가 나고, 괘씸하기도 하고…. 내가 무슨 부귀영화를 누리겠다고 혼자 이 짓거리를 하나 싶기도 하고…. 당시 회사 운영과 관리를 맡았던 사업 파트너가 떠나고 난 뒤에 회사에 1억 원 정도의 빚이 있고, 회사 잔고가 바닥이 난 걸 알게 되었죠. 제 숍들이 백화점에 입점이 되어 있었는데 빚독촉 전화를 매일 받았어요. 전에 이런 경험을 한 번도 겪어본 적이 없었던 터라 전화벨만 울리면 피가 바짝바짝 마르고 가슴이 쿵쾅쿵쾅 뛰었어요. 가슴이 쩍하고 벌어지는 경험을 빚을 다 갚아낼 때까지 여러 번 했어요. 처음엔 사업 파트너도 힘들었겠다 싶었어요. 그런데도 용서가 되지 않았어요. 그런 극한의 상황에서 전 혼자 남겨졌다는 게 너무나 겁나고 외로웠고, 무엇보다 누군가에게 그렇게 인간적으로 사랑하고 믿었던 사람으로부터 비참하게 버림받을 거라고는 상상도 해본 적이 없거든요."

"충분히 그럴 만한 상황이었네요. 그 후엔 무슨 일이 있었어요?"

"저는 디자인과 마케팅 및 크리에이티 디렉팅 영역을 담당했기에 일 년에 세 네 번은 싱가폴로 출장을 가야 했죠. 그런데 동업자가 떠나면서 상황이 달라졌어요. 코로나19 이전에는 싱가폴로 가서 이벤트도 하고 팝업숍도 열고 했는데, 2019년 1월부터는 싱가폴 입국 문이 닫힌 거예요. 어쩔 수 없이 핀란드에서 전화로 회사를 운영했어요. 정말 필요한 소수 직원만 남기고 회사의 전반적인 기반을 축소한 거죠. 회사 상황에 따라 어쩔 수 없이 오랜 시간을 함께해 준 대부분의 직원에게 전화로 계약 종료 통보를 한다는 게 너무 힘들었어요. 마케팅과 그래픽 작업, 온라인 판매 등 외주업체에 줬던 일들까지 혼자 맡아 북 치고 장구 치고 다 했죠. 고객상담 서비스도 하고, 온라인 마케팅 광고, 판매까지 전부 다 했죠."

"빚독촉 전화를 받지 않았어도 되었을 텐데 왜 다 받았어요?"

"정말 빚독촉 전화를 받는 게 죽기보다 싫을 정도로 고통이 컸어요. 그래도 다 받을 수밖에 없었어요. 전화하는 당사자도 회사에서 시키는 일을 하는 것뿐이니까. 아무리 사업 파트너가 있었어도 이렇게까지 회사 운영 및 관리에 관여하지 않은 건 분명 제 잘못이니까요. 제가 감당해야 할 일은 혼자 감당해 내야죠. 몸으로 견뎌 내야 할 당연한 벌이라고 생각했던 것 같아요. 채찍질을 당한다고 생각했지만 이를 악물고 더 뛰었어요. 온라인을 통해서 제가 할 수 있는 일들을 미친 듯이 했고 네 달 만에 빚을 갚아 냈어요. 그런 상황에서 코로나19가 바로 터졌죠. 싱가폴 리테일은 완전히 멈춰버리고 거리에는 사람들이 사라졌어요. 수입이 사라졌지만 여러 백화점 숍을 유지하는 비용이 너무 많이 들었죠. 어쩔 수 없이 숍들을 다 닫기로 했어요."

"정말 힘들었겠어요. 근데 잘 이겨냈네요. 그 이후로는 괜찮아지지 않았나요?"

"괜찮을 틈이 없었어요. 회사가 적자가 나서 숍을 닫은 그달 남편이 20억 소송을 당했거든요. 전에 함께 일했던 회사가 합병이 되면서 서로 조건이 맞지 않았다고 해요. 남편은 다른 회사와의 협업을 위해 그 회사에서 나왔는데 20억 소송이 들어온 거예요. 세 개나 되는 소송이었죠. 9개월간 남편 옆에서 하루에도 몇 십 번 천당과 지옥을 오가는 걸 봐야 했어요. 그 장단에 맞추는 게 쉽지 않은 시간이었죠. 함께 맡았던 육아와 집안일이 온전히 제 몫이 되었고, 몸도 마음도 너덜너덜해졌어요. 또 뭐가 있었더라? 아, 평생 함께 할 친구라 생각했던 친구가 어느 순간부터 소원해지더니 제 곁에서 떠나더라고요. 전화할 때마다 바쁘다고 나중에 전화하자 하더니 다시 전화가 안 오더라고요. 제가 화려하게 비상할 때는 자주 만나고 통화했는데, 내가 초라해지니 떠났나 하는 생각도 들었고 씁쓸한 경험이었어요. 더 있었는데, 아, 시누이 남자친구가 폭력적이라서 시어머님께서 근심 걱정이 심하셨어요. 또 몇 번의 사건 사고도 있었고, 딸 걱정 또 손녀 걱정이 커지셔서 자주 찾아뵙고 들여다보고 신경을 많이 써야 했어요. 조카의 상태도 걱정이 되었고. 참, 친척 분들이 작고하셨어요. 제가 제일 좋아했던 작은아버지가 간암으로 별세하셨고, 저를 너무나 예뻐해 주시던 큰 숙모의 알츠하이머 병세가 악화되어 하늘나라로 떠나셨죠. 작은 숙모 유방암 진단 소식도 며칠 전에 부모님을 통해 들었네요. 이 모든 일이 지난 9개월 동안 일어났고, 그래도 잘 견뎌낸 것 같아요. 정말 죽을 것같이 힘들었어요."

의사 선생님은 내 이야기를 차분하게 들어주기만 했다. 긍정적인 반응도 부정적인 반응도 보여주지 않았다. 그저 내 이야기가 전부 끝날 때까지 공감하며 들어주었고, 어떤 충고든 비판이든 조언이든 평가도 하지 않았다. 마음이 후련했다. 누군가가 나를 애써 응원하려 하지 않아서 좋았다. "힘내라!"라는 말 같은 건 도움이 하나도 안 됐다. 의사 선생님과 이야기를 하면서 내 안에 쌓아놓은 감정의 찌꺼기가 사라지는 것 같았다. 내 이야기를 누군가가 귀를 기울여 들어준다는 것 그 자체만으로 너무나 큰 위로가 되었다. 그제야 내게서 몇 발자국 떨어져 나와 멀리서 나를 바라볼 수 있었다.

첫 번째, 두 번째 치료 때 의사는 수면제와 우울증 약을 처방해 줬다. 둘 다 거부했다. 잠을 줄여 일하고자 하는 의도적인 시도가 분명 있었고, 내 상태가 더 악화되고 있다는 걸 알게 됐다. 항우울 증제 부작용에 대한 설명을 들으니 아이가 먼저 떠오르며 걱정이 앞섰고, 사람에 따라 반응이 틀리며 장기간 섭취해야 한다는 게 싫었다.

의사의 진단은 만성적인 우울증이 아니라 극한 상황에 따른 자기방어적 우울증이라고 봤다. 우울증의 정도가 높아 세 번째에도 약물치료를 권했지만 나는 공손히 거절했다. 그게 그 의사와의 마지막 만남이었다.

그 의사는 말했다.

"그거 알아요? 줄리 이야기 속에는 많은 사람이 등장하고 많은 사건 사고가 있었어요. 근데 딱 한 사람만 빠져 있어요. 바로 자신, 줄리 딱 한 사람이 빠져 있는 거예요. 남들 챙기느라, 회사 챙기느라, 직원 챙기느라 한 몸 바쳐 다 견뎌냈는데, 그러는 와중에 본인만 그 속에 없다는 거 알아요? '괜찮다'라고 하지 말고 '안 괜찮다'라고 감정을 수용해 주세요. 수용하고 나면 괜찮아질 방법을 찾을 힘이 생길 거예요."

그때 깨달았다. 괴로운 걸 견뎌내는 데는 꽤 익숙한 나였지만 나를 잃어버린다는 건 다른 차원의 문제라는 것을.

다른 사람들 신경을 쓴답시고 내가 나를 죽이고 있었다는 걸 몰랐다. 상황이 그랬으니까, 어쩔 수 없었으니까, 하고 스스로 위안했지만 제일 중요한 것을 잊고 있었던 거다.

에너지가 모두 소진될 때까지 나는 나를 돌보지 않았다.

행복과 불행을 함께 가질 수 없다. 나는 행복을 내 주고 불행과 교환했다.

내 인생에 내가 빠진 삶은 절대 행복할 리가 없다. 나를 잃고 산다는 것은 나 자신에게 할 수 있는 가장 잔인한 일이다. 수면제와 항우울증 약에 의지하지 않고도 나를 더 빨리 찾아낼 수 있을 거라는 희망과 믿음을 가지고 진료실을 나왔다.

나를 다시 찾아내기로 결심했다.

"자신을 지키자!
무슨 일이 있어도 나 자신을 놓치지 말자.
남들이 나를 챙겨주지 않더라도."

나와 나 사이의
일일드라마,
사랑과 전쟁

 

내가 하는 모든 생각과 태도가 얼마나 부정적이고 방어적으로 바뀌어 있었는지 나만 몰랐다. 매일 나와 나 사이에 전쟁이 벌어지고 있었다. 전쟁으로 인한 피폐함은 남편과 아이에게 고스란히 전해졌다.

그렇다. 내가 괴롭다면 그 불만은 나와 가까운 사람들을 향한 공격성으로 나타난다. 언제나 그렇듯 나를 가장 사랑해 주는 가까운 사람들을 표적으로 삼는다. 나를 사랑해 주는 남편과 아이에게 부적절한 내 감정을 퍼부었다. 기분 나쁘게 지적질을 했으며, 비비 꼬아가며 딴지를 걸었다.

어느 순간부터 나는 내가 사랑하는 사람 뒤를 졸졸 따라다니며 지적질을 하는 피곤한 아내가 되었다. 코로나19로 인해 회사에 나가지 않고 재택근무를 하고 있었으니 종일 잔소리꾼이 붙어 있는 격이었다.

참고 참던 남편 역시 결국은 터졌다. 서로에게 목소리를 높이고 전쟁을 했다. 15년 전 신혼 초에 권력다툼을 했던 시기 이후로 소란스럽게 싸운 것은 처음이었다.

전쟁은 일주일가량 계속되었고 시발점은 항상 나였다. 감정은 꾸준히 저기압이었다. 어떤 날은 남편이 못마땅해서 잔소리를 쏟아댔다. 어떤 날은 게으름을 피우면서 남편에게 이거 해라 저거 해라 마구 시켜댔다. 찬바람이 쌩쌩 불어 남편에게 따뜻한 눈빛조차 한 번도 보내 주지 않았다. 불쾌지수가 높은 날엔 사사건건 마음에 들지 않는 것만 보였고, 비비 꼬아서 날선 말들을 사방으로 던져댔다.

뒤돌아보니 나도 모르게 복수극을 벌이고 있었다.

2018년 11월 합병된 회사에서 20억 소송을 당한 뒤로 남편은 매우 불안정한 상태였다. 집안일과 육아에 신경을 쓸 여유가 없었다. 핀란드는 소송결과가 나오자마자 승소한 사람에게 그 결과를 한 달 이내에 이행해야 하고, 그렇지 못할 경우는 바로 소유재산을 강제매각 당한다. 그러다 보니 남편은 변호사와 조율을 하는 과정에서 심리적인 상태 또한 널을 뛰었고, 나 역시 그가 심리적으로 안정을 유지할 수 있도록 애쓰는 동안 하루에도 몇 십 번씩 천당과 지옥을 오가곤 했었다.

2019년 8월, 소송건이 다 해결되고 난 뒤 내 복수극이 시작되었다. 내가 사랑하는 사람을 향한, 그동안 마음 켜켜이 쌓아놓았던 것들, 그러니까 그동안 힘들었다는 걸 표현해서 공감을 얻어내는 대신 남편에게 벌을 주는 길을 택했다.

내가 평소와 많이 달라졌다는 사실을 알게 되기까지 남편은 정말 힘든 일주일을 보냈을 것이다. 아이에게도 내 불안정한 마음 상태가 고스란히 반영돼 나타났다.

세 살배기 아이에게 모든 일에 하면 안 된다는 말만 계속 반복했다. 엄마가 아니라 교도관 수준으로 아이를 내 기분에 맞춰 내 계획표대로 움직이도록 강제했다. 내 신경에 거슬리는 행동을 하면 화난 표정을 많이 짓기 시작했다. 그리고 어느 날 아이에게 빽! 소리를 쳤는데, 내 목소리 데시벨이 천장을 뚫었다. 아이가 닭똥 같은 눈물을 뚝뚝 흘리며 얼굴이 시뻘겋게 변할 정도로 서럽게 목 놓아 울었다. 바로 "엄마가 미안해"라고 사과를 하고 손을 뻗어 아이를 안으려 했는데, 아이가 뒷걸음질을 쳤다. 그리고선 나를 피해 자기 방 한구석에 쭈그려 앉아 계속 울었다. 나는 얼어버렸다. 한시도 내 곁에서 떨어지지 않던 껌딱지가 나를 거부했다. 뭔가 잘못되어도 한참 잘못되었다는 걸 깨달았다.

뭔가 잘못되었음을 직감하면서도 나는 안개 속을 헤매는 것 같았다. 무엇이 문제일까? 잘못된 것이 있음에도 도통 알 수 없었다. 내가 정말 왜 이러고 있는지 나 자신도 이해를 못 하고 있었다.

그러던 어느 날 『당신이 옳다』라는 책을 집필하신 정혜신 작가님의 유튜브 방송을 보게 되었다. 방청자에게 질문을 받으시고 그분들의 근심, 걱정, 고민을 들어주셨다. 정혜신 작가님은 나직하면서도 작은 떨림이 섞인 목소리로 진심 어린 위로와 공감을 해 주셨다. 질문을 하신 분들의 마음 짐이 가벼워지는 걸 나도 느낄 수 있었다. 보는 것만으로도 내가 위로를 받는 느낌이 들었다. 방송을 본

후 작가님이 쓰신 책을 바로 전자책으로 구입해 읽게 되었다. 그리고 그 책을 통해 주체하기 힘든 감정의 기복으로 연출된 내가 연출하고 있던 일일 막장드라마를 접을 수 있었다.

'무엇보다 자신의 아픈 몸을 아무것도 아닌 듯이 가볍게 여기지 않길 바라는 속마음, 고통을 진지하게 대해라.'

책에서 나온 이 한 문장을 곱씹어 생각해 보았다.

'나는 진짜 나인 것인가?'

나에 대한 고민이 시작되었다.

책에서 얘기한 대로 '나'가 흐려지면 사람은 반드시 병든다. 그리고, 나는 '나'가 흐릿하게 지워져 있었다는 것을 다시 확인할 수 있었다.


'우울과 무력감은 삶 그 자체일 뿐, 병이 아니다.'

인간의 마음이나 감정은 날씨 같다. 춥기도 하고 덥기도 하고 화창하고 맑다가 바람이 불기도 하고 태풍이 몰아치기도 한다. 예고 없이 지진이 일어나기도 하고 쓰나미가 덮치기도 한다. 그러다가 언제 그랬느냐는 듯 무지개가 걸린다.

모른 체하는 데 일등이 있다면 날씨가 그렇다. 지금 날씨가 좋아도 주변의 고기압과 저기압이 만나면 내 머리 위로 갑자기 폭우가 쏟아지기도 한다. 감정도 그렇다. 슬픔이나 무기력, 외로움 같은 감정도 날씨와 비슷하다. 감정은 병의 증상이 아니라 내 삶이나 존재의 내면을 알려주는 자연스러운 반응이다.

내 감정을 온전히 받아들였다.

'무력감과 우울은 지금 털썩 주저앉아 내 삶을 먹먹하게 돌아봐야 하는 때라고 알려주는 신호다.'

내 상태에 대한 위로를 받았다. '자기'를 드러내면, 그러니까 내 감정, 내 말, 내 생각을 드러내면 바로 싹이 잘리거나 내내 그림자 취급만 당하며 살게 된다. 삶의 배터리가 3퍼센트쯤 남은 방전 직전의 휴대전화와 비슷하다. 숨이 곧 끊어질 운명이란 점에서 그렇다. 3퍼센트 에너지로 30퍼센트의 힘이 필요한 새로운 계획이나 시도를 하기도 한다. 그래서 마지막 남은 3퍼센트를 순식간에 다 태워버리고 재가 되어버리는 안타까운 일이 일어난다.

난 3퍼센트마저 다 써버려서 방전된 상태였다.

책을 읽고 난 후, 나 스스로에게 진심 어린 위로를 해 줄 수 있었다.

"많이 외로웠구나. 혼자 모든 걸 다 처리했어야 하니까 지치고 힘들었지?"라고 말을 해 줄 수 있었다. 상처를 억누르며 지낸 시간들이 혼돈의 시간이었음을 인정했다. 애증, 분노, 자책의 감정 사이에서 나는 탈진해 가고 있었다는 걸.

답은 언제나 가장 가까이 있었다. 내 안에서 발견되었다. 결국은 내 마음의 실체를 보고 느끼면서 혼돈에서 벗어날 수 있었다.

나 자신과 지지고 볶는 애증의 일일드라마를 종영하기 위해 남편과 아이에게 진심으로 사과했다. 진솔하게 내 감정을 털어놓았다. 남편에게 말했다.

"소송을 진행하는 동안에 진짜 힘들었어. 자기가 나한테까지 뾰족하게 굴고 쏘아대는 걸 그동안 나도 참으며 버텼잖아. 그게 상처가 되었던 거 같아. 아이와 놀아주기는커녕 나랑 아이 둘 다 뒷전이었잖아. 그때는 이해한다고 생각했는데 아니었나봐. 나도 육아와 가사를 다 돌보는 데 힘들었어. 그렇다 하더라도 내가 요즘 자기에게 함부로 못되게 군 건 내가 비겁했어. 보복하려고 의도한 건 아닌데 결국은 그렇게 되었지. 내가 받은 상처를 돌려주고 싶었나봐. 그래야 나를 위로해 준다고 생각했나봐. 미안해. 내가 또 이상하게 굴면 바로 얘기해 줘. 그만하라고, 그 자리에서 얘기해 줘. 나도 노력할게. 사랑해."

아들에게도 온몸으로 미안하다고 사과했다.

"엄마가 요새 힘들어서 루카스한테 화를 많이 냈지? 하고 싶은 것도 못 하게 하고, 소리도 크게 질렀고, 정말 미안해. 루카스가 잘못해서 그런 게 아니라 엄마가 전적으로 잘못한 거야. 엄마가 요새 잠도 못 자고, 힘도 없고, 싫어지는 게 너무 많네. 엄마가 엄마한테 화가 난 거야. 루카스가 미워서 그런 거 아니야. 엄마한테 화가 난 걸 아무 잘못 없는 루카스한테 푼 거야. 엄마는 루카스 정말 사랑해. 엄마가 못나게 굴었는데도 엄마랑 같이 놀아줘서 고마워. 진심으로 미안해, 사과할게. 용서해 줄 수 있어? 사과를 받아 줄 수 있어?"

아이는 나를 꼭 안아주며 그랬다.

"응, 괜찮아."


그렇게 나는 나의 감정을 이해하고, 상대방의 감정을 이해하고 나서야 나는 서서히 나로 돌아갈 수 있었다. 힘들어도 무작정 억누르고 사는 걸 상책이라 여겼던 생각이 틀렸다는 걸 알았다.

부정적인 감정을 받아들이지 못하고 억누르기만 하면, 시간이 흐른다고 그 감정들이 사라지는 건 아니다. 해결되지 않은 감정은 더욱 고약해질 뿐이다.

그날 이후, 나는 나와의 일일 드라마 장르를 바꾸기로 했다. 전쟁 드라마 말고 로맨틱 코미디나 불행을 극복한 행복한 가족 휴먼 드라마로 주제의 방향을 틀었다.

"막장드라마 그만 찍자!
이왕이면 전쟁 드라마보다는
로맨틱 코미디가 낫잖아."

## 2부

# 바닥치고
# 일어나기

# 이젠 안 참아,
## 실컷
## 울면서 살 거야



한국인은 유독 감정 표현에 서툴다. 아무리 20년 넘게 외국물을 좀 먹어보았다고 해도 나 역시 어쩔 수 없이 감정 표현이 서툰 한국인이다. 물론 외국생활에 적응해서 생존을 위해 남 눈치를 보지 않고 의사표현을 하는 것이나, 스스럼없이 의견을 제시하는 것 같은 생존 기술은 많이 늘었다.

하지만 부정적인 감정 표현은 여전히 어렵다. 감정을 억누르고 있던 상태에서 정신과 의사와 상담을 하며 펑펑 쏟아낸 울음이 겨우 나를 살렸다. 아무런 편견 없이 나를 그저 나로 봐 주는 의사 앞에서 흘렸던 눈물은 고구마 10개를 먹고 얹혔던 마음을 사이다를 마신 것처럼 뻥 뚫어 줬다.


고통이 크면 클수록 더욱 감정을 참고 억눌렀다. 눈물을 흘리지 못 하니 몸이 대신 울고 있었다는 사실도 알게 되었다. 몸 안에 고스란히 감정들이 쌓여 있었다. 언젠가는 자연스레 사라질 감정이라 생각했다. 그런 헛된 바람은 보기 좋게 빗나갔다. 감정은 저절로 사라지지 않는다. 감정과 정면으로 마주하지 않으면 어떤 형태로든 부작용으로 드러나 몸이 종합병원으로 변한다.

그런데, 난 왜 이렇게 감정 표현이 서툴까? 슬프거나 힘들어도 왜 울지 못했던 걸까?

감정 표현은 어렸을 때부터 받아온 교육과 사회 통념과 문화에 큰 영향을 받는다. 예컨대 한국에서는 아이들이 울면 어른들은 너나 할 것 없이 똑같은 말을 한다.

"울지 마, 왜 울어? 뭘 잘했다고 울어? 뚝 그쳐!"

어른에게도 힘든 감정조절을 우리는 아이에게마저도 감정을 표현하지 못 하도록 인색하게 군다. 우린 칭찬을 들어도 어색해 그저 멋쩍은 웃음만 짓는다. 초창기 외국생활 적응기에는 칭찬을 받아도 상대방이 나를 재수 없다고 생각하거나 잘난 척하는 사람으로 생각할까봐 마음껏 내색을 하지 못했다.

속 좁은 생각이었다. 반복해서 연습을 하다 보니 지금은 노련하게 칭찬을 넙죽넙죽 잘도 받는다.

한국 사람들이 부정적인 감정 표현에 서툰 이유는 여러 가지가 있을 것이다. 예를 중시하는 유교사상, 평정심을 중요하게 여기는 뿌리 깊은 불교철학도 그중 하나다. 또한 한국 사회는 함께하는 공동체와의 관계를 중요하게 여긴다. 이러한 문화는 다른 어느 나라에서도 발견할 수 없는 한국이 급격한 성장을 이루어 낼 수 있었던 직접적인 원동력이었을 것이다. IMF 때 너나 할 것 없이 집안에 고이 간직하고 있던 금을 선뜻 국가에 내놓는 것은 개인주의 중심인 외국에서는 이해하기 어렵다. 이런 행동이 전 세계에 큰 감동을 주고 신문에 대서특필된 이유도 개인주의 성향이 짙은 서구문화권에서는 쉽게 발견될 수 있는 행동이 아니기 때문이다.

한국의 이러한 '집단관계주의'와 폭풍 경제성장은 여태까지 '이런 나라가 없었다'라는 국제적인 명성과 체면을 세워 주었다. '잘 살아 보세'를 외치며 시련과 고통을 국민들이 함께 이겨냈고, 우린 진짜 '잘'살게 되었다. 함께 이뤄낸 결과는 참으로 대단하다.

하지만 그동안 개인의 감정을 뒤로 하고 억압하던 감정들이 슬슬 고개를 들기 시작했다. 쌓아놓은 감정이 버거워지기 시작했다. 이건 나쁜 징조가 아니다. 이젠 우리 자신을 챙길 수 있는 마음의 여유가 생겼다는 의미다.


한국 사회에선 원하는 바를 직접 확실하게 표현하는 것을 왠지 가볍게 보는 경향이 있다. 너무 대놓고 '마음'을 꺼내면 '체면'이 깎인다고 여기는 문화가 있다. 그래서 원치는 않지만 일단 감내하게 되고, 보이는 행동보다는 상대방의 그 속 '마음'을 잘 헤아려 줘야 한다. 행동 속에 숨겨놓은 '심정'을 알아주기를 서로에게 기대하게 된다.

사회에서의 체면이 중요하고 마음을 잘 다스리면 사회적 덕목이 될 수 있다. 하지만 함께하는 사회, 개인보다는 단체를 중요하게 여기는 문화가 바뀌고 있다. 물질적 풍요를 이룬 쾌거로 이젠 정신적인 풍요에 눈을 돌릴 여유가 생겼다.

내가 겪은 고통의 끝자락을 뒤로 하니 이제야 보이는 것들이 있다. 마음의 여유가 생겼을 때가 되어서야 비로소 말로 아픔을 느낄수 있다는 것이다. 정말 죽을 것 같이 힘든 상황일 때는 아픔을 느낄 겨를이 없다. 불나방처럼 달려들어 스스로 소멸할 정도로 일단은 힘든 상황을 넘어서야 하기 때문이다.

## 한국인의 한, 여자의 화병

한국인의 정서를 대변하는 감정, '한(恨)'을 얘기하지 않고서는 울음에 대해 충분히 이해하지 못 한다. 한국인은 그냥 감정이 내키는 대로 쏟아내는 울음을 좋게 보지 않는다.

하지만 오래 참았다가 울음을 토해내는 것은 인정해 준다. 철저한 절제를 통해 참을 대로 참다가 터트렸을 때 비로소 그 '한'이 표출되는 것은 괜찮다는 것이다.

문제는, 대부분 우린 참다 참다 더이상 참기 어려워 화병으로 악화될 때까지 참는다는 것이다. 오죽했으면 이 특화된 '화병'이 1995년 미국정신의학회에 'Hwa-byung'이라는 우리말 용어를 그대로 정신의학 용어로 공식 등록되었을까.

화병은 "한국민족 증후군의 하나인 분노증후군으로 설명되며 분노의 억제로 인해 발생한다."라고 설명하고 있다. 특히 한국 주부들에게 많이 발생하며 '화병은 한국문화 특유의 분노증후군'이라는 정의를 내렸다. 지금은 상황이 바뀌어 한국 남자에게 더 많이 발생한다고 얘기한다.

2019년 서울대 사회발전연구소, 보건사회연구소, 행복연구소가 공동으로 주최한 국제학술세미나에서 발표된 〈한국의 울분〉 연구 결과에 따르면, '지속적 울분'을 느끼는 사람 32.8%와 '심한 울분'을 느끼는 10.7%를 포함해 한국인의 43.5%가 만성적으로 울분을 느끼고 있는 것으로 나타났다.

울분을 느끼는 한국형 스트레스는 일상생활에서 자주 접하게 되어서 더 심각하다. 주변의 사람들로부터 인정을 받지 못하거나 자신의 아픔을 무시당하는 경우, 고부갈등, 명절증후군, 입시에 대한 부담, 직장에서 받는 스트레스, 사회정치적인 사안에서 공정의 기준에 어긋나는 일 등이 있다. 명백히 부당하거나 불법적인 대우, 거부당하는 경험을 했지만 그에 대해 반격할 여지가 없고 무언가 달라질 것이라는 희망이 없는 상태에서 느끼게 되는 울분이라는 것이다. 단순한 노여움보다 좀 더 복합적인 감정이 함축된 것이라 할 수 있다.

외국에서 말하는 분노 표출과는 다르게 한국에서의 분노는 훨씬 평화지향적이다. 가슴에 맺힌 응어리를 잔인한 복수를 통해 풀어내는 것이 아니라 스스로 응축시켜 비폭력적인 방식으로 풀어내려고 한다. 이게 바로 '한'이다.

이런 점이 장점으로만 작용한다고는 할 수 없다. 다른 시각으로 보면 복수를 할 수 없는 상황에 놓인 약자의 위치에 서 있기 때문에 만들어진 감정 형태라고도 볼 수 있다. 무기력함을 안고 자가 폭력성을 자기에게 풀어내는 것이다.

나 역시 그런 과정을 거쳤다. 그리고 결과는 비참했다. 한국의 전통적 '감정 절제'와 '억압 문화'는 우리 고유의 유교사상이다.

하지만 울음을 울음으로 표현하지 못하고, 참기만 하면 울고 풀어질 감정이 곡소리를 부르는 골이 깊어진다. 한으로 가지 않도록 잘 울어 줘야 몸도 마음이 위협을 받지 않는다.


## 남자의 눈물

'남자는 태어나서 세 번만 울어야 한다'는 말도 있다. 우린 유독 '남자의 눈물'에 야박하다. 눈물이 나올 만큼 슬픈 일이 있어도 남자는 '금지된 눈물' 압력이 들어온다. 눈물은 남자들에게 금기로 여겨졌다.

지금은 남자의 우울한 감정표현이 좀 더 자연스럽게 받아들여지긴 하지만 낡은 성 역할 관념에 기반을 두어 신체적, 정신적인 나약함을 들어내는 것이라는 문제화는 여전히 존재한다.

하지만 이게 과연 한국만 그럴까?

'눈물의 건강학'이라는 기사에서, 램지재단 알츠하이머 치료연구센터에 따르면 남성이 여성보다 잘 울지 않기 때문에 평균수명이 짧은 것으로 밝혀졌다고 했다. 특히 이 연구를 통해 사회적 관념 때문에 남성은 우는 횟수가 여성의 1/5 정도에 그친다고 한다. 눈물을 참는 남자는 결국 수명도 짧아진다는 무서운 사실이 밝혀진 셈이다. 남자의 눈물은 미국에서도 관대하지 못 하긴 마찬가지다.

한국도 별반 다르지 않다. 한국스트레스협회 회장 김동구 교수는 일반적으로 열 명 중 여덟 명이 집에서 울고(77%) 네 명은 혼자 숨어서 우는데(40%), 우는 시간도 짧아서 8명은 30분 이상 울지 않고(80%) 6명은 저녁이나 밤에 운다고(56%) 한다. 한국 남성은 여성보다 우는 횟수가 7배나 적은데, 여성이 연평균 우는 횟수가 47회인데 비해 남성은 7회에 불과하다고 한다. 이 수치를 보면 어쩌면 한국 남자들은 울지 못해 화병이 나는 건 아닐까 싶었다.


## 울음을 참아야 하는 아이들


울면 안 된다는 강박관념을 우린 생각보다 어린 시절부터 경험하게 된다. 단순한 노래 가사로 강력한 메시지를 주는 '울면 안 돼'라는 노래는 'Santa Claus is coming to town'이 원곡이다. 노랫말은 산타할아버지에게 선물을 받으려면 울지 말고 착하게 행동하라고 말한다. 울면 사람들이 싫어하고 미워한다는 메시지를 곱씹으며 성탄절이 올 때까지 고스란히 즐기지도 못하게 한다. 우리나라에서는 '울면 안 돼, 울면 안 돼, 산타할아버지는 우는 아이엔 선물을 안 주신데요.'로 더 무섭게 개사가 되었다.

아이들도 선물을 받으려면 울면 안 된다. 찰지게 입에 달라붙는 크리스마스를 위한 최고의 노래이지만 아이들을 생각하면 안쓰럽다.

You better watch out  조심하는 게 좋을 걸
You better not cry  울지 않는 게 좋을 걸
You better not pout  삐지지 않는 게 좋을 걸
I'm telling you why  내가 이유를 말해 줄게
Santa Clause is coming to town  산타할아버지가 지금 오시고 있
거든.

_〈Santa Clause is coming to town〉 노래 가사 중에서

도대체 왜 우린 아이들에게 감정표현을 하지 못하도록 선물이라
는 대가와 맞바꾸며 입막음을 해야 하는 걸까? 차라리 감정표현을
잘 할 수 있는 방법을 가르쳐 주는 것이 더 낫지 않을까? 지금은 감
정코칭교육이 주목을 받는다는 것이 그나마 참 다행이다. 지금이
라도 자라나는 아이들이 어렸을 때부터 감정을 잘 다룰 수 있는 방
법을 배울 수 있었으면 좋겠다.


눈물의 효과

눈물에 관한 흥미로운 에피소드 중 하나로 '다이애나 효과'라는
것이 있다. 1997년 국민의 사랑을 한몸에 받던 영국 왕세자비 다이
애나가 사망하자 영국인들은 큰 슬픔에 빠졌고, 영국 전체가 눈물
바다에 빠졌다. 재미있는 사실은 이후 영국에서는 우울증환자 비
율이 현저히 떨어졌다는 것이다. 이 사건을 통해 눈물이 정신치유

에 큰 역할을 한다는 '다이애나 효과'가 탄생했다. 이 눈물의 효과는 단연 가성비가 갑이라고 할 수 있겠다.

이제라도 그동안 누르고 감춰왔던 눈물을 한바탕 쏟아내야 할 일이다. 밑져야 본전이다.

울음에도 국가마다 문화적으로 허용되는 범위가 있다. 누가 언제 어디서 어떻게 울어야 하는지, 안 되는지가 국가나 문화권에 따라 차이가 있긴 하다. 어느 국가보다 '절제'와 '억제'를 지향하는 우리 문화를 고려할 때 한국인은 더 울어야 한다. 아파서 울든, 그리움에 울든, 서러워서 울든, 억울하고 분해서 울든, 외로워서 울든, 너무 기뻐서 울든, 인생의 무게가 너무 힘겨워 울든 그 이유가 뭐가 되었든지 속으로만 삭이는 걸 그만두고 소리 내 울어야 한다.

남 앞에서 울지 못하겠거든 펑펑 울 수 있는 곳을 찾아서라도 울자. 대신 맘껏 울지 못할 곳에 숨어서 숨죽여 울지는 말자. 적어도 우는 것만큼은 우리 자신을 위해서 떳떳이 해도 된다. 마음이 힘들 때 난 이제는 참지 않는다. 아무도 없는 곳에서 마음 편히 엉엉 속 시원하게 울기도 하고, 나를 이해해 주는 사람들 앞에서 필터 없이 속살을 내보이며 찌질이가 된다. 그래도 괜찮다. 울고 나면 가슴이 후련하다. 한번 울 때마다 속에 쌓아둔 채 소화하지 못한 내 감정의 불순물들을 뽑아낸다.

실제로 실험을 해보니 슬퍼서 우는 눈물에는 독소들이 포함되어 있다고 한다. 눈물의 성분을 조사해본 결과 분노하거나 슬픔이

극에 달해 흘리는 눈물에는 카테콜아민(도파민, 아드렌날린, 노르아드레날린)이 섞여 있다고 한다. 이런 감정에 따라 나오는 정서적 눈물은 각막, 결막을 보호하는 윤활제 역할을 하는 눈물과 매운 음식을 먹을 때나 눈에 티끌이 들어갔을 때 나오는 반사 눈물과는 다르게 독소가 있다는 것이다.

카테콜아민이 몸에 지나치게 많이 쌓이게 되면 신체 스트레스가 커지고, 심혈관계에 문제가 생기며, 혈중 콜레스테롤 수치가 높아진다. 그러니 슬프고 힘들 때는 눈물을 통해 스트레스와 독소를 몸 밖으로 함께 배출하는 것이 생존을 위해서라도 꼭 필요한 일이다. 웃음뿐만 아니라 눈물도 신이 주신 선물이다.

나는 웃음만큼이나 눈물도 참지 않고 맘껏 표현하기로 했다. 그러고 보면 우리가 태어나서 가장 처음 하는 일도 우는 것이다.


"더 울자!
눈물을 흘린다는 것은
몸에 쌓인 스트레스와 독소를 배출하는
가성비가 가장 좋은 건강한 행동이래."

## 유혹적인
## 양다리
## 걸치기의 최후

양다리 걸치기의 끝은 안 좋다. 등장인물 모두에게 손해다.

내 인생이 멈춰 섰던 시간 9개월, 그동안 난 아름답고 유혹적인 양다리 걸치기를 하고 있었다. 상처투성이인 과거와 근심이 가득한 미래 사이에 걸친 양다리였다. 끝날 것 같지 않던 극심한 고통의 긴 터널을 지나 빛이 있는 곳으로 나와 보니 그 속에서는 보이지 않았던 것들이 보이기 시작했다. 과거를 보내지도 못하고 미래를 마음에 둔 채로 오래도록 양다리를 걸치고 있었다.

두려움과 걱정으로 내 이성과 감정 둘 다 제대로 작동하지 못했다. 과거에 생긴 일들에 대해 비난, 자책, 핑계, 하소연, 아쉬운 소리를 하기에 바빴다. 동시에 불안전하고 불투명한 미래에 대한 근심, 걱정, 두려움, 무기력, 이른 포기를 습관처럼 자주 하고 있었다.

왜 나는 그렇게 하지 못했을까?

그 사람은 왜 나에게 그런 말을 했을까?

그 사람이 그렇게만 하지 않았어도 이렇게 되진 않았지!

전적으로 다 그 사람 잘못이야.

친구라면서 그렇게 하면 안 되지.

왜 그때 내가 그런 바보 같은 선택을 했을까?

그때 잘 했더라면 지금 상황은 더 나아졌을까?

이 회사를 오래 운영할 수 있을까?

이 사람은 내 사람일까?

지금 해봤자 너무 늦었어.

아, 하기 싫다….

한다고 뭐가 달라지겠어.

난 그저 나를 방어하고 있었다고 착각했다. 나는 최선을 다했노라고, 그저 열심히 했을 뿐이라고, 그것도 다른 사람들보다 훨씬 부지런히 최선을 다 해서 살았는데, 결과가 이렇게 엉망이라고. 그래도 나는 그 어려움 속에서도 잘 참아냈다며 자기위로를 하고 한껏 남 탓, 상황 탓만 했다. 그래야만 내가 살 것 같았다. 한 발은 지나간 날에 대한 미련과 후회로, 또 다른 한 발은 머지않아 다가올 불안함과 두려움에 걸친 채로.

양다리를 걸치면 산다는 것이 너무 힘들고 지쳤다. 현재를 사는 대신 언제 올지도 모르는 미래를 준비하기 위해 나를 더 힘들게 하고 닦달하고 괴롭히면서 버티라고만 하고 있었다. 양다리 걸치기를 그만둬야 했다. 바꿀 수 없는 것들로부터 오는 걱정을 버려야 했다. 그래야 앞으로 나갈 수 있었다.

양다리의 징후는 여러 가지가 있다.


1. 연락이 잘 안 된다. 답장도 없다.
   * 난 나와 연락이 잘 안 되었다.

2. 연락되면 일이 너무 바빠서 화장실에 갈 시간도 없다고 한다. 혹은 배터리가 방전되었단다.
   * 난 분명 내게서 바쁜 '척' 했다. 하지만 배터리가 방전된 건 사실이었다.

3. 연쇄적으로 '누가 돌아가셨다' 혹은 없던 야근도 갑자기 생겼단다.
   * 내가 죽었다. 그리고 그다음 날 또 죽었다. 매일 죽은 채로 살았다. 또 밤새 영양가 없는 허튼짓을 하며 야근을 자처했다.

4. 전화가 울리면 '별거 아니야'라며 받기 싫은 척한다.
   * 내 맘에서 전화벨을 마구 울렸는데 한 번도 받지 않았다. 무시했다.

5. 핸드폰 비밀번호 패턴이 몹시 어렵다.
   * 그래, 맞다. 내 마음의 비번 패턴 풀기가 힘들었다.

6. 집에 가면 연락이 두절된다.
   * 내 동굴 속으로 들어가 꼭꼭 숨었다.

7. 주변 사람에게 소개를 안 한다.
   * 굳이 나를 끌고나가 사람 만나는 게 귀찮다. 자꾸 나를 혼자 방치했다.


왜 양다리를 걸쳤을까?

어중간하기 때문이다. 버리기엔 아깝고 없애기엔 허전하고 아쉬운 딱, 그 정도이기 때문이다. 나와 나 사이, 그렇게 어정쩡한 관계였던 거다.

머리로는 알고 있다. 마음을 화끈하게 끊어내지 못하고 용기를 내지 못해 진실 앞에서 끙끙거린다.

이젠 정말 양다리를 그만둬야 할 때가 왔음을 안다. 그렇지 않으면 나 스스로 만든 생채기만 더 깊어질 뿐 상황이 나아지지 않는다.

행복에 이르는 유일한 방법은, 우리의 뜻대로 할 수 없는 것들에 대한 걱정을 그만두는 것이다.

_ 에픽테토스

양다리를 끊어냈다. 오직 오늘만을, 나를 위해 살고 싶어진 마음과 생각에 집중했다. 과거도 미래도 내 뜻대로 할 수 없지만, 오늘 당장은 내 뜻대로 할 수 있으니까! 그동안 열심히 달려온 내 몸과 마음을 꾹꾹 눌러가며 마사지를 해 줬다. 뭘 더할까 생각하지 않고 뭘 덜 할까 생각했다. 무엇을 하느냐 하지 않느냐가 중요한 것이 아니라 무엇을 하든 나 자신에게 하는 채찍질을 그만뒀다. 지나간 일에 대한 아쉬움을 내려놓았다. 앞으로 올 일에 대한 걱정도 그만뒀다. 어차피 내 뜻대로 할 수 없는 것들이니 흘려보냈다.

습관이 쉽게 바뀌지 않듯이 문득문득 또다시 걱정하고 채찍질을 하는 나를 발견하기도 했다. 그런 날은 그냥 봐주기로 했다.

'아, 내가 오늘 또 그랬구나…. 안 그랬으면 좋았을 걸 그랬네….'

그렇게 나를 그 자체로 수용하고 다독여 줬다. 내 모습에서 세

걸음 떨어져 나와서 보니 내가 그냥 안쓰럽고, 왜 그리 힘들게 사는지 안타까웠다. 조금 편안하게 해 주고 싶다는 생각도 들고 안아주고 싶다는 마음을 가질 수 있게 되었다. 못난 것 같아도 나를 받아주기로 했다. 힘을 빼고 나니 지금의 모습이 가장 찌질하다 싶어도 그냥 나를 있는 그대로 사랑할 여유가 생겼다.

한 가지만은 확실하다. 모든 사람은 완벽하게 불안하다. 완벽하게 불안한 우리가 할 수 있는 일이라고는 내 뜻대로 할 수 있는 현재를 놓치지 않고 사는 것이다.

현재를 살아가는 마음 자세를 가장 잘 표현한 글이 떠오른다. 드라마 〈눈이 부시게〉 마지막 회에서 깊은 울림을 줬던 김혜자의 마지막 대사다.

"내 삶은… 때론 불행했고 때론 행복했습니다.
삶이… 한낱 꿈에 불과하다지만… 그런데도 살아서 좋았습니다.
새벽의 쨍한 차가운 공기, 꽃이 피기 전부는 달콤한 바람, 해 질 무렵 우러나는 노을의 냄새…. 어느 하루 눈부시지 않은 날이 없었습니다."

지금 삶이 힘든 당신… 이 세상에 태어난 이상, 당신은 이 모든 걸 매일 누릴 자격이 있다.

대단하지 않은 하루가 지나고, 또 별거 아닌 하루가 온다 해도 인생은 살 가치가 있다.

후회만 가득한 과거와 불안하기만 한 미래 때문에 지금을 망치지 말자. 오늘을 살아가도록 하자. 눈이 부시게!

　당신은 그렇게 할 자격을 가지고 있다.


"오늘을 살자!

　어중간한 나와의 관계를 끊자.

　과거의 나는 변할 리 없고 미래의 나는 예측할 수 없어.

　하지만 오늘, 지금 여기 있어."

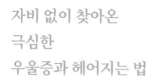

## 자비 없이 찾아온
## 극심한
## 우울증과 헤어지는 법

나무에 앉은 새는 가지가 부러질까 두려워하지 않는다.
새는 나무가 아니라 자신의 날개를 믿기 때문이다.

_《새는 날아가면서 뒤돌아보지 않는다》 중에서

결정했다, 내 날개를 믿어보기로. 극심한 우울증이 내게 찾아온 이유는 다양할 테다. '날 수 없을 것 같다'는 나에 대한 믿음이 사라졌다는 것도 한몫했다. 무슨 이유로 시작이 되었든 자비롭지 못한 이 우울증을 떠나보내기로 결심했다. 뿌리까지 완전히 뽑아내겠다는 의지로 내 몸과 마음은 똘똘 뭉쳤다. 우울증과는 영원히 안녕하고 싶었다.

책, 논문, 칼럼… 할 것 없이 우울증에 관한 정보를 닥치는 대로 읽었다. 마음이 절뚝거리고 있었기에 내 안전과 내 행복을 우선순위에 두어야만 했다.

내가 견뎌낸 극심한 우울증 극복 방법은 아래와 같다.

## 아무것도 하지 않기

가장 첫 번째로 한 일은 멈추는 것이었다. 그리곤 관찰을 했다. 내 감정, 지금 처한 상황에 동요하지 않고 보기만 했다. 아무것도 하지 않는 것이 뭔가를 하는 것이라는 것을 배웠다.

예전이라면 수많은 계획을 세우고 당장 달려들어 해결하려 했을 것이다. 이번엔 그러지 않았다. 지나간 날과 오지 않은 날을 생각하지 않기로 했다. 리셋을 하고 다시 시작하기로 마음먹었다. 멈춤이 있어야 생각에 뒷짐을 지어줄 수 있고 마음의 완충지가 생긴다.


## 나를 살린 책

두 번째로 선택한 것은 책을 읽는 것이었다. 다른 사람들의 생각과 의견을 집중해서 듣고 읽었다. 나도 모르는 사이 많은 것이 내 안으로 들어왔다. 세상을 보는 삐딱한 시선, 만사 귀차니즘, 지나간 일에 연연하는 미련과 끝이 없는 후회, 뭘 해먹고 살아야 하나 하는 막막한 미래에 대한 불안, 허기가 진 감정, 남 탓만 하는 나쁜 생각, 사업 파트너에 대한 실망과 분노, 미래에 대한 두려움과 초조함…. 이 모든 것을 버려 보기로 했다.

못난이, 미련퉁이, 게으름뱅이, 투덜이, 겁쟁이 뒤로 숨지 않고 책을 통해 나를 이해해 보기로 했다. 사업을 시작하기 전에는 최고가 되기 위해 일과 관련된 서적이나 자기계발 책들을 가까이 했다. 사업을 시작한 후에는 비즈니스, 리더십, 직원들의 역량 강화 및 팀 연대강화, 세일즈, 마케팅, 브랜딩 등 사업에 관련된 책만 읽었다. 나의 초점은 항상 일, 실력 향상, 자기계발, 시간 관리에만 맞춰져 있었다.

책을 읽는 패턴을 바꿔보기로 했다. 이번엔 전혀 읽지 않던 분야를 선택했다. 심리학, 철학, 에세이, 우울증과 관련된 뇌과학 등을 골랐다. 더 앞으로 나아가도록 채찍질하는 책이 아니라 나를 보듬어 줄 따뜻한 말들로 감정 자양분을 응급 보충해 주기로 했다.

처음에는 책 한 권을 다 읽어내는 데 거의 3주가 걸렸다. 작정하고 읽기 시작했음에도 불구하고 더디기만 했다. 한국 책을 쉽게 구할 수 없어서 전자책을 읽을 수밖에 없었고, 전자책이 주는 불편함에 읽고 싶은 마음마저 자꾸 도망을 갔다. 귀차니즘 대마왕이 된 나를 어르고 달래고, 또 어떤 때는 질질 끌어다 전자책 앞에 세워놨지만 읽는 데 집중이 잘 되지 않았다. 때마침 읽는 책이 번역본이었기에 서점으로 달려가 원서를 사고 싶은 마음도 컸다. 책은 넘기는 게 제 맛인데 그 기쁨마저 없다.

예전 같으면 이미 진즉 그만뒀을 테지만 '다르게 살기로' 마음을 먹었으니까 고개를 설레설레 흔들었다. 내 안에 사는 왕투덜이가 나를 지배하지 못하도록 정신을 놓지 말자고 다짐하고 또 다짐했다. 귀차니즘 대마왕까지 이기고 나니 그 빈자리를 포기 악마의 속삭임이 채웠다.

'그만 둬! 그런다고 달라지지 않아!'

이런 속삭임에 대항하기란 쉽지 않았다. 조금만 더 해보자고 마음을 달랬다. 습관이 형성된다는 21일, 딱 그때까지만 해보자고 매일 아침 마음을 토닥였다.

2주에 한 권을 겨우 읽어내던 내가, 1주일에 한 권씩 읽게 되고 3~4일에 한 권을 읽게 되었다. 에세이는 한두 시간 만에 읽을 수 있었다. 뇌과학 관련 서적들은 3~4시간에 끝낼 수 있었다. 책을 읽고 인상적인 부분은 메모했다. 거기서 멈추지 않았다. 인상적인 글귀를 읽으면서 내 안으로 들어오는 감정과 생각을 적었다. 내가 느끼는 감정에 더 가까이 다가갔다.

딱 21일만 해보자고 했던 책 읽기가 1년이 넘은 현재도 진행형이다. 2020년 한해 동안 100여 권을 읽었다. 나를 가만히 들여다보는 힘이 생겼다. 내가 느끼는 감정을 섣불리 판단하려 하지 않을 수 있는 여유라는 것이 생겼다. 읽는 책 한 권 한 권 소중하게 다루고 생각의 기록으로 온전히 소화해 내 것으로 만들었다. 정말 도움이 된 책들은 세 번 네 번 반복해서 읽고 내 인생에 가져오고 싶은 내용을 정리하고 그 말들을 행동에 옮겼다. 예전에 읽었던 책들을 다시 보기도 했다. 또 다른 감동을 얻기 시작했다. 책은 변함이 없었지만 내가 변했기 때문이다.

책들과 많은 시간을 보내면서 한 가지 깨달은 사실이 있었다. 내 안에 쌓인 감정은 전부 다 내가 만들어낸 감정이었다는 것이다. 상황이나 사람이 내게 어떤 자극을 준 것은 사실이지만 그 자극과는 별개로 나 혼자 만들어낸 감정들이고 반응이었다. 내가 이 감정들을 어떻게 통제하느냐에 따라 내 인생이 달라질 수 있었다.

사람은 변하지 않는다. 스스로 변하지 않기로 마음 먹었기 때문이다. 하지만 변하기로 마음먹은 순간 내가 변하고 무엇보다 내 세상이 변하는 걸 느낄 것이다. 우리를 가장 빨리 변화시키는 것은 우리 생각을 변화시키는 것이다.

## 감정일기 쓰기

불교 용어로 사람의 다섯 가지 욕망과 일곱 가지 감정을 말하는 오욕칠정五慾七情이 있다. 오욕五慾은 재물욕財物慾, 명예욕名譽慾, 식욕食慾, 수면욕睡眠慾, 색욕色慾이다. 칠정은 인간의 일곱 가지 감정을 일컫는 말이다. 삶이 주는 희노애락애오욕喜怒哀樂愛惡慾, 즉 기쁨, 노여움, 슬픔, 즐거움, 사랑, 미움, 욕심을 말한다. 심리학자들은 이 칠정을 어떻게 조절하느냐가 인간의 성공과 실패를 결정한다고 말한다.

문제는 감정이라는 것이 생각처럼 쉽게 읽히지 않는다는 것이다. 아주 깊게 그리고 매일 들여다보아야만 진짜 속 감정이 희미하게 보이기 시작한다. 감정을 종이에 적으니 마음에 숨구멍이 생긴다.

자신에게 중요한 이야기들이 모여 결국 자신이 어떤 사람인지 결정한다는 '정체성의 심리학'이 내 서사를 바꾸는 데 큰 도움이 되었다. 개인의 정체성을 결정하는 것은 내 인생에 내가 어떤 이야기를 줬는가에 따라 달라질 수 있다. 수많은 경험을 통해 우리 정체성이 만들어진다. 그 경험의 이야기를 어떻게 자신의 삶에 옷을 입히느냐가 우리를 결정한다.

우리 스스로가 영화감독이다. 지금 이야기가 마음에 들지 않는다면 다른 이야기를 쓰면 된다. 우리 안에는 이야기의 주인공이 되어줄 페르소나가 한 명이 아니라 여러 명 있다. 페르소나란 사회에서 인정해 주는 가면 같은 것이다. 무대 위에서 어떤 역할을 맡을 것인가 지정해 주는 것이다. 디자이너, 엄마, 남편, 부인 같은 것 말이다.

그 많은 페르소나에서 난 그저 나에게 딱 맞는 편안한 옷을 찾아 입듯이 내가 좋아하는 페르소나만 다시 모아보기로 했다. 내 정체성을 내가 다시 선택하고 지정하고, 그 페르소나를 지켜나가는 과정이 필요했다. 못난 내 모습들도 분명 있지만 그 모습들을 이해하고 앞으로의 삶을 어떻게 살 것인지에 대한 결정을 다시 내렸다.

한때 사회적 지위나 직업으로 정의된 모습이 나를 대표한다고 생각했다. 직업은 직업일 뿐이었다. 사회적 지위가 나를 대표하지 않는다. 난 훨씬 더 자유롭고, 나만의 진정한 목소리를 가지고 있다. 내 삶은 여전히 현재진행형이고, 어려운 환경과 상황을 극복함으로써 성공적으로 끝나는 줄거리를 짰다. '어떤 도전이 실패로 끝난 것도 있지만 좋은 교훈을 뼈저리게 몸으로 배웠다'로. '결국, 큰 노력 끝에 어려움도 아픔도 잘 견뎌냈고 행복을 찾아냈다'라는 마무리로.

내 삶이 지금보다 훨씬 더 찬란할 수 있다는 확신이 생겼다. 다양한 감정을 품은 내 안의 여러 페르소나에 신이 났다. 모자람도 넘침도 그대로 인정했다. 토닥토닥 다독여 주니 내 안에 웅크리고 있던 토라진 내 모습들이 조금씩 고개를 들었다. 내 안에서 한껏 잔소리를 해댔던 찌질이, 걱정대마왕, 왕투덜이, 귀차니즘, 겁쟁이들도 이젠 예뻐 보인다.

## 나쁘지 않은 나 말고 진정한 나

성인의 자아실현과 발달에 관한 탐구 프로그램을 만든 게이 루스 박사는 '우리를 위축시키는 것은 세월이 아니라, 한 걸음씩 내디딜 때마다 진정한 자기 모습을 잃어버리면서 그 세월을 살아가는 삶의 방식'이라는 말을 했다.

어느 순간부터 난 사회와 타협하며 '나쁘지 않은 나'로 살고 있었다. 변화보다는 안정을 선호하고 있었다. 그게 편했기 때문이다. 그리고 이런 선택은 자기위안이고 자기위로였을 뿐이라는 걸 깨달게 되었다. 게으름이었다. 두려움이었다.

내가 만난 우울증은 나도 모르게 '내 진정한 모습'을 어딘가에 놔두고 '그저 그런 나'에 안주하며 살면서부터였다. '그렇게 나쁘지 않은 상황'을 오늘도 내일도 모래도 계속 유지한다면 결코 '지금보다 더 나은 삶'은 오지 않는다.

내 욕심이 컸다. 원하는 것들이란 게 억지를 부린 욕망일 뿐이었다. 완벽한 나, 완벽한 배우자, 완벽한 부모, 완벽한 직장인, 완벽한 사업가로 완벽하게 살고자 에너지를 소비했다. 지나고 보니 난 진정으로 '완벽'하다는 그 의미 자체를 이해하지도 못했고, 결코 이룰 수 없는 것들이었다. 그냥 할 수 있다고 억지를 부리고 있었을 뿐. 완벽한 사실은 우리가 완벽한 존재가 아니라는 것이다.

더이상 완벽해지고자 하지 않기로 했다. 억지를 내려놓으니 비로소 내가 누구인지 속살을 들여다보게 된다. 진정한 내 모습을 숨기지 않고 들여다보게 된다. 삶이 잠시 멈춰 있다고 하더라도 내 진정한 모습도 같이 멈춘 것은 아니었다. 매일 매일 내가 사랑하는 모습을 불러내 한 걸음씩 움직이는 것만으로 충분했다. 변화는 한 번에 한 걸음씩만 앞으로 나가는 것으로 충분했다.

나의 날개를 치료하는 시간이었다.

"나뭇가지가 부러질까봐 걱정하지 말자!
   우리의 날개를 믿자."

# 나는
## 지금 이대로
## 괜찮은 걸까?


'나는 지금 이대로 괜찮은 걸까?'

내 감정을 들여다보고 숨 고르기를 하면서 떠오른 생각이었다. 잠시 멈춤을 하니 많은 질문이 나오기 시작했다. 내 본질을 들여다보는 질문들이었다.

나는 누구인가? 나답다는 것은 어떤 걸까? 무엇을 위해 살아야 하는가? 잘 살아온 걸까? 채워지지 않을 것을 위해 달려온 것은 아닌가? 앞으로는 무엇을 하며 살아야 할까? 내가 진정으로 원하는 것은 무엇일까?

많은 질문들이 떠올랐지만 그 중에서도 나에 대한 의심을 걷어내는 것이 가장 중요했다. 나를 가장 아프게 하는 것이 나였다.

내가 나를 사랑한다는 것은 어디서 시작되는 것일까? 나를 존경하는 마음, 바로 자존감이다. 내가 잘 살고 있다고 느꼈을 시기에는 생각하지 못했던 자존감에 대한 고민을 오랫동안 했다. '지금 이대로가 괜찮지 않다'라는 감정이 사라지지 않았기 때문이다.

자신을 사랑하는 것은
평생에 걸친 연애의 시작이다.

_오스카 와일드

자존감은 평생에 걸친 연애의 시작이다. 스스로를 사랑하고 존중하는 마음은 우리가 키울 수도 죽일 수도 있다. 자신감과는 또 다른 영역이다. 자신감이 내가 할 수 있다고 믿는 것이라면 자존감은 아무런 조건 없이 나를 존중하고 사랑하는 마음이다. 쉽게 지치고 무기력하며 반복적으로 우울함을 느끼고 사랑하는 사람과 자주 싸우는 일이 자꾸 늘었다면, 상처받고 후회와 자책을 반복하면서 남들의 시선을 의식해 속말을 참다가 후회하는 일이 잦아졌다면 자존감을 점검해 봐야 한다.

자존감을 이루는 세 가지 축이 있다.
바로 자기 효능감, 자기 조절감, 자아 존중감이다. 이 세 가지가 밸런스를 잘 이루지 못하면 자존감은 무너진다.

## 자존감의 세 가지 축

### 첫째, 자아 존중감

자아 존중감은 자기 안전감이라고도 한다. 자기 스스로 얼마나 안전한지를 느끼는 감정이다. 조건 없이, 아무것이 없어도 자신이 사랑받고 행복을 누리는 것을 의심 없이 받아들이는 것이다. 자신 그대로의 모습을 인정하고 그 모습에 안전함 혹은 편안함을 느끼는 감정을 가지는 것이다. 만약 당신이 유난히 혼자 있는 것을 힘들어 하거나 지나치게 남으로부터 인정받는 것에 집착한다면 자아존중감이 낮다는 의미다.

### 둘째, 자기 효능감

자신이 얼마나 쓸모가 있느냐 그리고 어떤 일을 얼마나 잘 해낼 수 있느냐 하는 믿음과 기대의 정도를 말한다. 어떻게 보면 자아존중감과 상반된 의미이기도 하다. 자기의 능력에 연관된 감정이다. 어떤 일을 성취했을 때 얻을 수 있는 자기 인정이다.

예를 들어 자신이 원했던 직업을 갖게 되었을 때 느끼는 '내가 쓸모 있다'는 감정 혹은 능력을 발휘해 승진을 했을 경우 자기 효능감이 늘게 되고 자존감 역시 상승하게 된다. 우리 사회에서 지나치게 강조하는 부분이기도 하다.

### 셋째, 자기 조절감

말 그대로 자기를 조절하는 것이다. 뭔가를 하고 싶은 감정, 그 본능에 충실할 것인지 혹은 본능을 조절해 더 나은 방향으로 이끌어갈 것인지에 대한 자율성을 나타낸다.

예를 들면, 피곤한 하루를 마감하는데, 친구가 그립다. 하지만 내일을 위해 일찍 귀가하는 것이 더 나은 선택이라 느낀다. 이 경우 어떻게 조절을 할 것인가? 내일을 생각해 주말에 친구를 만나기로 정할 수도 있다. 혹은 친구를 잠깐 보고 일찍 들어가는 것도 한 방법이다. 어떤 결정을 내리든 자신을 조절하고 그 선택에 충족감을 느낄 경우는 자존감이 올라간다. 친구를 만나 늦게까지 시간을 보내고 다음날 하루 종일 피곤한 시간을 보냄으로써 후회를 한다면 자신의 선택에 실망을 한다. 자기 조절을 못했다는 감정을 가진다. 이미 길들여진 습관과 기질에 연관이 많다.

자존감을 지키기 위해서는 자아 존중감, 자기 효능감 그리고 자기 조절감이라는 세 축이 적절한 균형을 잡아야 한다.

내가 삶에 지쳤다고 느꼈던 시기에 난 그저 스쳐가는 강도 높은 피곤함 정도로 여겼다. 시간이 지나 발견한 것은 변해버린 것 같은, 나 같지 않은 내 모습에 실망한 것이 가장 컸다. 빵빵했던 자신감이 나 자신에 대한 의심으로 변했다. 내가 나를 의심하게 된 순간 지나간 선택들에 대한 자책과 자괴감이 같이 쫓아온다.

그때까지 나는 자존감을 살리고 죽이는 선택이라는 것이 작은 일상에 곳곳이 숨어 있다는 걸 깨닫지 못했다. 자존감에서 가장 큰 적은 두 가지였다. 자신을 두고 남과 비교하는 것 그리고 성장하지 않고 멈춰 있는 것.

우리가 사는 세상은 방대한 정보의 폭발로 숨이 막힌다. 보는 것도 보이는 것도 많다. 남들이 가진 것도 보게 된다. 내가 가진 것을 비교한다. 미디어가 쏟아내는 수많은 정보는 나만 모자란 것 같은 느낌이 들게 한다. 사람들은 서로 얼마나 가지고 있는지 뽐내기 바쁘다.

남과 자신을 비교하는 것 자체는 인간의 당연한 감정이다. 비교를 하고 나서 어떤 반응을 하는지는 우리 자존감에 지대한 영향을 미친다. 비교를 통해 무너지는 자기 자신을 부정하고 하찮게 여기는 마음을 잘라내야 한다. 자신을 가치가 없다고 느끼고 능력이 모자라다 치부하는 자기 효능감 킬러를 막아내야 한다. 그렇게 하기로 마음먹을 용기, 자기 조절감을 목숨처럼 소중히 다뤄야 한다. 그러기 위해서는 멈추지 않고 공부하고 성장해야 한다.


## 공부로 키우는 자기 사랑, 자존감

여기서 말하는 공부는 더 광범위한 공부를 의미한다. 한국에서의 공부는 다른 나라에서 쓰는 공부와 의미가 좀 다르다. 주입식 공부가 한국 교육의 주를 이루며 '공부'라는 말은 실제로 '교육시킨다'라는 말로 이해된다.

『뜻도 모르고 자주 쓰는 우리말 사전』에서는 공부工夫의 본래 뜻을 다음과 같이 설명한다.

공부는 원래 불교에서 말하는 주공부做工夫에서 유래한 말이다. 주공부란 '불도佛道를 열심히 닦는다'는 뜻이다. 그중에서도 특히 공부라 함은 참선參禪에 진력하는 것을 가리킨다. 불가에서 공부工夫에 관한 기록은 「선어록禪語錄」에 많이 나오는데, 다음과 같은 마음가짐으로 해야 한다고 한다. 공부는 간절하게 해야 하며, 공부할 때는 다른 생각을 하지 말아야 하며, 공부할 땐 오로지 않으나 서나 의심하는 것에 집중해야 한다.

오늘날에는 공부의 뜻이 바뀌었다. 학문을 배워 익히는 일 모두를 말한다. 오로지 제도교육 내에서 배우는 것만을 가리키는 말로 한정되어 쓰이는 경우가 많다.

한국, 중국, 일본에서 사용하는 공부의 의미도 다르다. 한국의 공부工夫는 한자 어원상 '지아비가 되는 노력'을 뜻한다. 부역이나 노역을 의미하는 말로 토목이나 건축 공사와 관련된 노력으로 '일, 직업'을 뜻하는 셈이다. 육체 노동에 관련되어 쓰이던 '공부'라는 표현이 조선시대에 와서 성리학의 영향을 받으면서 도학을 배우고 익히는 데 들이는 정력과 시간이라는 뜻으로 쓰이게 되었다. 이것은 다시 자연스럽게 '학문이나 기술을 익힘'이라는 뜻으로 바뀌었다.

반면 중국에서는 공부功扶로 표기한다. 이는 쿵푸Kungfu 혹은 '쿵후'라는 발음된다. 당신이 생각하는 그 쿵푸가 맞다. 인도에서 넘어온 달마대사가 승려들의 심신을 수양하기 위해 고안한 체조의 일종으로 현재는 세계적인 무술로 발전했다. 몸을 쓰는 기술, 무술로 심신을 수양하고 도를 닦는다는 의미로, 시간이 오래 걸린다. 우리말의 '공부'의 원의는 사실 중국어의 '쿵후'가 보존하고 있는 의미를 계승한 것이다.

일본은 공부工夫로 한국과 표기는 같으나 그 의미는 다르다. 여러 가지로 궁리하고 고안한다는 의미다. 발명하거나 연구한다는 의미로 사용하는 단어로 공부의 핵심 요소 '곰곰이 생각하기'를 잘 표현해 준다.

공부의 본래적 의미는 영어의 'to study'라는 말과 상응한다. 라틴어 어원인 'studēre'도 '학문을 한다'는 뜻으로 무언가를 열심히 노력해서 습득한다는 의미다. 이것은 개념적 지식의 한계를 넓힌다는 뜻으로 인간의 이성을 확충한다는 의미와 연관이 깊다. 즉 공부는 인간의 신체적 정신적 단련을 통하여 달성하는 탁월함을 의미한다.

자존감은 만병통치약이 아니다. 나를 존중하고 사랑하는 마음, 자존감이 높을수록 행복감을 더 자주 많이 느낀다는 것을 경험했다. 만족감을 높은 삶을 살려면 평균 이상의 자존감은 반드시 필요하다. 남과 비교하는 것을 그만둠으로써, 몸과 마음을 성장시키는 공부를 계속함으로써 나의 자존감을 다시 똑똑하게 키워갈 수 있었다. '반복적인 좌절' 속에서도 주저하지 않고 포기하지 않음으로써 나의 자존감 회복이 빨라졌다.

무기력도 학습할 수 있다는 사실을 알게 된 순간, 하찮게 여겼던 일상의 결정들이 얼마나 나의 존재를 결정하는 데 소중한 선택들인지 깨달았다. 나를 향한 시선, 마음, 감정, 행동이 자존감과 밀접하게 연결되어 있는 만큼, 자존감이 올라가면 자신감, 자기애, 삶의 만족도가 저절로 올라간다.

지금 이대로의 삶이 괜찮지 않다면 일상에서 결정하는 작은 결심, 작은 선택에 더 주의를 기울여 봐야 할 때이다.


"지금의 너는 어떠니?
어떤 일상의 결정을 하며
살고 있니? "

# 행복을
## 짜내는
### 7가지 레시피

*When life gives you lemons, make lemonade.*

*(삶이 당신에게 레몬을 준다면 그것으로 레모네이드를 만들어라.)*

여기서 말하는 레몬은 상큼하고 비타민 C가 가득 들어 있는 밝은 노랑 때깔 좋은 레몬이 아니다. 말라비틀어지고 갈색 반점으로 뒤덮인 레몬이다. 몸이 부르르 떨릴 정도로 시고 쓴맛까지 느껴져 먹을 수 없는 레몬, 인생의 시고 쓴맛 가득한 레몬을 말한다. 그 시고 쓴 인생의 레몬에 설탕을 넣어 달콤한 레모네이드를 직접 만들라는 의미가 들어 있는 문장이다.

인생이 우리에게 던져 주는 시고 쓴 레몬은 하나 둘이 아니다. 좌절과 실패, 무기력과 무망함의 외로운 시간을 지나오는 동안 레모네이드를 만들기는커녕 쳐다보기도 싫다. 선택의 갈림길이다. 레몬을 받았다고 그 맛을 감내하며 절망과 더불어 살 것인가? 그 레몬으로 새콤달콤한 레모네이드를 만들 것인가?

절망에 무릎 꿇는 대신 행복을 선택하기로 하고 내가 찾은 레시피는 다음과 같다.


행복 레모네이드 짜내기 7가지 레시피


하나, 돈지랄과 지름신이 내리는 걸 막기 위해 온라인 쇼핑을 멀리해야 한다. 나는 핸드폰과 손가락이 제일 무섭다. 나도 모르게 내 손에 쥐어져 있는 독하고 질긴 놈들이다.

현재 우리가 이미 가지고 있는 모든 것들에서 당연한 것은 하나도 없다. 가진 것에, 무사고로 지나가는 하루만으로도 온전히 감사하면서 간장종지 돈그릇을 일단 세면대 크기만큼이라도 키워야 겠다. 우선 필요 없는 물건에 대한 욕심을 과감히 버려야 하겠다. 대신 경험을 사자.


둘, 소중한 내 에너지를 쭉쭉 뽑아가는 뱀파이어들과 거리를 두고 나를 함부로 여기는 사람들과의 불필요한 만남을 없애자. 진심으로 나를 아껴주고 마음이 통하는 사람들과 함께 시간을 보내는 것도 모자라는 판이다. 나를 내려다 보거나 함부로 대하는 이들에게 쓸 우리의 시간과 에너지 따위는 없다. 과감하게 하이킥을 날리며 말하자, 꺼져!


셋, 요가든 필라테스든 달리기든 내게 딱 맞는 운동 하나는 꼭 찾자! 시도하고 또 시도해서 찾아내야 한다. 하루 15분 홈트레이닝도 괜찮다. 꽉 붙들고 꾸준히 해야 한다. 우리 저질 체력을 사랑스럽게 보듬어 줄 수 있는 이는 우리 몸뚱어리 하나밖에 없다.

넷, 감정이 팔딱대는 힘겨운 날들을 털어내자. 차분히 앉아 감정의 찌꺼기들을 마음 저 아래로 가라앉히고 털어낼 수 있는 시간을 선물하자. 깊은 들숨과 날숨, 숨쉬기 6초만 해도 우린 헐크로 변하지 않는다. 하루를 닫으며 좋은 음악을 들으며 기분 좋음을 느끼는 10분이라도 우리 자신에게 줘야 한다. 정신없이 바쁜 하루를 잘 살아낸 것에 대한 칭찬을 받을 자격이 충분하니까.

다섯, '우리도 죽는다'는 것을 잊지 말고 지금 당장 내가 무엇을 좋아하는지 또 무엇을 할 때 행복한지 그 자취들을 따라가자. 이것이야말로 내가 '척' 하는 것으로 사는 게 아니라 나 자신 그대로 '찐'으로 사는 것이 아닐까.
내가 나를 모르면 남들의 판단과 생각이 나를 만든다. 남들의 시선, 남들의 생각을 내 안으로 들여놓으면 나는 남 눈치만 보며 살게 된다.
중요한 것은 남들이 어떻게 나를 생각하느냐가 아니다. 내가 나를 어떻게 생각하느냐다. 내가 어떻게 남들에게 보이느냐는 바꿀 수 없다. 그건 그들이 느끼는 자유이자 선택사항이다.
하지만 내가 어떻게 나를 보느냐는 바꿀 수 있다. 이것은 나만의 선택이고 자유다. 우리에겐 선택할 권리가 있다.

여섯, 경험에 투자하자. 나 그대로를 인정하고 솔직하게 살려면 겪지 보지 않았던 경험을 하자. 경험을 통해 저 밑바닥부터 쌓여오는 행복감과 만족도는 어디에도 비교할 수 없는 충만감을 선물해 준다. 비싼 가방, 비싼 차, 비싼 물건들을 플렉스 하는 (돈 자랑) 인생을 부러워하지 말고 그 돈을 아껴 투자하거나 내 삶에 발전을 가져올 책들을 플렉스 하자.

돈이 바닥이 드러나게 사라졌을 때, 모든 것을 다 잃을 뻔했을 때, 나는 잘 알지도 모르는 타인에게 잘 보이기위해 나는 헛짓거리를 하고 살았던 지난 시간과 돈이 제일 허무했다. 흘려버린 시간과 돈을 찾아올 수는 없다. 비싼 가방, 비싼 차가 나를 대변해 주는 하나의 일부라고 생각한다면 마음의 자존감과 자신감이 텅텅 비었다는 신호다.

마지막으로, 가장 어려운 조항이 있다.

일곱, 위 여섯 가지를 직접 행동으로 옮긴다는 것이다.

자기 자신에게 솔직하게 산다는 것은 정말 어렵다. 특히 지금의 '나'가 너무 초라해 보일 때는 더 그렇다. 그래서 보여줄 게 없고 위축이 될 수도 있다.

하지만 그럴 때가 가장 시작하기 가장 좋을 때다. 무엇이 필요한지 잘 보이기 때문이다. 그때그때 필요한 경험을 더하면서 내 실력을 키워내면 괜찮은 '나'가 나오기 시작한다. 내 경험으로도 공부로 시작한 '솔직한 나'를 찾는 여정은 결코 '나'를 배신하지 않았다.

어디서부터 시작해야 할지 막막하다면 두 가지 시작점을 제시해 주고 싶다.

첫째는 내가 관심 있고 잘 할 수 있을 것 같은 것을 시작하는 것이다.

두 번째는 관심 있는 것이 무엇인지 모를 때 선택할 수 있다. 변하는 세상의 흐름 위에 올라타는 것이다. 지금의 트렌드와 가까운 미래의 트렌드에 촉을 세워 그에 맞춰 세상이 원하는 것을 하는 것이다. 트렌드를 알려 주는 책, 뉴스를 가까이 하면서 세상 읽기를 시작하면 된다.


신 레몬을 받을 때마다 억울하고 속상하다. 포기고 싶은 마음과 좌절감 사이에서 참 많이도 헤맸다.

하지만 레몬을 받기 전의 단계로 돌아가겠느냐고 묻는다면 나는 그때로 돌아가지 않을 거라고 자신 있게 이야기할 수 있다. 내 인생에 닥쳐온 일들이 나를 위해 일어났다는 것을 충분히 이해했기 때문이다. 원치 않은 레몬을 받았더라도 새콤달콤한 레모네이드를 만들고 나면 아픈 만큼 몇 배, 몇 십 배 더 성장한다. 그 전보다 더 행복한 삶을 향해 나아간다.


이젠 레몬을 받을 때마다 내게 쉬어가라는 인생의 쉼표라는 걸 안다. 고난, 실패, 역경, 방황은 다른 방향으로 가라는 표지판이다. 나를 자책하지 말고 그저 방향을 틀어 다른 시도를 해보라는.

나의 삶과 목적의 방향을 재조정할 때다. 좁았던 내 시야가 확장

되는 값진 교훈을 얻게 된다. 아무리 쓰디 쓴 레몬을 받는다 해도 난 이제 시원하고 맛있는 레모네이드를 만들 자신을 갖게 되었다.

인생이 내 손에 레몬을 쥐어 주지 않았더라면 나는 나의 이야기와 경험을 더 많은 사람과 나누고 위로와 용기와 희망을 줄 수 있는 일을 하고 싶다는 생각을 해보지도 않았을 것이다.

레모네이드 레시피는 처음부터 우리 안에 있었다.

"행복 레모네이드를 만들자!
행복을 달콤하게 짜내는 레시피는
바로, 지금 우리 안에 이미 들어 있대."

## 노마드 프로페셔널로
## 살면서
## 알게 된 것

어쩌다 보니 10개에 달하는 나라에서 살아보게 되었다. 흥미로운 사실을 발견했다. 어딜 가든 잘 사는 사람들이 있고 그렇지 않은 사람이 있다는 것이다. 나라마다 주어지는 똑같은 환경, 똑같은 조건에서 왜 누구는 행복하게 잘살고, 누구는 불행하게 사는 걸까?

### 어딜 가든 잘 사는 사람들

아버지는 해군 장교였다. 군인 가족들은 이사를 많이 다닌다. 태어나서부터 고등학교 졸업을 할 때까지 18년 동안 22번 이사를 했다. 서울, 동해, 거제도, 진해, 대전을 오가며 이사를 다녔다. 그리고 대학에 들어가고 외국생활을 시작하며 다시 10개국 17개 도시에서 살게 되었다.

수도 없이 돌아다니며 너무나도 다른 사람들을 만났고 사람을 보는 눈이 자연스럽게 늘었다. 어디를 가든 유독 생기 있고 즐겁게 삶을 만끽하는 이들이 꼭 있었다. 난 그들이 어떻게 사는지 뭐가 그리 즐거운지 궁금했다.

어렸을 때는 눈으로만 봤다. 성인이 되어서는 그들에게 질문도 많이 하고, 다채롭게 살아낸 그들의 삶에서 행복과 성공을 어떻게 찾아가는지 주시했다. 그리고 '어딜 가든 잘 사는 사람들'의 공통적인 패턴을 발견하게 되었다.

행복한 사람은 어딜 가도 행복할 수밖에 없고, 성공할 사람은 어딜 가도 성공할 수밖에 없다는 것이다. 거꾸로 말하면 어떤 사람은 어딜 가든 자신을 다시 불행하게 만들고, 어떤 사람은 어딜 가도 스스로가 성공하지 못하도록 만든다.


자국에 있든 타국에 있든 어디에 던져놔도 어떻게 해서든지 행복을 찾아가고, 성공을 찾아가는 사람들이 가지고 있는 특징 중에는 몇 가지 공통점이 발견된다. 남들이 뭐라고 하든 '마이웨이'를 지켜나가는 중심, 적응하기 위해 자신의 위치를 잘 잡는 능력, 자신이 자신다울 수 있는 소우주를 만드는 것 등 여러 가지가 있다.

그중에서 가장 큰 요소로 딱 하나만 뽑으라면 '자기 삶의 의미와 목적을 아는 사람들'이다. 좀 더 쉽게 얘기하자면 '자신을 잘 아는 사람들'이다. 자신이 무엇을 좋아하고 무엇을 원하는지를 아는 사람이다.

이 말은 곧 자신이 무엇을 싫어하고 무엇을 원치 않는지를 정확하게 알고 있는 사람이다.

안전한 자기 세상에서 한 걸음 밖으로 나왔을 때, 그곳이 어디가 되었든 간에 정도의 차이는 있지만 두렵긴 매한가지다. 불편하고 불안하다. 태어나 자란 도시에서 다른 도시로 갔을 때, 내 고국에서 외국으로 나왔을 때, 물론 그 변화의 강도가 높을수록 두려움과 걱정에 대한 강도 역시 함께 높아진다.

하지만 자신의 기준점이, 다르게 말하면 자신만의 정체성, 삶의 가치관이 정확한 사람들은 남 때문에, 문화 때문에, 환경 때문에, 라는 이유로는 쉽게 흔들리지 않는다. 그 정체성은 자신에게 중요한 가치가 무엇인가를 잘 알고 있다는 것이다.


## 행복은 가진 것을 원하는 것으로 나눈 값

아쉽게도 내가 만난 많은 사람 중에 자기가 좋아하는 것과 원하는 것을 구분 짓지 못하는 사람이 많았다. 두 가지가 같다고 생각하는 사람들이 많다. 행복심리학의 대가인 에드 디너Ed Diener는 '행복 = 가진 것 ÷ 원하는 것'으로 표현했다. 가진 것이 많으면 행복할 수 있다.

하지만 가진 것이 많아도 원하는 것이 더 많이 늘어나면 행복지수는 줄어든다. 반대로 생각해보면 가진 것은 일정해도 원하는 것, 즉 욕망을 줄이면 행복지수는 커진다. 그래서 자신의 행복을 알려면 자신이 가지고 싶은 것이 무엇인지 또 원하는 것이 무엇인지 반드시 구분할 줄 알아야 한다. 어디든 잘 적응하고 사는 사람들은 이 구분 능력이 매우 뛰어나다. 흔히들 무언가를 갖고 싶다면 자기

가 좋아하는 걸로 생각한다. 또 무언가를 좋아한다고 말하면 갖고
싶어서 하는 걸로 착각한다.

행복 = 가진 것 (달성한 것) ÷ 원하는 것 (열망)

　다른 사람은 다 가지고 있는데 나만 가지고 있지 않은 상태에서
불편함을 느낀다면 그것은 원하는 것이 된다.
　예를 들어, 남들이 가지고 있는 명품백, 명품차 등 나만 없어서
가져야 겠다는 마음이 든다면 그것은 '원하는 것'이다. 명품백을 들
고 다니지 않는 사회 속에서 살고 있어서 군이 명품백을 몇 백만
원을 주고 살 필요를 느끼지 않고 그 명품백이 없이도 별 문제를
느끼지 않는다면 그것은 정말 '좋아하는 것'이 아니다. 남들은 다
있는데 나만 없어서 '원하는 것'뿐이다. 필요 없는데, 필요하다고
느끼는 것이다.
　한참 원하던 것과 멀어졌을 때도 그것을 떠올리고 기억하면서
여전히 원한다면 그것은 '좋아하는 것'이다. 아무도 명품백을 들고
다니지 않는 사람들 속에서 혹은 그런 사회에 둘러싸여 자신이 구
입한 명품백에 누구도 그다지 신경을 쓰지 않음에도 몇 백만 원을
들여 사서 들고 다니고 싶다면 그것은 '좋아하는 것'이다.

　에드 디너의 이론을 뒷받침하는 또 다른 경제학자의 이론이 있
다. 노벨 경제학상을 수상한 미국의 이론 경제학자 폴 앤서니 새뮤
얼슨(Paul Anthony Samuelson, 미국 신고전파 경제학자로 현대 경제학의 아버지

로 평가받고 있다)은 행복은 소비를 욕망으로 나눈 값, 즉 'Happiness = consumption / desire'로 정의했다. 갖고 싶은 것이 많고 소비가 클수록 행복이 줄어든다는 얘기다.

행복 (Happiness) = 소비 (consumption) / 욕망 (desire)

이 두 가지를 잘 구분하면 자신의 행복에 대한 정의가 쉬워진다. 가진 것을 원하는 것으로 나눈 값, 소비의 크기를 욕망의 크기로 나눈 값이다.


## 진짜 원하는 것과 좋아하는 것

나만 힘든 것 같다면 '진짜 원하는 것'과 '진짜 좋아하는 것'을 구분하는 능력을 키워야 한다. 원하는 것과 좋아하는 것을 따로 구분하는 습관이 있는 사람은 어디에서 살든지 허탈감과 고립감을 덜 느끼고, 외로움도 빨리 극복한다. 그래서 성공도 빨리 이뤄낸다. 원치 않는 것은 과감히 버리고 좋아하는 것을 향해 전진해 나가면 주변에서 보내는 어지러운 신호들을 정리하는 신호등이 있어 머뭇거릴 필요가 없다.

욕심을 버릴수록 만족도가 올라간다. 결국, 행복은 내가 좋아하는 것이 무엇인지를 찾아내는 것이 중요하다. 또한 그것을 얼마나 자주 빨리 찾아내느냐에 달려 있다. 행복 자체가 변하지는 않지만 그 행복을 정의하는 '나' 자신이 변하기 때문에 행복의 기준도 변한다.

우리는 우리가 중요하다고 생각하는 것을 가지고 있지 않으면서 행복하게 사는 사람들을 많이 관찰해야 한다. 우리가 원하는 것이 내 인생에서 정말 중요한 것인지 다시 검증해볼 기회가 된다.

긴 시간 동안 외국에서 돌아다니며 살지 않았더라도 한국 어디선가 열심히 헤맨 '나'가 있었을 테다. 어디가 되었든 상관이 없다. 헤매는 경험을 함으로써 내가 '진짜 원하는 것'과 '좋아하는 것'을 조금씩 알아가는 더딘 걸음이 나를 더 행복한 사람으로 만들어 준 것만은 확실하다. 어디에 사느냐가 중요하지 않다는 말이 아니다.

하지만 어떻게 사느냐가 우리 인생의 질을 높이는 데 더 큰 의미를 준다. 결국은 우리의 선택이다.

당신은 정확한 답을 알고 있는가? 언제, 어디서, 어떻게, 무엇을 위해, 누구와 왜 함께 살고 싶은지?

"네가 진짜 좋아하는 것은 뭐야?
자신이 정말 원하는 것과 좋아하는 것을 구분할 수 있다면
우린 더 자주, 더 확실하게 행복을 느낄 수 있대."

3부

직장의
맛

아니,
내가 너네 말을 못하지
일을 못하니?

 

내가 살았던 열 개 나라 중에서 8개국은 영어가 주요 소통 수단이었고, 천만다행이었다. 공부도 사회생활도 영어권 나라에서 했기 때문에 난 일할 때 한국어보다 영어가 더 편했다.

하지만 영어가 유일한 기본장착 기능이었던 내게 바닥부터 맨땅에 헤딩하는 것으로 시작하게 된 나라들이 있다. 스페인과 핀란드다. 이 두 나라에서 겪은 경험은 외국에서 살면서 '언어'에 대해 내가 얼마나 자만을 하며 살았는지 깨닫게 해 줬다.

예전엔 많은 사람이 영어를 배우는 것에 힘겨워 하는 것을 보고 난 '영어 배우는 게 뭐가 힘들지?'라고 생각했었다. 이제야 영어 울렁증이 있는 분들의 마음을 충분히 이해한다. 비루한 능력 하나로 다른 사람을 공감하지 못했던 나를 반성한다.

처음 스페인으로 이사하였을 때 내가 할 줄 아는 말이라고는 "올라Hola!" 그리고 "챠오Ciao!"뿐이었다. 만나서 반가워! "안녕"과 "잘가!"이다.

시작과 끝말을 제외하고 가장 중요한 대화에서의 핵심 언어 상자가 텅텅 비어 있었다. 스페인어, 그게 뭐라고 그렇게 배우는 게 싫고, 거부감이 들고, 나를 한없이 작게 만들었던지. 여성 남성 변환, 동사 변환을 끊임없이 외우고 단어와 문장을 뜯었다 붙이기를 반복하며 이해하고자 했지만 만만치 않았다.

난 영어 하나로 이 나라에서 일거리를 찾아 살겠다는 안일한 마음으로 스페인 생활을 시작했다. 그리고 그런 희망은 절대로 이루어지지 않을 거라는 걸 며칠 만에 알게 되었다.


이사할 집을 찾기 위해 처음으로 스페인에 도착해 마드리드 공항에 도착했을 때다. 길눈이 어두운 나는 택시를 타고 호텔로 향하는 길이었다. 택시 기사님은 라디오를 틀어 놓으셨고, 라디오를 들으면서 피로감과 부담감이 쓰나미처럼 몰려왔다. 끊임없이 쏟아지는 스페인어를 들으며 '도대체 언제 숨을 쉬는 거지?' 싶었다. 라디오에서 흘러나오는 말들은 무지하게 빨랐다. 빨라도 그렇게 빠를 수가 없었다. 다다다다… 따발총처럼 내뱉는 말속엔 숨을 쉬는 구간조차 없었다.

"어우, 숨 막혀. 듣다가 답답해 죽겠네."

라디오에서 나오는 공영 뉴스 방송은 래퍼가 스페인어로 4배속으로 랩을 하는 것 같았다. 스페인어를 쓰는 라틴 계열 나라 중에서도 말하는 스피드로 치자면 스페인이 단연 일등이다. 다른 남미 국가에서 온 사람들을 만나면 억양의 차이와 다른 단어들을 쓰기는 하지만 말하는 속도가 느려 알아듣기가 좀 낫다.

내 남편은 핀란드 사람이지만 태어나자마자 스페인에서 자라서 스페인어가 모국어처럼 편한 사람이다. 난 하나부터 열까지 그에게 매미처럼 딱 달라붙어 해결해야 했다. 처음에는 통역을 둔 것처럼 편했다.

하지만 시간이 흐를수록 그 불편함은 답답함으로 변했고 급기야 짜증과 분노로 나타났다. 스페인에 도착해서 시차에 적응을 하며 이주신고, 주민등록증 발급신청 등 필수서류들을 등록하는 것조차 쉽지 않았다. '내가 외국에 한두 번 살아보니? 이 정도쯤이야.' 자신만만하게 서류 목록을 찾아보지만, 영어로는 자료를 찾을 수가 없다. 몇몇 블로그에 올라온 글을 보면 다 한 나라에 사는 거 맞나 싶을 정도로 준비해야 하는 서류 목록이 제각각이었다.

난 모든 면에서 남편에게 이거 도와달라 저거 도와달라, 보호자가 필요한 아이가 되어버렸다. 하나도 내 힘으로 해결할 수 있는 게 없었다. 서류를 제출하러 가더라도 내가 설명을 할 수가 없으니 남편이 옆에 서서 대신 말을 해 주지 않으면 불가능했다. 서류 등록을 하는 데도 남편 없이 할 수 없다는 게 너무나도 답답했고 싫었다. 슈퍼마켓에 가서도 찾는 물건이 어디에 있는지 물어볼 깜냥이 안 되었다. 영어로 물었고 대답은 스페인어로 들었다. 무슨 소리를 하는지 알아들을 리가 없다.

나는 말도 안 되는 스페인 탓으로 평계를 댔다. 스페인 사람들은 요즘 같은 세계화 시대에 '영어'도 할 줄 모른다는 둥, 영어로 소통할 기반이 안 돼 있다는 둥, 외국인에게 불편한 나라라는 둥 불만은 끝이 없었다.

불만의 요지는, 스페인어를 못하는 나는 잘못이 없고 스페인과 스페인 사람들이 세계화가 되기엔 아주 멀었다는 지극히도 개인적 이고, 편협한 이상한 이론을 펼쳐내는 것이었다. 항상 생각과 말이 직선적인 남편은 내게 돌직구를 던졌다.

"스페인에서는 그들이 영어로 네게 얘기를 해야 하는 게 아니라, 네가 스페인어를 해야 하는 게 맞아."

맞다. 냉정하게 말하는 그의 말이 얄밉기는 했지만 틀린 것도 아니다. 그 길로 나는 스페인어 학원에 등록했다. 그러면서 지원할 회사들에 대해서도 알아보기 시작했다. 유명하다는 취업사이트에 등록했고 '영어로 된' 이력서를 올렸다. 내 기준으로 세계화 준비가 된(웹사이트에 영어 버전이 들어 있는) 리크루트 에이전시에 연락해 면접도 잡을 수 있었다.

'여러 나라에서 일한 경력이 있는데, 일자리 하나 못 잡겠어? 다른 건 몰라도 내가 일 하나는 잘하지.'

철저히 자가 평가를 근거로 한 자신감은 첫 번째 에이전시와의 면접에서 와르르 무너졌다.

리크루트 에이전시 면접을 위해 사무실을 방문했을 때, 입구에서부터 리셉셔니스트와의 스페인어 실랑이가 시작되었다. 영어로 대화를 시도했지만 리셉셔니스트는 내게 스페인어로만 질문했다. 저 밑바닥에서 가뭄에 콩 나듯 떠오르는 내 스페인어 실력을 끌어 모아 혼신을 다해 더듬더듬 "올라. 어… 메야모 줄리… 땡고…

음… 어포인트먼트…." 아, 어포인트먼트가 스페인어로 뭐지? 땀이 삐질삐질 나고 심장이 쿵쾅거린다. 스페인어를 못하는 나를 애처로운 눈으로 나를 바라보던 그녀는 돌연 스페인어 따발총을 내게 다다다다, 쏟아낸다. 난 급하게 "Hold on a minute!(잠깐만!)" 그러고는 인터뷰할 사람의 이름을 찾아 그 이름만 애타게 불렀다. 기억도 못 하는 그 긴 이름을 반복해서.

그녀의 얼굴에 화색이 돌면서 또다시 내게 따발총을 쏴 주시고 뭐라 뭐라 하더니 사라진다. 알아들을 리 없던 나는 땀이 촬촬 흐르는 손에 들고 있던 포트폴리오 가방만 꼭 붙잡고 '동작 그만' 자세로 한참을 서 있었다. '뭐지? 뭐지? 따라 들어가야 하나? 여기 있으라는 건가? 시간이 좀 지난 거 같은데? 그냥 나갈까?' 생각하던 찰나 그녀는 나를 다른 방으로 안내해 줬다.

면접은 말 그대로 '꽝!'이었다. 면접관은 영어를 못했고 우린 서로 얼굴을 쳐다보며 어색한 눈웃음만 몇 번 교환했다. 모든 질문은 스페인어로 진행됐고, 난 그 질문에 영어로 대답을 했다. 아마도 내 대답은 질문과는 전혀 상관없는 답이었을 테다.

포트폴리오를 무언으로 서로 보며, 한 장 한 장 넘길 때마다 알 수 없는 자괴감이 피어올랐다. 포트폴리오를 닫고 나서 면접관은 찐한 스페인어 억양이 섞인 영어로 한마디를 해 줬다. "그레이트, 그레이트." 내가 아는 그 'Great'이라고 말해 준 거지? 'r'은 스페인어의 굴림 발음으로 해 주셨다.

에이전시를 나오면서 비참함이 나를 짓눌렀다.

"야! 내가 그래도 런던, 뉴욕, 홍콩 내로라하는 회사에서 best employer라며 언제든지 오라고 해 준 인재거든? 내가 했던 디자인들이 얼마나 잘 팔렸는지 알아? 베스트셀러에 올라간 디자인이 얼마나 많았는지 알기는 해? 나를 붙잡는 회사를 뒤로 하고 스페인 온 거라고. 아니, 내가 너네 말을 못하지 일을 못하니?"

너무 서러웠다. 면접관에겐 노트 패드가 들려 있었는데, 그 노트 패드엔 나에 대해 단 한 글자도 쓰지 않았다. 난생처음으로 10분도 안 되어서 끝난 인터뷰가 나를 울렸다. 그 텅텅 빈 노트 패드가 자꾸 눈에 밟혔다. 내 이름조차 그 노트 패드에 남기질 못한 거다.

'스페인어? 까짓것 너 두고 봐!! 다 죽었어~'

비장한 느낌으로 각오를 다지면서 내게 아주 작은 칭찬을 해 줬다. 그래도 내가 아는 '올라'와 '차오'는 잘 하고 나왔잖아. '메 야모 줄리Me llamo Julie.'(내 이름은 줄리야.) 이 한 문장이 나를 살렸다.

그래, 내가 어떤 사람인지 증명하겠어!

딱 기다려! 투우 소처럼 달려줄 테니!

"그거 알지?
나쁜 경험도 결국은
다 우리 자신을 위해 일어난다는 거."

스페인어
4개월 공부하고
직장 구하기

## 완벽하지 않아도 괜찮아

내 스페인어는 직장에서 완벽하게 소통할 수 있는 실력이 되지 않았다. 완벽하지 않아도 괜찮다. 무작정 시작했다. 준비가 반도 안 되었다. 상관없다. '시작'하는 것이 더 중요하다. 스페인어를 못해 리크루트 에이전시와의 첫 미팅이 10분 만에 끝나는 처절한 경험을 한 후 스페인어에 대한 불굴의 의지는 활활 타올랐다. '그게 왜 그토록 처절하기까지 한 일일까?' 의문을 가질 수도 있겠지만 이유가 있다.

디자이너 인터뷰는 포트폴리오를 보는 것만으로도 10분 안으로 끝나는 경우가 절대 있을 수 없다. 그러덴 스페인어로 소통을 할 수 없었던 나는 포트폴리오에 대한 부가설명을 하나도 하지 못하고 페이지만 손으로 넘길 수밖에 없었다. 면접자 역시 영어를 못했기 때문에 우리는 서로 어색한 웃음만 지으며 손으로 면접을 진행하거나 영혼까지 털어 바닥에서 박박 긁어 끌어낸 어눌한 스페인어 몇 마디가 다였다.

영어만 가지고는 스페인에서 살아남지 못한다는 것을 감지한 나는 그 길로 바로 어학원을 끊었다.

내가 원하는 목표는 전공 분야인 패션 디자이너로서의 일자리를 구하기 위한 스페인어를 배우는 것이었다. 원하는 수준은 인터뷰를 통과할 수 있을 정도로 내 일과 경력, 작품을 충분히 설명할 수 있는 수준이었다. 그리고 리크루트 에이전시에서 겪은 씁쓸한 경험을 다시는 반복하고 싶지 않은 간절함이었다.

학원은 월요일부터 금요일까지 하루에 2시간 동안 진행되는 곳으로 등록했다. 보통 빨리 언어를 늘리기 위한 방법으로 온종일 앉아서 집중수업을 듣는 경우가 있는데, 개인적인 생각으로는 이건 정말 도움이 안 된다. 내가 터득한 실용적인 언어 습득은 배운 것을 하나라도 얼마나 빨리 써먹고, 얼마나 많이 연습하느냐에 따라 자연스럽고 순발력 있는 살아 있는 언어로 변신했다. 기계적인 외우기 반복 학습으로 매일 다섯 여섯 시간씩 책상에서만 혼자 공부한다고 입 밖으로 나와 주지 않는다.

학원이 끝나면 집에 오자마자 즉시 복습과 예습을 했다. 책에서 나온 단어 이외에는 따로 찾아서 공부하지 않았다. 대신 책에서 나온 단어를 사전에서 어떻게 사용되는지를 다 확인하고, 반복해서 소리를 내 읽었다. 그리고 바로 인터넷에서 구인 웹 사이트에 들어가 디자인, 디자이너라는 의미의 단어인 'Diseño, Diseñadora, Diseñador' 키워드를 넣고 구인 요건과 회사가 찾는 인재에 대한 설명을 하루에 하나씩 프린트했다. 모르는 단어를 골라내고, 사용된 동사들을 뽑아냈다. 그 구인광고를 완벽하게 이해하고, 내 이력서에 들어갈 패션에서 쓰는 전문 단어들을 뽑아내는 것이 주요 목적이었다.

내가 완성한 스페인어 이력서 초고는 정말 볼품이 없었다. 남편이 스페인어를 못했다면 전문 통역에게 맡겼겠지만, 돈을 들이지 않고 남편 찬스를 썼다. 남편이 내 영문 이력서와 스페인어 이력서를 비교하며 교정을 봐 주었고 스페인에서 쓰는 이력서 형식을 찾아 그것에 맞게 재배열을 했다.

스페인에 입국한 지 4개월이 지나서 직장을 구했지만 그 사이에 어눌한 스페인어로 다른 리크루트 에이전시들을 두 번 더 만나러 갔다. 매번 갈 때마다 내 이력을 스페인어로 표현하는 능력이 조금씩 늘었다.

하지만 내가 원하는 만큼의 수준이 아니었기에 미팅 결과가 형편 없긴 마찬가지였다. 한곳은 면접관이 영어를 꽤 잘했다. 실례를 무릅쓰고 내 상황에 대해 자세히 설명하며 도움을 요청했다. 언어적인 장애를 포함해 한국에서 겪을 수 있는 상황과 유사했다. 결론적으로 스페인에서 스페인어를 못하면서 디자이너로 일하는 것은 거의 불가능하다고 단호하게 말했다.

답은 명확했다. 싫든 좋든 스페인어를 배워야 한다는 사실.

스페인 북서쪽에 있는 '자라' 혹은 '망고'같이 큰 SPA 브랜드들만 유일하게 스페인어를 하지 못하더라도 디자이너로 일할 수 있는 가능성이 있다는 걸 알게 되었다. 하지만 당시 남편의 사업 때문에 마드리드를 떠날 수 없었다.


## 비장의 무기, 인터뷰를 위한 시나리오 외우기


우선 스페인어로 완성한 내 이력서를 달달 외웠다. 인터뷰 예상 질문과 답변을 시나리오로 직접 만들어 '인터뷰에서 살아남기 대답 리스트'를 만들어 남편에게 스페인어 교정을 부탁했다. A4로 20장 가까이 되는 내용을 매일 연습해 전부 외웠다.

숟가락, 양파, 그릇, 이런 단어들을 배우고 있는 상황에서 내 스페인어 수준과 인터뷰에서 오가게 될 스페인어 수준은 격차가 무척 컸다. 그 차이를 줄이기 위해서는 바로 써먹을 수 있는 용어들을 익히는 수밖에 없다. 단어를 따로 분리해 외우는 대신 내 경력을 설명하는 단어와 동사를 한 문장으로 구성해 짝을 지어서 통으로 외우는 것이다. 예를 들어 '매 시즌 디자인 콘셉트를 결정하고 트렌드를 분석해 무드 보드를 만들었다.'가 한 묶음이 되는 것이다.

무엇보다 신경을 썼던 것은 남편에게 질문지를 줘서 묻게 하고 내가 대답을 하는 형식으로 조금 더 자연스럽게 대화를 이어가는 연기 연습이었다. 남편이 바쁠 땐 혼자 허공에 대고 연기를 했다. 실제 인터뷰를 보러 갔을 때, 질문을 제대로 이해하지 못하더라도 비슷한 단어나 문장이 나오기만 하면 내가 준비했던 대본을 처음부터 끝까지 읊었다. 그 답변 안에는 어차피 면접자가 질문할 내용이 포함되어 있기 때문이다.

디자이너를 구하는 30여 곳을 전부 지원했다. 주니어 디자이너든 시니어 디자이너 자리든 상관없었다. 어디에서든 먼저 시작을 하는 것이 제일 중요했기 때문이다. 월급 액수도 보지 않았다. 어느 나라를 가든 누구나 0에서 시작해야 해서 1일 만드는 게 먼저다. 이것저것 따질 여유란 있을 수도 있어서도 안 된다.

면접은 7곳을 봤다. 이것 역시 스페인어 인터뷰를 하는 무료 실전연습이라 여겼다. 완전히 외워서 세포 하나하나가 이해할 때까지 수많은 연습을 실전 인터뷰를 통해 인터뷰 실력을 키웠다. 40분 인터뷰를 위해 4개월 동안 매일 6시간 이상 공격적으로 인터뷰용 스페인어 실력을 늘리기 위해 몰두했다.

스페인어 학원을 등록하고 정확히 4개월째 되는 날, 첫 번째 채용 제의를 받았다. 6개월 동안 육아휴직을 떠난 사람의 자리를 채우는 일이었고, 패션 회사가 아니라 커튼이나 쿠션 커버 같은 리빙 제품들을 디자인하고 제작하는 라이프 스타일 회사였다. 월급은 짜디 짠 70만 원. 내가 영국에서 인턴십을 할 때 받던 금여의 절반도 안 되는 금액이었다.

그거라도 좋았다. 어디서부터라도 시작을 하면 올라갈 수 있으니까. 일단은 시작하자고 마음을 먹었다. 계약서를 쓰기 위해 회사로 가기 몇 시간 전 다른 패션 회사로부터 연락이 왔다. 다시 한 번 회사로 와 달라는 연락이었다. 사장 부부가 나를 만나고 싶다는 요청을 인사과 담당자로부터 받았다.

## 스페인어를 잘 못한다는 고해성사

사장 부부를 만나 인터뷰를 하는 동안 느꼈다. 내가 있을 곳이 여기구나, 하는 본능적인 느낌. 이 인터뷰를 보기 전까지 6번 실전 연습을 했고 그만큼 자신감이 붙어 있었다. 예상대로 사장 부부는 인터뷰에 매우 흡족해 했고 언제부터 일할 수 있느냐고 물었다. 그 질문을 듣자마자 나는 고해성사를 했다. 일상적인 대화에 필요한 스페인어 구사 능력이 너무 약했던 나는 영어로 해도 괜찮겠느냐는 요청도 했다. 괜찮다는 허락이 떨어지자마자 일단 감사인사를 했고 곧이어 사과를 했다.

"오늘 시간 내주셔서 너무 감사드립니다. 최종 결정을 하시기 전에 제가 솔직히 털어놓아야 할 것이 있습니다. 사실은 제가 스페인어를 잘 못합니다. 스페인으로 이사를 온 지 4개월밖에 안 됐습니다. 업무에는 지장이 없도록 매일 스페인어 공부를 할 것이지만 초창기에는 적응기간이 좀 필요할 것 같습니다. 회사 내 업무와 다른 부서와의 소통에 더 큰 노력을 들이도록 하겠습니다. 디자인만큼은 인터뷰에서 말씀드린 대로 최고의 디자인을 해낼 수 있고, 디자인, 트렌드 분석, 시즌별 콘셉트 지정, 콜렉션 라인업, 브랜딩, 샘플링, 제작업체와의 소통만큼은 어느 다른 경쟁 지원자보다 잘 할 수 있습니다. 여러 나라에서 일한 경험과 결과가 있으니 믿고 자리를 맡겨 주셨으면 합니다."

사장 부부는 내 솔직한 고백에 오히려 감동했다. 내가 스페인에 온 지 4개월밖에 안 됐다는 사실에 까무라쳤고, 나의 스페인어 실력에(스페인어 인터뷰 대본을 통으로 암기하고 자연스럽게 연기한 능력) 몇 년 살았던 걸로 알았다는 말씀과 함께 무한 칭찬을 해 주셨다. 4개월 만에 이렇게 해낸 것만으로도 다른 일들을 어떻게 할지 상상이 된다며 사장님 부부는 "Welcome to Spain"과 "Welcome to our company"라는 말을 이구동성으로 해 주셨다. 덤으로 양쪽 볼 뽀뽀와 딥 허그를 주셨다.

계약서에 사인을 하고 졸랑거리는 마음으로 남편에게 전화했다. "Babe, I got it!"

그렇게 시작된 스페인에서의 첫 직장생활은 다른 회사로 스카우트되기 전까지 4년 넘게 이어졌다. 스페인어 실력은 구글 번역기와 절친을 맺으며 즉시 번역, 즉시 사용을 반복함으로써 매일 매일 쭉쭉 늘었다. 점심시간에 함께 앉아 대화하고 퇴근 후 직장 동료들과 술을 마시며 일상생활에서의 스페인어 구사 능력도 같이 키웠다. 입사한 지 6개월 정도 되었을 때는 어려운 용어가 아닌 이상 대부분 이해하고 내 의견을 말할 수 있었으며, 1년도 안 되어서 구글 번역기 없이 모든 업무에서 스페인어로 쓰고, 말하고, 협상하는 일을 어렵지 않게 할 수 있었다.

2년째가 된 해 디자인팀에서 가장 높은 직급인 디자인 디렉터 자리에 올랐다. 디자인팀에 속한 4명의 디자이너와 함께 해낸 내 디자인은 회사에 화려한 수익을 가져왔다. 그것을 기반으로 나는 매년 연봉을 두 배로 올리는 협상 결과를 가져올 수 있었고, 사장님들은 회사 창립 이래 가장 빠른 성장과 수익을 창출했다고 말씀해 주셨다. 내가 결혼식을 올렸던 2016년에는 다른 직원들과 달리 특별 하사금까지 두둑하게 챙겨 주셨다.

### 언어 울렁증 고민 해결

해외 직장에서 일하는 분들 중에는 언어 때문에 고민을 토로하시는 분들이 많다. 난 항상 그분들에게 오늘 당장 써먹을 수 없는 언어들은 과감히 버리라고 말씀드린다. 말을 하는 것과 말을 '잘' 하는 것은 천지차이다. 영어라는 큰 바다에서 애매하게 헤매지 말고, 자신만의 특별한 작은 호수를 만들라고 한다. 대화를 위한 언어가 필요한지, 회사생활을 하며 전문 분야의 언어가 필요한지 본인이 먼저 결정해야 한다. 그 후 필요한 분야를 집중적으로 선택해서 깊게 파고들어야 한다고 말한다. 오늘 당장 쓸 살아 있는 언어를 배워야 한다.

이건 한국에서도 사용할 수 있는 방법이다. 영어 울렁증이 있으신 분들이라면 자신에게 꼭 물어봐야 할 것들이 있다.

왜 언어를 배우고 싶은가? 어디에 쓸 목적인가? 어느 수준만큼 하고 싶은가? 언제 쓸 것인가?

내 삶에서 영어를 쓸 일이 없다면 과감히 영어로부터 벗어나시라고 말씀드리고 싶다. 남들이 다 하니까 나도 해야 할 것 같은 동기 때문이라면 아무짝에도 쓸모없다. 차라리 길을 묻는 외국인에게 길을 가르쳐 주는 영어, 혹은 몇 날 며칠 동안 여행지에서 쓸 영어라면 여행 중에 먹고, 자고, 놀 때 쓸 영어 대화를 배우라고 말씀드리고 싶다. 또한 영어가 아닌 다른 언어도 좋다. 이 세상에는 대략 7,139개의 언어가 사용되고 있다고 한다.

때때로 우린 완벽해질 때까지 시도하지 않는다. 완벽을 추구하는 것도 게으름과 두려움의 또 다른 얼굴이다. 완벽하지 않을 때 시작해야 하고, 완벽해지기 위해서 노력하는 과정은 실전에서 실력을 키워가며 할 수 있다.

언어도 마찬가지다. 완벽할 필요도 없고, 완벽해질 수도 없다. 그러니 정말 필요한 것만 골라 먹자. 언어를 가장 빨리 배우는 방법은 언어가 당장 필요한 상황 그 자체에서 발생하는 '간절함' '정확한 목표' 도달하고 싶은 '언어의 수준', 이 세 가지를 결정하고 시작하는 것이다. 이 세 가지가 있으면 언어를 정말 빠르고 능동적이고 집약적으로 늘릴 수 있다.

지금의 나는 핀란드에 살면서 영어와 스페인어만 가지고도 의사소통에 전혀 불편함이 없다. 놀랍게도 핀란드인 중에는 스페인어를 잘하는 사람들이 정말 많다. 핀란드어를 배우고는 있지만 내 아이와 아이 친구들과의 일상 의사소통을 위해 배운다. 내 목표는 아이가 커가면서 핀란드 언어 수준이 느는 만큼 내 수준도 동시에 높여가는 깃이다. 그 이외의 욕심과 부담감은 전부 버린다. 하루에 투자하는 시간 15분. 바로 쓸 수 있는 생활 표현, 새로운 단어 익히기, 이거면 충분하다.

"완벽하지 않을 때 시작하자!
완벽해질 때까지 준비만 하고 행동을 취하지 않으면
절대로 기회를 잡을 수 없다."

# 세계는 하나,
## '또라이'
## 질량보존의 법칙

웃자고 만든 이 '또라이 질량보존의 법칙'은 슬프게도 현실에 존재하는, 웃을 수도 울 수도 없는 사실이다. 어느 회사든 또라이가 있다. 여기서 말하는 '또라이'라 함은 얌체, 진상, 아첨꾼, 인성 파탄자, 미친 상사, 치사한 동료, 얄미운 부하 등 모두를 아우르는 말이다. 직장을 다니거나 다녔던 사람이라면 경험했을 '꼰대 보존의 법칙'과도 일맥상통하는 불문율이다. 대부분은 '또라이'와 '중증 꼰대'가 겹치기 때문이다.

기원전 1700년 경 수메르 점토판 'A scribe and His Perverse Son'에도 책망하는 '요즘 것들'에 대한 성토가 기록되어 있다. 고대 로마 버전의 경우, 마르쿠스 툴리우스 키케로의 유명한 카틸리나 탄핵문(BC63)의 "아, 세태여! 아, 세습이여! 실로 한탄할 만하구나." 라틴어로 "O, tempora! O, mores!"가 있다. 직장 내 '또라이' 때문에 사회생활이 힘든 건 고대로부터 이어 내려오는 변함 없는 사실이다.

내가 슬기롭게 헤쳐 나가고 싶었던 외국 직장생활 역시 이 불문율을 피해갈 수는 없었다.

나는 미국, 영국, 스페인, 싱가폴, 한국, 홍콩 등 미주, 유럽, 아시아 등 여러 대륙에서 일을 했다. 하지만 나라를 가릴 것 없이 '디자이너'가 모인 패션 세계는 감정에 기반한 일을 하는 직업인 만큼 드라마 퀸, 드라마 킹들이 많다. '또라이 질량보존의 법칙'에서 최상위 5% 안에 들어갈 테다. 패션 회사, 특히 디자인팀은 나라에 따라 표현 방식이 다를 뿐이지 보이지 않는 감정 싸움과 파벌 싸움이 어느 부서보다 고도의 심리전으로 펼쳐진다. '인간의 본성'을 적나라하게 볼 수 있는 곳 중 하나다.


## 미국의 직장문화


내 경험을 토대로 얘기를 하면 개인주의를 중요하게 여기는 미국은 자기 일만 철저히 잘 해내고 성과를 내는 경우라면 꽤 편하게 일할 수 있는 곳이다. 다른 나라들에 비해 불필요한 감정의 부대낌이 없고 개인의 의견과 선택을 믿어 준다. 다만 철저하게 성과주의를 내세우기 때문에 주어진 일을 잘하지 못할 경우, 성과를 못낼 경우엔 주저 없이 단칼에 쳐낸다. 실력 없는 사람이 설 자리가 없고 자연히 도태될 수밖에 없는 구조다. 약육강식, 정글의 표본이다.

마음이 맞고 취미가 비슷한 동료들과 모임을 통해 소그룹에 속할 수 있다면 직장생활에 큰 도움이 된다. 다른 부서의 사람들과 연결되기도 하고, 그러면서 각 부서의 정보를 알게 되면 회사가 돌아가는 시야가 넓어진다. 적극적으로 동참하고 의사를 밝히지 않으면 길 잃은 고양이처럼 혼자 덩그러니 남겨지는 경우도 많이 봤다.

마음이 맞지 않는 앙숙과는 피하는 게 상책이다. 양쪽 모두 피를 흘리는 감정 싸움을 하는 걸 너무도 많이 봤다. 상대가 '또라이'라면 얼른 꼬리를 내리고 내 심신의 안정을 위해 피하거나, 더 독한 또라이로 변신해 맞불작전으로 치고 들어가야 한다. 상대의 기선을 제압함으로써 다시 내게 또라이짓을 하며 달려들 수 없는 상황을 만드는 것이 상책이다.


## 유럽의 직장문화

영국은 대놓고 미국처럼 '성과주의'를 겉으로 드러내지는 않는다. 독창성이 강하고 자기만의 스타일을 표현하는 것을 중요하게 생각하기 때문에 '자기의 색깔'을 가진다는 것이 무엇보다 중요하고 필수 요소다. 자기 색깔이 없는 사람 혹은 표현력이 적은 사람은 처음에 적응하기가 무척 어려울 수 있다.

영국은 유달리 예의범절에 대한 척도가 매우 다르다. 아무리 시급하고 바쁜 일을 처리해야 할 때라도 웃으며 인사하는 것은 단연 기본 중의 기본, 그중에서도 업무처리를 요청했을 때 상대가 짬이 날 때까지 기다려야 하는 경우가 허다하다. 바쁘다고 재촉하면 결국 대놓고 기다리라는 소리와 함께 '예의 없는 사람'이라는 딱지가 붙어 뒷말 부메랑이 돌아온다. 특히나 성질 급한 한국인에게는 매우 어려운 부분일 수 있다. 부탁 역시 매우 조심스럽게, 과할 정도로 상대를 배려하는 표현을 동반해야 한다.

영국에서는 예절에서 조금만 벗어날 경우, 앞에서는 웃으며 괜찮다고 하고는 퇴근 후 삼삼오오 술을 마시며 맹렬한 뒷말 대잔치를 한다. 영국 직장생활 초창기에 퇴근 후 동료들과 술자리에 자주 갔던 나는 회사 내 동료들의 별별 행동들이 안주로 쓰일 수 있다는 사실을 알아버렸다. 당시 어린 마음에 내가 안주가 될 것 같은 불안감에 자주 술자리에 참석했던 기억이 난다.

영국의 우아한 또라이님에게는 온화한 웃음을 지어주며 '연민'을 가져 주는 것이 가장 평화적인 해결책이다. 적어도 앞에서 대놓고 또라이짓을 하지는 않기 때문이다. 최소한 예의는 지키며 미친 짓을 하므로 다른 나라 또라이들보다는 덜 힘들다. 고도의 신경전에 들어가지만 않는다면.

스페인은 감정의 표현이 어느 나라보다 열정적이고 필터를 거치지 않고 쏟아낸다. 싸움 역시 공공의 장소든 어디든 가리지 않으며 대놓고 싸우는 경우가 많아서 그런 상황을 보고는 이해하는 데 많은 시간이 걸렸다. 말싸움은 흔했고 그렇지 않은 경우는 뒷담화를 다 들릴 정도로 해대는 자유를 애써 감추지 않는다. 어떤 회사에서 일할 때, 한 디자이너는 화가 난다는 이유로 샘플을 책상에 집어던지며 욕설을 하고 사라졌던 적도 있다. 다른 사람들이 쳐다봐도 눈

하나 꿈쩍하지 않았다. 초창기에는 고스란히 모조리 화를 토해내는 모습을 보며 적응이 어려웠지만 그 만큼 내편과 적을 구분하는 게 매우 쉽다는 장점도 있다. 서로 마음이 맞는 사람끼리 삼삼오오 모이고, 서로 싫어하면 얼굴조차 쳐다보지 않는다. 물과 기름으로 나뉜다. 피곤하게 누구 편을 들기 위해 노력하지 않아도 된다.

스페인에서는 적과의 동침이 없다. 평화 아니면 전쟁이다. 다만, 허심탄회하게 속마음을 터놓을 기회를 마련하면 또 스르르 녹는 인간적인 면도 있다.

난, 독립군이었다. 전쟁과 평화 사이 DMZ에 있었다. 개인적인 성향 상 유혈전쟁은 내가 원하는 바가 아니었기 때문이다.

## 아시아의 직장문화

홍콩은 한국과 상당히 비슷했다. 대한민국은 '공동체'라는 단체 생활을 유독 중요하게 여기고, '나'라는 개인보다는 윗사람의 지휘, 회사의 이익에 초점이 맞춰져 있는 사회다. 지금은 많이 나아졌다고 하지만 이러한 특징은 원치 않은 사람과 밥을 먹어야 하는, 즉 밥 먹는 시간조차 맘대로 쓰지 못 하는 고통의 시간을 보내야 한다. 다른 나라에서는 경험하기 어려운 모습인데, 만약 상사가 그 대상이고, 한번 잘못 보여 찍히면 사형선고나 마찬가지다. '이번 직장은 망했어요'를 실전지옥 현실로 매일 매일 맛보게 된다. 그 또라이 님은 헌신적으로 몸과 마음을 바쳐 매일 괴롭힘의 은혜를 주실 가능성이 크다. 속해 있는 조직에 '상 또라이' 한 분이 비정상적으로 괴롭힘을 주시지 않는다면, 없다면, 여러 명의 '덜 또라이' 님들께서 돌아가며 사람을 환장하게 만든다.

홍콩도 한국과 비슷한 면이 있었다. 홍콩에서 일할 때, 내가 맡은 디자인 업무는 전부 뉴욕 본사에서 넘어왔기에 내 스케줄은 다른 홍콩지사에 있는 디자이너들처럼 저녁 늦게까지 야근을 해야 하는 경우가 없었다. 홍콩지사장은 일과 관련된 스케줄로 나를 컨트롤할 수 없게 되자 회사 업무를 벗어나 은근한 압박을 가했다.

당시 내가 머물렀던 호텔은 홍콩 중심가에 자리 잡고 있었다. 본사에서 내 비자를 처리하느라 파견을 보냈던 터여서 회사가 호텔 비용을 전액 지불했는데, 어느 날 지사장이 내가 머물던 호텔을 외곽 지역으로 옮겼다. 어이가 없었다.

버스 타고 전철 타고 40분 넘는 이동을 해야 해 힘겨웠던 나는 왜 호텔을 외곽으로 옮긴 것인지 직접 물었다. 돌아온 대답은 '외곽 호텔이 더 넓기 때문'이라는 거였다. 원래 머물던 호텔로 옮겨달라고 요구했지만 끝내 들어주지 않았다. 홍콩 파견근무가 6개월밖에 되지 않아 다행이었지만 지사장의 뒤틀린 속내에 대해서는 끝내 이해할 기회가 없었다.

어쨌든 지사장의 특이한 성격 탓에 홍콩지사에서 일하는 디자이너들은 대동단결로 뭉쳐 돈독한 관계를 유지했는데, 지사장 덕분에 얻게 된 끈끈한 동질감이었다.

## '또라이, 고도갈등 성격'의 다섯까지 유형

벨 에디는 『그는 왜 하필 나를 괴롭히기로 했을까?』라는 책을 통해 심리학에서 통용되는 성격장애 진단법에 대해 설명하면서 고도갈등 성격을 다섯까지 유형으로 분류하고, 그 대처법을 소개하고 있다. 자기애성 고도갈등 성격, 경계선 고도갈등 성격, 반사회성 고도갈등 성격, 편집성 고도갈등 성격, 연극성 고도갈등 성격이 그것이다.

'자기애성 고도갈등 성격'은 모든 사람에게 과도한 관심과 존중을 요구하는 유형이다. 이런 사람을 상대할 때는 공개적으로 망신을 주거나, "틀렸다"고 말해서는 안 된다.

아주 친절하게 대하다가도 갑작스레 화를 내는 식으로 변덕을 부리는 '경계선 고도갈등 성격'의 소유자에게는 "안 돼"라는 말을 조심해야 하며, 선을 긋는 데 큰 노력을 해야 한다.

카리스마가 대단한 '반사회성 고도갈등 성격' 소유자는 누군가에 의해 지배당하거나 모욕당하는 것을 좋아하지 않는다.

'편집성 고도갈등 성격' 유형은 사람을 극도로 의심하는 타입으로, 상대를 비난하지도 자신을 비난해서도 안 된다.

'연극성 고도갈등 성격' 소유자는 엉뚱하고 흥분을 잘한다. 이들에겐 질질 끌며 꾸물거려선 안 된다. 다소 불친절하다고 느낄 만큼 단호해야 그들의 이야기에 끌려가지 않는다.

저자는 이런 유형의 '또라이'들이 존재하는 이유에 대한 새로운 의견도 제시하고 있다.

저자는 고도갈등 성격을 가진 사람들이 어떻게 사회에서 도태되지 않고 살아남을 수 있었는지 그 이유에 대해서 분석하면서 사회적, 생물학적, 심리학적 관점에서 흥미로운 가설을 제시한다.

결론적으로 집약해서 정리하면 그들은 사회가 불안정하고 개인의 생존이 위협받는 상황에 놓였을 때 타고난 생존능력을 보유한 존재들이었다고 분석한다. 즉 그들은 남을 해치고 이익을 얻는 것에 희열을 느끼며, 가능한 모든 상황을 의심해 배신자와 음모를 탐지하는 지략가라면서 집단이 생존하는 데 있어 긍정적인 역할을 했기 때문에 사회에서 살아남았다는 것이다.

또한 저자는 인간의 심리적인 본성 때문에 남을 괴롭히는 인간들도 계속해서 존재한다고 봤으며, 고도갈등 성격을 가진 사람들은 상대의 감정을 조종하는 기술을 가지고 있다고 한다. 따라서 그들이 표출하는 격정적인 감정에 말려들면 결국 그들에게 종속되게 된다는 것이다.

우리 주변에는 어떤 유형의 '또라이'가 있는지 구분해보자.

대처법을 적재적소에 사용함으로써 또라이들로부터 조금이라도 자유롭길 바란다. 우리의 정신건강이 가장 소중하기 때문이다. 우린 존중 받아 마땅하고, 그만큼 잘 견뎌왔고 잘 버텨왔으니까.

하지만 나 역시도 혹시 이상한 사람으로 비처지고 있는 것은 아닌지도 돌아보아야 한다.

스스로 생각하기에 평범하고 정상적이라고 생각하는 나 자신도 남들에게는 비정상적으로 보일 수 있기 때문이다.


"세상에는 또라이가 많잖아.

그건 생존을 위한 몸부림이래.

그러니 그들에게 조종당해 자신을 괴롭히지 말자."

# 좋아하는
# 일을 하면
# 성공한다는 거짓말

일이 없다면 모든 인생은 부패한다. 그렇지만 일에 영혼이 없다면 인생은 질식사 한다.

_ 알베르 카뮈 (Albert Camus)

'좋아하는 일을 하면 성공은 따라온다.'라는 말을 자주 접한다. 하지만 좋아'만' 하는 일로 성공하는 것은 불가능하다. 자기가 하는 일을 좋아하는 마음은 필요조건 중 일부일 뿐 충분조건은 아니기 때문이다. 다른 사람들을 능가하는 알파가 있어야만 꿈꾸는 직업이 현실로 이루어질 수 있다.

작가 잭 프리드먼은 『성공하는 사람이 믿고 따르는 5가지 절대 법칙』에서 꿈꾸는 직업을 가지려면 3가지 기준을 충족해야 한다고 말한다. 일할 생각에 설레는 마음으로 아침에 눈을 뜨는 진실한 동기, 정말로 일을 잘 하는 능력, 일을 통해 사적이든 공적이든 욕구가 충족되어야 한다. 여기서 말하는 욕구는 무엇이든 상관이 없다.

경제적 욕구, 정서적 욕구, 정신적 욕구, 종교적 욕구 등 자신에게 가장 중요한 욕구면 된다. 그 욕구를 만족하게 할 직업을 선택하라는 것이다.

10개국 17개 도시를 옮겨 다니며 일하면서 경력을 관리한다는 것은 결코 쉽지 않았다. 하지만 그런 과정에서도 나를 잃지 않고 꿋꿋이 지탱할 수 있도록 한 버팀목은 '일'이었다.

'일'이란 사람마다 의미가 다를 수 있지만 내게는 두 가지 의미가 있다. 내 능력, 시간, 에너지 그리고 열정을 회사에 주고 그에 대한 보답으로 '돈'이라는 '결과물'로 돌려받는 것이다. 물론 더 나은 삶을 살기 위한 생계유지 목적도 여기에 포함된다.

둘째로는 나의 한계를 뛰어넘고 새로운 것에 도전해 이루어 내는 '성취감'이었다. 어렸을 때부터 하고 싶었고 그 꿈을 놓지 않았던 직업, 패션 디자이너로서의 아이덴티티가 어느 나라에 가든 나를 잡아 주는 중심축이었다. 이 두 가지의 의미는 내가 직장인으로 회사에 다닐 때나 사업을 시작했을 때나 변함이 없었다.

성공하는 사람이 꿈의 직업을 찾는 비밀 공식
'좋아하는 일 + 잘하는 일 + 성취감을 느끼는 일 = 꿈의 직업'

이 세 가지가 합쳐진 꿈 같은 직업을 통해 나는 여러 나라에서 경험한 경력을 토대로 30대 초반부터 억대 연봉을 받을 수 있었다. 회사에서 주어지는 일들은 단순한 업무가 아니었고, 내겐 성취감을 느낄 수 있었던, '나의 능력을 키우는' 중요한 성장 좌표였다. 패션계에서 억대 연봉을 받는 경우는 크리에이티브 디렉터나 수석 디자이너가 되어야 그나마 가능한 일이다.

　외국 회사의 조직 구조는 한국처럼 극세분되어 있지 않다. 매우 단순하다. 디자이너는 경력에 따라 주니어와 시니어 디자이너로 구분되고, 그 바로 위에 디자이너 팀장이 있다. 그리고 여러 디자인 팀을 이끌고 회사 전체를 대표하는 브랜드를 지켜나가고 조화롭게 연결을 시키는 수석 디자이너가 있다. 회사마다 다르지만 수석 디자이너가 크리에이티브 디렉터 일을 겸하거나 회사의 규모가 크다면 분리되어 있기도 하다.

## 옮기거나 잘리거나

　나는 우리 스스로를 제한만 하지 않는다면 '좋아하는 일 + 잘하는 일 + 성취감을 느끼는 일'을 기반으로 '눈에 보이는 결과물'을 통해 충분히 원하는 연봉에 도달할 수 있다고 믿는다. 이직을 할 때 역시 그 결과물로 협상을 해야 한다. 특히 어느 정도 경력이 쌓였고 회사에서 인정을 받는 상황이라면 리크루팅 에이전시에 꼭 등록하라고 얘기하고 싶다.

　많은 분들이 회사를 옮길 마음이 없으므로 등록을 할 이유가 없다고 하는 경우가 많은데, 그런 마음은 다른 회사에 채용 오퍼를 받은 후에나 걱정할 내용이라고 조언하곤 한다. 때론 기존의 생각을 바꾸게 될 만큼 생각지도 못한 엄청난 기회와 채용 조건이 언제 어떻게 찾아오게 될지 알 수 없는 일이다.

지금 안전하다고 몇 년 뒤에도 여전히 안전할 수 있다는 보장은 없다. 어떤 일이 어떻게 일어날지 알 수 없는 일이다. 사전에 준비해 둔다고 해서 나쁠 것은 없다. 언젠가 지금 있는 자리에서 떠나야 한다면 박수를 받을 때 떠나는 것이 가장 적절한 시기라는 것도 기억했으면 좋겠다.

성공의 가장 큰 위협은 큰 실패가 아니라 지루함이 찾아왔을 때다. 어느날인가 출근하고 싶지 않을 때가 있다. 그럴 기분이 영 아닐 때 바로 전문가와 아마추어의 길이 나뉜다. 좋든 싫든 꾸준하게 자리를 지켜 나갈때 전문가가 탄생한다. 아마추어는 삶이 흘러가는 대로 내버려 둔다. 지루함이 찾아올 때는 동향을 파악해 보고 도약할 발판 혹은 새로운 도전이 필요한 시점이다. 떠날지, 남을지, 짤릴지는 생각하지 못한 순간에 갑자기 찾아온다. 가장 안전하다고 느낄 때가 가장 위험할 수도 있다.

대부분 연봉을 높이지 못하는 장애물을 세우는 것은 우리 자신인 것 같다. 우리 스스로가 만들어 낸 새로운 것에 대한 도전, 자신감, 시작할 용기가 없기 때문이라고 생각한다. 무엇보다 편안함으로부터 벗어나려 하지 않는 게으름과 핑계 뒤에 숨는 경우가 많다. 나 역시 그런 시간을 보냈다.

내가 원하는 '도전적인 환경'이 만들어지지 않았던 곳은 견디기 힘들었다. 특히 대기업의 경우, 하나의 소모품으로만 존재하는 것 같아서 몸은 편했지만 일이 재미없었다. 결국은 내 본질에 맞지 않는 회사에 다닐 때는 죽어가는 느낌마저 들었다. 그렇게 시간을 괴롭게 흘려보내다 보면 내게 찾아오는 결과는 '해고'였다. 나는 이미 예정된 결과를 향해 달려가고 있었던 것이다.

당시, 직장에서 해고될 때 받게 되는 고통은 정말 컸다. 나를 탓했다. 내 능력이 모자라기 때문이라는 자괴감이 들 때도 있었다. 다른 회사에서 왔던 기회를 놓친 것을 후회해도 결코 되돌릴 수 없었다. 지금에 와서야 이해할 수 있다. 해고된 것이 내게 큰 선물이었음을. 해고 없이 그 회사에 계속해서 다녔더라면 몇 년의 시간을 고스란히 허비하는 결과를 가져왔을 것이다.

'해고'라는 괴로운 실패를 통해 결국 내게 맞는 회사를 찾는 안목도 늘었다. 무엇이 나의 가슴을 뛰게 하는지도 정확히 알게 되었다. 어떤 곳은 정말 최선을 다해 일하고 좋은 결과를 만들어 내도 헌신짝처럼 버려지는 곳이 있었다. 하지만 이런 위기는 오히려 기회가 되어 돌아왔다. 그 이후로 내게 이직 기준은 단 하나였다.

'더는 배울 것이 없다고 느껴지면 떠나자!'

바로 그 시점에 나는 움직였다. 회사를 고를 때도 마찬가지였다. 내가 배우고 나 자신을 계발할 수 있는 능력을 발휘할 수 있는 곳이었다. 회사 규모보다는 그 회사의 직장 문화가 더 중요했다. 그래서 그 회사에 다니는 분들로부터 그 회사 문화에 대한 장점과 단점을 물으며 조언을 얻곤 했다.

누군가에게는 직업이 나와 같이 개인적인 성장, 실력을 인정받고 싶어 하는 욕구, 그리고 경제적 수익을 의미할 수 있다. 또 다른 누군가에게는 직업이 타인을 돕는 일을 의미할 수도 있다. 누군가에게는 정서적, 정신적으로 건강한 상태를 유지하는 매개체가 될 수도 있다.

사람마다 성취감을 느끼는 면과 방식이 모두 다르다. '돈'이 내 일에 어떤 형태로든 중요한 위치를 차지하고 있다면 돈을 버는 것 이상으로 진정 나에게 어떤 일이 '의미 있는 일'인지를 찾아내는 것이 먼저다.

돈이 중요하지 않다는 의미가 아니다. 다만 돈만 보고 움직인다면 시기적으로 생존을 유지해야 하는 등 타당한 이유를 꼭 가지고 있길 바란다. 또한 그 선택이 방향을 잃고 목표를 놓치게 하는 우를 범하지 않길 바란다.


마지막으로 베리 슈워츠의 말을 들어보자. 미국의 사회심리학자이자 TED 특강에서 조회수 100만 건을 넘긴 유명 강사인 그는 저서 『어떻게 일에서 만족을 얻는가』에서 우리가 일에서 만족을 얻기 위해 충족되어야 하는 3가지가 있다고 얘기한다. 재량권이 부여되고, 몰입을 할 수 있어야 하고, 일에서 의미를 찾을 수 있어야 한다는 것이다.

그는 책을 통해 많은 사람들이 보통 일에서 목적(텔로스)을 잊기가 일쑤라고 지적한다. 2008년 금융위기의 원인 중 하나도 '규제나 법률의 힘에 의존하는 우리의 수동성'에 그 원인이 있다고 본다. 그러면서 아리스토텔레스의 '실천적 지혜'에 대해 이야기한다. 실천적 지혜란 행동을 통해, 실패를 통해 배울 수 있는 지혜를 말한다. 남의 시선에 상관없이 일에서 얻고자 하는 의미와 텔로스(목적)를 잊지 않는다면 일을 통해 만족감, 성취감, 행복감을 먼저 느끼는 것이 선행되어야 한다.

"네게 의미 있는 일은 뭐니?
이미 하고 있다면 힘차게 응원할게.
지금 당장 찾지 못했더라도 멈추지 마."

일은 하기 싫은데
돈은 벌고 싶어,
그것도 많이

해외에서 만난 한국 분들에게 "얼마를 벌면 행복하겠냐?"고 물으면, 다들 짜고 얘기하는 것처럼 대답이 똑같다.

"많이."

"정확히 얼마를 버는 게 많이 버는 걸까요?"라고 물으면 "남들보다 많이 버는 것"이라고 말씀하신다. "남들은 누구를 말하는 거죠?"라고 물으면 "그냥 다른 사람들"이라 얘기하신다.

난 멈추지 않고 또 묻는다.

"그럼 언제쯤 남들보다 많이 벌어 행복하실 것 같아요?"

그러면 이렇게 대답하신다.

"미래 언젠가."

그럼 돈을 통해 얻게 될 우리의 행복은 정체를 잘 알지도 못하는 '누군가'보다, 얼마인지도 모르고 '더 많이' 벌어서, 언제가 될지 모르는 '미래의 언젠가'를 향해 달리며 살고 있다는 것인가?

참 어렵다.

물론 모든 사람이 그런 것은 아닐 테다. 하지만 도달하고자 하는 목적지가 없이, 특정 대상을 꼬집어 하는 것이 아니라 그 누구와 경쟁을 하는지도 모르고, 언제까지 얼마를 벌고 싶은지 모르는 모호한 삶을 살고 있다면 행복도 돈도 함께 모호해지는 게 아닐까?

돈을 버는 것은 일을 하는 데에서의 매우 중요한 목적이 된다. 돈은 우리의 행복을 한 층 더 높은 차원으로 생성시켜 주는 도구다. 그것도 더 자주, 더 쉽게 가질 수 있도록 말이다. 당신의 인생에 돈이 차지하는 비율이 높다면 돈을 대할 때 더욱 올바르게 신경을 써야 한다. 행복을 원하면 행복해지는 데 더 신경을 써야 하듯이 말이다.

그렇다면 더 행복한 직장생활을 위해서, 원하는 만큼의 돈을 벌기 위해 중요한 것은 무엇일까?

우리가 반드시 묻고 답해야 하는 두 가지가 있다.

"내가 지금 하는 일에서 찾을 수 있는 의미는 무엇일까?"

"난 도대체 얼마를 벌어야 행복할까?"

대한민국 직장인 행복지수(BIE : Blind Index of Employee Happiness)를 측정한 블라인드지수라는 것이 있다. 퇴근 이후의 삶에서만 행복을 찾기엔 개인생활 시간에 비해 우리가 직장에서 보내는 시간이 압도적으로 더 많다.

그런 의미에서 직장인의 행복지수를 측정한다는 것은 대한민국 직장인들에게 너무나도 중요한 의미가 있는 데이터라고 생각한다.

블라인드지수는 직장인들의 일과 개인의 삶에 대한 만족도, 직장 충성도와 함께 직무 만족에 큰 영향력을 가진 3개 요소인 직무 만족도, 직장 내 관계 그리고 직장문화의 상관관계를 심층 분석해 만든 지수다.

2020년 한국 노동연구원과 사이타마대 노성철 교수가 조사를 검수하고 결과를 분석한 블라인드지수 조사는 72,109명을 대상으로 시행되었고, 대한민국 직장인의 행복지수 결과는 100점 만점에 47점으로 조사되었다.

이 조사에서 특히, 우리가 주목해야 할 부분은 직장인 행복도에 가장 큰 영향을 미치는 요소는 일에서 개인적 의미를 찾을 수 있다고 느끼는 정도인 '업무 의미감'으로 드러났다는 것이다.


## 업무에서 느끼는 중요한 의미


조사 결과를 보면, '워라밸'이라는 단어가 등장하고 나서부터 대부분은 퇴근 후의 삶의 만족도가 우리의 행복을 결정짓는다고 생각하는 것 같다.

하지만 좀 다르지 않을까?

사실 집에서 보내는 시간보다 회사에서 보내는 시간이 훨씬 많으니 총 시간을 따져 봐도 퇴근 후의 삶의 행복이 워라밸에 기여하는 정도는 '양적으로' 더 낮다고 할 수 있다. 오랜 시간을 보내는 직장에서 어떤 마음 상태로 지내느냐가 우리의 행복에 기여하는 정도에서 훨씬 더 관련이 높다는 사실은 당연한 일인지도 모른다.

행복과학 분야에서 세계적 권위자인 일리노이대 교수 에드 디너를 빼놓고 '행복'에 관한 이야기를 할 수 없다. 그는 행복이라는 모호한 개념 대신에 과학적 연구를 위해 '주관적인 안녕감(Subjective well-being)이라는 정의를 고안해 냈다. 1984년에 발표된 이 주관적인 안녕감에 대한 논문은 심리학계 행복연구의 출발점이 됐는데, 이후 20여 년간 250여 편의 행복 관련 논문이 발표되었다.

'주관적 안녕감'이란 자신의 삶에 대해 내리는 인지적, 정서적 평가를 말하는 것이다. 디너 교수는 "행복의 결정적인 요인은 사회적 관계, 배움의 즐거움, 삶의 의미와 목적, 소소한 일상에서 긍정적인 것들을 찾아내는 태도"라고 말했다. 작은 것이라도 매일 새로운 것을 배우는 즐거움을 특히, 강조한다. 긍정적인 정서는 아무리 작은 것이라 하더라도 '풍부하게' 인식하는 것이 중요하다고 말한다.

그는 '한국 사회의 행복도'에 대해 "한국은 지나치게 물질 중심적이고, 사회적 관계의 질이 낮다."라고 설명한다. 이는 세계적으로 정평이 나 있는 한국인들의 낮은 행복도와 밀접하게 관련이 있다. '특히 물질 중심주의적 가치관은 최빈국인 짐바브웨보다 심하다'고 말했다.

덧붙여 '물질 중심주의적 가치관 자체가 나쁜 것은 아니지만 사회적 관계나 개인의 심리적 안정 등 다른 가치를 희생하고 있어 문제'라고 말했는데, 쉽게 말해 우리는 현재 가족관계나 개인의 취미로부터 얻을 수 있는 행복을 등한시 한다는 뜻이다.

이런 결과가 나오는 이유는 행복도가 단순하게 한순간의 기분 상태만을 측정하는 것이 아니기 때문이다. 순간 순간 느끼는 감정의 상태는 행복감 혹은 만족감으로 표현될 수 있지만, 순간의 감정 상태만으로 행복도를 측정하는 기준점이 될 수는 없다. 사람마다, 어느 특정 시간마다 큰 폭을 그리며 변하는 것은 개인 감정의 한 형태이다.

이렇듯 행복도 혹은 행복지수는 개개인이 느끼는 행복의 정도를 제대로 반영하지 못한다는 문제의식에서 출발했다.

「세계 행복 리포트」에서 매년 발표하는 행복지수는 행복감, 주관적 웰빙, 삶의 만족도, 사회의 부정부패, 환경 등을 지표로 측정한다.

기본적으로 행복지수는 GDP나 소득 등 객관적인 좌표와 일치하지 않는다. 행복에 대한 정의는 물질적, 경제적 성취로 측정할 수 없는 중요한 삶의 가치가 존재하기 때문이다. 이러한 가치에 대한 추구가 개인의 삶의 질을 개선하고 지속 가능한 사회를 만들 수 있다는 생각의 전환을 전제로 한다.


## 미국에서의 돈과 행복의 상관 관계


지난 2002년도 노벨경제학상 수상자인 프린스턴대학의 대니엘 카너먼 교수와 같은 대학의 앵거스 디튼 교수는 갤럽과 건강 관련 단체인 헬스웨이가 공동으로 조사한 행복지수(Well-Being Index)를 토대로 미국인 성인 남녀 45만 명 이상의 수입과 행복감 간의 상관

관계를 분석했다. 이 연구팀은 응답자들에게 자기 삶에 대해 점수를 매기도록 했으며 과거 감정 경험에 대해 질문했다.

연구 결과 삶의 만족도는 수입이 증가할수록 계속 올라가지만 행복감은 연간 수입이 75,000달러에 이르렀을 때 고점을 찍는 것으로 조사됐다. 이를 '이스털린의 역설(Easterlin Paradox)'라고 부른다. 소득이 증가하는 일정 시점까지는 행복도 역시 올라가지만, 일정 시점을 넘어선 뒤로는 아무리 소득이 늘어도 행복도가 더 이상 증가하지 않는다는 것이다.

한편으론 수입이 낮을수록 부정적인 감정이 악화하는 것으로 나타났다. 연구팀은 "많은 수입이 행복을 보장하는 게 아니라 수입이 적은 것이 정서적 고통을 느끼게 한다"면서 "행복감을 느끼는 상한선은 75,000달러로, 수입이 더 늘어난다고 해도 행복감을 더 느낄 수 없을 것"이라고 설명했다.

연구 결과가 나온 지 9년 정도 지났음을 따져보면 분명 행복감을 느끼는 금액은 커졌겠지만 여기서 중요한 점은 행복감을 느끼는 돈의 상한선이 있고, 그 이상의 수입을 얻을 때는 돈에서 얻을 수 있는 행복감이 그 이상으로 커지지 않는다는 데 있다.


왜 돈을 좋아한다고 맘 놓고 얘기를 못 해?


연세대 심리학과 서은국 교수는 "경쟁 사회를 살아온 한국인은 행복을 '제로섬 게임'이라고 여기는 경향이 있다"라면서 "행복은 매우 주관적인 개념인데도 순위를 매긴 후 남들보다 뒤처지면 불행하다고 생각한다."라고 말했다.

한국인들에겐 "행복은 돈과 관계 있다."라고 생각하는 지나친 물질적 집착이 정말 강하다. 잉글하트의 '세계 가치관 조사'에 따르면, 한국인의 물질주의는 미국인의 3배, 일본인의 2배에 달한다.

그런데 돈이 행복을 가져다 준다고 믿으면서도 정작 '한해에 얼마나 벌면 행복할 것 같은가?'(조선일보, 한국갤럽, 글로벌상점인사이트가 전 세계 10개 나라 5,190명을 조사한 '행복 여론조사')라는 질문엔 세계에서 가장 낮은 금액인 3,400만~6,900만 원이라고 대답한다. '돈과 행복'을 묻는 설문조사에서 한국인들이 드러낸 세 가지 '코리언 패러독스' 중 하나다.

코리언 패러독스의 나머지 두 가지는 '한국인은 돈이 있어야 행복하다고 믿으면서도 부자를 좋아하느냐고 물으면 돈 많은 사람들에 대해 호감을 표하는 사람은 드물다는 것이다. 부모덕을 봤거나 부정부패를 통해 부를 쌓은 것으로 치부한다.

마지막으로 한국의 젊은이들은 가진 돈에 비해 집값이 너무 비싸서 고민이지만 집을 가지고 있는 40대, 50대(부모)는 집값이 내려갈까봐 전전긍긍한다는 점도 있다.

이젠 우리가 인정하고 받아들여야 하는 것이 있다. 내가 만난 한국사람 중에 (나를 포함해서) 돈을 좋아하지 않는다고 하는 사람은 단 한 명도 없었다. 그럼에도 우리는 왜 돈을 좋아한다고 터놓고 이야기하지 못 하는가?

인정하자. 돈을 좋아한다면 속 시원히 인정하자.

자! 이제 우리가 어떻게 돈과 사랑을 속삭일 것인가 고심하고 공부하면 된다. 그래야 돈에 끌려다니지 않는다. 돈에 우리가 조종당하는 것이 아니라, 우리가 돈을 잘 조종하고 다루자.

그것은 먼저 인정하는 데서 출발한다.


### 내게 '돈'이란?


돈은 중요하다. 개인적인 영역에서도 그렇지만 우리 사회와 경제를 생각해도 그렇다. 미국에서는 돈이 가장 큰 이혼 사유이며, 또한 가장 큰 스트레스 요인으로 꼽힌다. 한국도 별반 다르지 않다고 생각한다.

일상을 마주하는 우리 삶에서 돈에 관련된 생각을 이성적으로 하기란 쉽지 않다. 지름신이 내리면 눈에 뵈는 게 없어진다. 자제력을 발휘하기도 전에 이미 결제가 되어 있다. 굼벵이 같은 속도의 결정장애를 가진 이라도 마음이 꽂히면 단 한순간의 망설임도 없이, 치타처럼 빠르게 행동을 취한다. 그렇기에 사전에 더 예리하게 가다듬는 돈 공부, 교육, 훈련이 필요하다. 세련되게 표현하자면 '금융구사능력(financial literacy)'을 키워야 한다.

현명하게 돈과 대면하고 돈과 관련된 더 나은 선택을 키워나가야 한다. 돈이 생각에 끼치는 영향력과 결정은 삶에 대한 중요한 결정을 하는 데 매우 큰 요소가 되기 때문이다. 모두에게 공평하게 주어지는 시간을 어떻게 사용하는지, 직업을 선택하고 경력관리를 어떻게 할 것인지 , 인간관계를 어떻게 쌓아가는지, 휴식을 어떻게 보내는지, 새로운 시도를 어떻게 시작하는지, 자신을 그리고 사랑하는 주변 사람들을 어떻게 행복하게 만들 수 있는지, 세상을 어떤 눈으로 바라보고 이해하는지에 속속들이 영향을 끼친다.

지금보다 더 맛깔 나은 삶, 더 발랄하고 행복한 삶을 원한다면 우린 반드시 돈과 더 친해져야 한다. 돈이 무엇인지, 돈이 우리를 위해 해 주는 것이 무엇인지, 돈이 우리에게 어떤 삶을 살도록 조정하고 일을 저지르는지에 대해 알아내야 한다. 무엇보다 돈의 가치를 이해해야만 한다. 가치를 이해한다는 것은 이상적이지 않은 세상에 살면서 이성적이지 않은 우리가 내리는 수많은 선택을 조금 더 똑똑하게 해 줄 수 있음을 의미한다. 이때 진정한 기회비용을(어떤 것에 돈을 쓰기로 선택하면서 동시에 포기해야 하는 대안들) 고려하고 실제 가치를 이해한 후 적절한 평가를 해내는 것이다. 우린 기회비용을 전혀 생각하지 않거나 충분히 생각하지 않음으로써 돈과 관련해 가장 많은 실수를 저지른다.

돈은 가치를 표시해 주는 도구이다. 돈 자체가 가치를 지닌 것이 아니라 어떤 상대적인 가치를 비교, 대조, 평가, 교환할 수 있다. 즉 가치를 전달해 주는 수단이다.
돈은 우리를 자유롭게 한다. 주어진 시간과 노력을 더 의미 있고 자유자재로 활용하여 조절할 수 있도록 도와준다. 하다못해 새로운 것을 배우거나 연극, 여행, 와인 등 관심사를 어떻게 얼마나 자주 할 수 있는지도 제한하거나 풀어준다.

돈은 축복과 저주의 원인이기도 하다. 동전의 양면처럼 돈도 양면성을 지닌다. 어떤 의사결정을 내리느냐에 따라 축복이 되거나 저주가 된다. 의식하지 않고 의도적이지 않은 선택은 우리 삶에 저주가 되어 현실화 될 수 있다.

돈의 일반적인 속성인 나누고, 저장하고, 대체하는 특수 성격상 '거의' 모든 것을 할 수 있다. 다만 돈이 모든 것을 다 가능하게 할 수는 없다. 무언가를 선택한다는 것은 희생과 선택하지 않은 것에 대한 포기와 공존한다.

돈과 행복은 같은 존재가 아니다. 상호 배타적이고 별개의 개념이다. 많은 나라를 돌아다니면서 백만장자, 억만장자 친구와 지인이 생겼다. 그들을 보며 느낀 것은 돈과 행복이 별개의 개념이라는 것이다.

돈이 있으면서 행복한 사람.
돈이 있으면서 불행한 사람.
돈이 없으면서 행복한 사람.
돈이 없으면서 불행한 사람.

우리 삶에는 이 네 가지 형태의 사람이 모두 존재한다.
어떤 사람이 되고 싶은가?

돈은 에너지다. 돈이 가진 에너지는 우리가 가진 에너지와 같은 흐름을 타고 움직인다는 것을 깨달았다. 그 흐름의 시작은 바로 우리 자신의 선택에서 시작된다. 돈에 대한 긍정적인 에너지를 채우지 않고서는 에너지를 끌어들일 수 없다. 돈에 대한 부정적인 감정, 불신, 두려움, 제한적인 믿음을 마음 안에 간직하고서는 돈에 대한 긍정적인 흐름이 시작되지 않는다는 것을 배웠다. 에너지를 담을 그릇은 내 마음 그릇에 달렸다.

결국, 돈과 행복은 연관성은 있지만 별개의 개념이다.
돈과 행복을 따로 혹은 함께 가질 수 있다.
혹 지금 돈만 쫓고 있다면, 지금의 행복도 함께 챙기시길….

"얼마면 행복하겠니?
실현 가능한 정확한 금액을 알고
돈이 주는 행복을 찾아가는 것이
주관적인 행복을 정의하는 지름길이 아닐까?"

# 회사에
# 헌신하다가
# 헌신짝 된다

 

직장인으로 연봉을 올리는 데는 이직 만한 게 없었다. 내가 일했던 회사는 60여 명의 소규모 회사부터 2,500명이 넘는 패션 회사, 그리고 172개국 사람들이 일하는 174,000명이 일하는 메가급 초대형 패션회사까지 있었다. 대부분의 외국 회사들은 한국과 같은 수직적인 직위체계와 달리 직급이 세분되어 있지 않다. 직원과 매니저, 디렉터로 상대적으로 수평적인 구조다. 매년 연봉협상제도가 있긴 하지만 초창기 직원을 고용했을 때의 기대치가 있으므로 한 회사 내에서 2~3년 안에 연봉을 많이 올리는 건 현실적으로 매우 어렵다. 하물며 직급이 많이 나뉜 한국에서 연봉을 많이 올리는 건 외국보다 훨씬 더 어렵다.

신입사원의 경우는 적어도 3~5년을 한 직장에서 버텨줘야 하지만 경력사원의 경우에는 이직을 하는 것이 연봉을 올리는 데 현실적으로 최고의 선택이다. 연봉뿐만이 아니라 실력을 키우는 데도 좋은 기회다.

회사들은 24시간 더 실력 있는 직원을 찾기 위해 혈안이 되어 있다. 언제라도 직원을 바꿀 태세가 갖춰져 있다. 반면 직장인들은 더 좋은 회사로 가기 위해 회사가 자신을 대체할 다른 인재를 찾는 만큼의 노력을 하지 않는다. 기업정보분석업체 한국CXO연구소가 2019년 100대 기업의 직원수 대비 임원 비율 현황을 분석한 결과에 따르면 임원 1명 당 직원수는 평균 128.3명, 백분율로는 0.78% 였다. 평직원이 임원이 될 수 있는 확률이 1퍼센트도 안 된다.

대부분의 대한민국 직장인들은 차근차근 '승진 계단'을 밟으며 회사생활을 한다. 대졸 신입사원이 임원이 되려면 평균 22.4년이 걸리고, 부장까지 승진하는 사람은 신입사원 100명 중 5명에 불과하다. 당신은 과연 이 5명 중 하나가 될 수 있을까?

『그들은 어떻게 임원이 되었을까?』에선 적을 알아야 백전백승할 수 있다면서 샐러리맨 기자 3명이 직장인들의 꿈인 '임원'에 대해 파고든다.

임원이 되면서 생기는 가장 큰 차이는 역시 연봉이다. 수많은 임원을 만나 대화를 나누며 세 가지 공통점이 있다는 걸 알게 되었다. '열정' '성실' '처음처럼' 바로 이 세 가지다. 그 이외에 리더십, 추진력, 뛰어난 전문지식, 원만한 대인관계, 성실성, 폭넓은 네트워크, 믿을 만한 사람이라는 평판, 논리적이고 설득력 있는 언변, 뛰어난 외국어 실력, 무엇보다 '눈에 띄는 실적 등 좋은 성과'를 지목했다.

앞에서 이야기한 능력들을 갖추기 힘들다면 직장인도 다른 회사에서 주는 기회를 놓치지 말라고 제안하고 싶다.

미주, 유럽, 아시아 등 여러 나라에서 많은 회사에 다니면서 확연히 보이는 것들이 있었다. 『회사가 당신에게 알려주지 않는 50가지 비밀』에서는 회사의 입장에 대해 자세히 설명해 주고 있다. 회사는 법적인 책임을 지지 않기 위해서 원치 않는 직원을 제거하기 위해 해고보다는 스스로 그만두게 만든다. 회사에서 적대적인 차별을 한다거나 임금이 너무 낮거나 성공 가능성이 없는 업무만 하도록 한다면 당신이 타깃이 되었다는 뜻이다.

위험 부담이 크기 때문에 회사는 직원의 잘못을 까놓고 얘기해 주지 않는다. 능력이 뛰어나다고 해서 안전한 곳도 아니다. 회사는 똑똑한 직원보다 회사가 원하는 일을 해 줄 직원을 원한다. 내 경험상 회사의 규모가 클수록 당신이 스스로를 어떻게 생각하는지 전혀 중요하지 않다.

문제는 상사가 당신을 어떻게 생각하는가 하는 것이다. 누구에게나 좋은 사람이 되려고 하면 관리자로 성공하기 어렵다. 이것은 팩트다. 내가 겪은 사실들이다.

직장인으로서 더 나은 직장생활을 하는 데 가장 큰 도움이 되는 것은 일하는 분야의 생리를 잘 파악하는 것이다. 그리고 어디에, 어떻게 파고들 것인지 자기 자리를 잡아내는 것이다.

스페인으로 이주를 했을 때 내가 가장 먼저 했던 일은 스페인 패션에 대한 전반적인 이해와 회사들을 분석하는 것이었다. 당시 나는 패션 디자인 분야에서 5년 정도의 경력을 가지고 있었다.

스페인의 유명한 패션 회사들은 크게 보면 세 도시에 집중적으로 분포되어 있다. 한국에도 많이 알려진 전 세계 2,000개가 넘는 의류 브랜드 망고Mango, 비즈니스 캐주얼 마시모 두띠Massimo Dutti, 빅토리아 시크릿의 스페인 버전이라고 할 수 있는 속옷 브랜드 오이쇼Oysho, 스페인 특유의 현란한 색채와 화려한 패턴으로 유명한 데시구알Desigual, 1920년 창립한 주얼리 및 액세서리 브랜드 투스Touse 등이 있는 바로셀로나 지역, 그리고 피혁 제품으로 널리 알려진 명품 브랜드 로에베Loewe, 스페인 최고 백화점 엘 코르테 잉글레스El Corte Ingles, 럭셔리 파인 주얼리 수아레스Suarez 등이 위치한 마드리드 지역과 세계적으로 유명한 트랜디 스파 브랜드 자라Zara, 한국에서 20~30대 여성들이 좋아하는 빔바이 롤라Bimba&Lola, 내가 일했던 스페인 럭셔리 브랜드 CH 카롤리나 헤레라CH Carolina Herrera가 위치한 스페인 북부다.

　연봉 통계를 내 보는 것도 앞으로의 이직 방향을 정하는 데 좋은 이정표가 되어 준다. 내가 몸담은 패션 세계는 연봉이 짜기로 정평이 나 있는 분야이기도 하다.

　한국도 다르지 않다. (사)한국패션디자이너연합회에서 발표한 2019년 디자이너의 평균 연봉은 4,570만 원이다. 최저는 고졸 사원의 경우 2,569만 원이고, 대졸 초임인 경우 3,350만 원(예상 월 실수령액 2,397,386원), 최고는 일반 회사의 8~10년차 경력을 가진 부장급 정도 되었을 때 8,359만 원이다.

　하지만 디자이너들이 받는 연봉을 얘기해보면 실제 수령액은 이

숫자보다 훨씬 낮은 경우가 많다. 내가 실제로 받았던 스페인 첫 직장 월급은 4년이 넘는 경력에도 1,500유로였다. 물론 스페인에서 일했던 경험이 없었다는 걸 고려해야 하지만 세금을 제외하면 1,380유로 정도를 받았다. 2007년 기준으로 보면 연봉 2,200만 원 남짓 정도다.

## 경력사원 연봉협상의 기술

사실 이런 일은 나라를 옮길 때마다 겪는 고통스러운 일이다. 하지만 바닥부터 시작한다는 마음이었으므로 첫 직장의 연봉에는 크게 집착하지 않았다. 같은 나라에서 5년이라는 경력을 가지고 있었다면 이직을 하면서 더 낮은 연봉으로 시작을 하진 않았을 것이다.

하지만 나는 스페인에서 일했던 경력이 없었으므로 경쟁자들보다 훨씬 더 불리했다. 그래서 다음으로 가장 중요한 것은 내가 성취감을 느낄 수 있는 '도전적인 조직문화'를 장려하는 곳에 발을 먼저 딛는 것이었다. 그러기 위해서는 대기업이나 중견기업보다 중소기업을 겨냥했다. 그리고 그런 장점을 최대한 이용해 매해 연봉협상을 한 배에서 다섯 배 이상으로 올렸고 연봉이 원하는 만큼 되지 않았을 때는 인센티브 형태로도 협상했다. 연봉 협상 테이블에 내가 들고 들어간 것은 일 년 동안 회사에 가져온 이익에 대한 증거 자료였다.

내가 올린 수익의 총금액이 정확히 얼마인지는 내가 알 턱이 없다. 담당자에게 직접 물어 그 숫자를 파악하긴 했지만 그렇다고 그 금액을 협상 테이블에 올릴 수는 없다. 혹 담당자에게 문책이 떨어질 수 있기 때문이다.

하지만 1년 동안 내 능력으로 만들어 낸 성과, 베스트셀러 디자인 Top 20의 90% 이상이 내 디자인이었다는 것, 그로 인해 회사가 얻은 이익을 콕! 짚어서 이야기했다. 대체되기 힘든 사람이 되었을 때 연봉협상에서 우위를 차지할 수 있다.

스페인어라고는 한마디도 못하면서도 스페인으로 이주를 한 뒤에 들어간 첫 직장에서 2년 만에 디자인 디렉터가 되었다. 4년 후에는 자라가 속해 있는 Inditex 대기업으로부터 스카웃 제의를 받아 이직하면서 또 한 번 연봉이 크게 점프했다. 그 후 1년이 되지 않아 내 마지막 직장생활의 화룡점정이 되어 준 Sociedad Textil Lonia그룹 CH Carolina Herrera와 Purificacion Garcia 두 브랜드의 수석 디자이너 자리에 오르기까지 딱 6년이 걸렸다.

그럴 수 있었던 원동력은 내가 좋아하는 일, 내가 잘하는 일을 하며 나만의 성취감 채우기에 집중하여 몰입할 수 있었기 때문이다. 월급 1,500유로를 받던 나는 6년 사이에 억대 연봉에 1,000명이 넘는 본사에서 단 11명만 받았던 인센티브까지 받게 되었다. 최선을 다해 노력한 것에 대한 보상을 받을 수 있었고, 그런 환경에서 기회를 잡게 된 것엔 분명 운도 있었다. 내 회사를 세우기로 마음을 먹기 전까지 스페인에서 내로라하는 회사들에서 러브콜이 끊임없이 들어왔다.

스페인에서 직장을 다니는 많은 사람의 불만 중 하나가 쥐꼬리만한 월급이다. 그리고 그 사실에 어느 정도 동의한다. 같은 회사에 다녔던 직원 중에서도 너무나 뛰어난 실력을 갖추고 있었음에도 평생직장처럼 한 곳에서만 있었던 사람이 있다. 회사 역시 그 사람들이 가족, 친척이 모두 있는 삶의 터전을 떠나지 않을 것이라는 알고 있었다. 그들의 연봉은 안타까울 정도로 낮았다. 동료들은 그에 대해 불만이 컸지만 이의를 제기하지도 않았다. 회사가 자청해서 연봉을 올려줄 리는 없다. 개인 사정에 따라, 나이에 따라 선택할 수 있는 폭이 작을 수 있다.

한 직장을 숙명으로 여기며 일하는 것은 본인의 선택이다. 하지만 실력에 비해 너무 낮은 연봉을 받는 그 동료들을 보면서 왜 불만을 품고 있으면서도 연봉 협상을 시도하고 어필할 기회를 만들지 않는 것인지는 안타까웠다.


스페인에서의 C 레벨 스카웃 과정


그때 나는 스페인 북부에 살았다. 스카웃을 제의한 곳들 중엔 대기업이나 대대손손 전해오는 전통 있는 브랜드들로 스페인 왕실과 유서 깊은 곳도 있었다. 이 기업들은 바로셀로나와 마드리드에 본사가 위치해 있다.

스카웃 제의를 받은 자리는 CCO(Chief Creative Officer), 최고 크리에이티브 책임자나 아트 디렉팅을 겸비한 수석 디자인 책임자 자리였다. 보통 금요일이나 월요일에 인터뷰가 잡혀 있고, 주말 동안 머무를 수 있는 비행기와 호텔을 제공받으며 회사 CEO와 사장님들과의 저녁식사, 보드 멤버와의 식사나 차를 마시는 만남까지 이루어진다.

여러 곳에서 최종 오퍼를 받았지만 결국 가지는 않았다. 가장 큰 이유는 지금 일하고 있는 직장이 너무나 익숙하고 편했기 때문이다. 그리고 제일 마지막에 받은 스카웃 제의를 거절한 것에 대해 후회하게 되는 일이 일어났다.

회사에 새로운 CEO와 디렉터 다섯 명이 영입되면서부터였다. 새로 설정된 경영 목표가 베스트셀러들을 반복하는 시스템, 철저히 수익을 우선하는 방향으로 가게 되면서 새로운 디자인이나 컨셉 시도들이 모두 배척되었기 때문이다.

회사에서는 내가 스카웃 제의를 받았다는 걸 어떻게 알았는지 콘드라 오퍼를 해서 여러 가지 약속을 했다. 하지만 이 약속들은 지켜지지 않았다. 회사에 남아 있는 것에 대한 회의감은 날이 갈수록 커졌다. 새로 들어온 CEO와 디렉터들이 회사의 경영 방침을 바꾸려고 시도하는 과정에서 사장님이 내게 약속했던 것들은 전부 백지화 됐다.

'회사에 다니는 의미'가 사라졌다. 매일 전쟁을 치르러 회사를 가는 기분이었다. 결국 그로부터 일 년에 걸쳐 이어진 전쟁은 나를 폐허로 만드는 번 아웃을 불러 왔다. 성장하고자 했던 목표도, 도전도 사라지고 더 이상 일에 대한 열정도 사라져 버렸다. 회사에 다니는 것에 '아무런 의미'도 느낄 수 없었다.

이직을 하지 않은 걸 후회하고 또 후회했다. 도전보다 편안함을 선택한 내가 너무나 미웠다. 도전적인 목표를 찾았음에도 편함을 추구하려 했던 나 자신에 대한 실망이었다. 억대 연봉을 받고 있었지만 돈만 보고 남아 있을 자신이 없었다. 그냥 현실에 머물며 끌려다니는 나를 참을 수가 없었다. 어쩌면 경제적인 상황에서 좀 여유가 있었던 이유도 있었겠지만 일에서 만족을 느낄 수 없었으므로 더 이상 회사에 머무는 것은 의미가 없다고 생각했다.

남편과 상의한 뒤에 나는 회사를 떠나기로 했다. 그리곤 혼자 2주 동안 다른 유럽 여러 나라들을 여행하기로 결정했다. 번 아웃을 털어내고자 떠난 여행이었다.

그런데 재밌는 건 여행을 하면서도 어디를 가든 유명한 브랜드숍과 주얼리숍들을 그냥 지나치지 못했다는 것이다. 나도 모르게 손엔 연필과 종이가 쥐어져 있었고 영수증이든 냅킨이든 디자인이 담기곤 했다. 그리고 그런 내 모습에 소스라치게 놀라곤 했다. 디자인이 담긴 잡다한 종이들을 버리지 못하고 주섬주섬 주머니에 가방에 챙겨넣는 나를 보며 '일로 인해 번 아웃이 왔어도 디자인은 결국 내려놓지 못 하는구나.' 하는 생각이 들어 피식 웃음이 나기도 했다. 그리고 이 디자인들은 우연히 다가온 창업의 불씨가 되었다.

"스마트한 직장인이 되자.
이직은 배신이 아니다.
배신은 대부분 회사가 먼저 한다."

**4부**

나를
견디게 하는 힘

새하얗게
불태웠어.
반갑다, 번 아웃!



"그냥 다 멈추고 한 달만 쉬고 싶어요."
"출근 생각만 하면 한숨이 납니다."
"다 때려치우고 싶어요."


　출근을 해서 일만 하면 좋을 테지만 현실적으로는 불가능하다. 우리는 직장에서 인간관계로 인해 너무나도 많은 스트레스와 피로를 겪으며 산다. 만원 지하철을 타고 매일 출근을 하는 것만으로도 이미 지치는데, 좁은 사무실에서 무수히 다양한 잣대에 시도 때도 없이 맞춰야 하고, 원치 않은 관계에 노출되는 것도 모자라 소음과 눈치에 시달린다. 매일 "피곤하다" "지쳤다" 외치지만 경쟁을 부추기는 과잉활동 사회에 속에서 나만 멈춰설출 수도 없는 노릇이다. 어디에서 누구를 만나도 타인과 공존하기 쉽지 않기 때문에 어느 순간에는 에너지가 바닥이 난다.

　최근 한 벼룩시장 구인구직 설문조사(2020년 7월)에서 직장인이 스트레스를 받는 가장 큰 원인으로 업무량과 낮은 연봉을 제치고

'인간관계'가 1위로 선정됐다. 매일 반복되는 복잡한 인간관계를 이어가야 하는 직장인에게 번 아웃은 언젠가는 꼭 찾아오는 숙명과도 같은 것이다.

번 아웃 증후군(Burn-out syndrome)이란, 미국의 심리학자 허버트 프로이덴 버거가 처음 사용한 용어로 탈진증후군으로 불리기도 한다. 어떤 일에 과도하게 몰두하다가 신체적 정신적 스트레스가 계속 누적되어 무기력증이나 불안감, 우울감, 분노, 의욕상실 등의 증상이 생기는 것을 뜻한다. 직장에 적응하지 못하는 슬럼프에 빠지는 현상이 장기적으로 악화한 상태다.

번 아웃은 내 몸과 마음의 에너지가 고갈되어 제 기능을 할 수 없는 상태. 치열한 경쟁 속에서 시달리는 직장인이 흔히 겪는 증상이며 휴대전화가 방전되는 것과 같다.

한국인의 연간 근로시간은 2,113시간으로 OECD 회원국 중 2위다. OECD 평균 근로시간인 1,766시간과 비교하면 1년에 약 347시간을 더 일하는 것이다. 한국 직장인 중 85%가 번 아웃을 경험했다고 답하는 이유는 너무나도 당연한 결과다.


잘못된 번 아웃의 이해


보통 번 아웃은 피로가 쌓여 에너지가 방전돼 충전하면 된다고 생각하기 쉽다. 'Burn out' 자체의 의미로만 봐도 번 아웃은 방전된 상태가 아니라 우리의 몸과 마음 자체가 과열돼 타버린 상태를 말한다. 충전 자체를 할 수 없는 상태다. 때론 주변 사람들은 '너 그렇게 일한다고 알아주는 사람도 없어'라며 위로인지 욕인지 헷갈리는 말을 해 준다. 정작 본인도 미친 듯이 일을 하면서 말이다.

번 아웃은 2019년 5월 WHO(세계보건기구)에서는 ICD-11에 정식으로 등록해 '제대로 관리되지 않은 만성적 직장 스트레스에서 오는 증후군'이라고 정의했다. 의학적인 질병에 포함시키지는 않았지만 제대로 알고 관리해야 하는 직업과 관련된 증상 중 하나라고 분류했다. 반면 유럽에서는 번 아웃 증후군을 질병으로 분류했다. 우리가 가볍게 여길 증상이 아니라는 의미다.

번 아웃 증후군은 우울증과 다르다. 우울증은 우울한 감정이 과도하게 작동하지만 감정은 살아 있다. 반면 번 아웃 증후군은 감정이 사라진 무감동 상태다. 재만 남을 때까지 내 몸과 마음을 불태운 것이다.


미국 최고 의료기관 중 하나인 메이요 클리닉은 번 아웃 증후군을 겪을 가능성이 높은 사람을 6가지로 분류했다.


1. 직장생활과 사생활의 균형이 깨진 사람
2. 업무량이 많아 야근이나 추가 근무가 필요한 사람
3. 모든 사람에게 영향력을 미치고 싶어서 하는 사람
4. 의료진처럼 다른 사람을 돕는 직업을 가진 사람
5. 업무를 거의 또는 전혀 통제할 수 없다고 느끼는 사람
6. 일이 단조로운 사람

많은 사람들은 나를 보면서 활달하고 긍정적인 성격에 자기관리가 확실해서 스트레스를 받지도 번 아웃을 겪지 않을 것 같다고 얘기한다.

아니다. 나 역시 번 아웃을 여러 번 겪었다.

평소 긍정적인 사람이라고 해서 고민거리가 전혀 없는 게 아니다. 긍정적인 사람은 고민거리가 있어도 부정적인 사람보다 스트레스를 조금 더 잘 관리할 뿐이다. 그런데 몸과 마음이 지치면 누구나 부정적인 면을 보게 된다. 긍정적인 사람도 번 아웃 증후군에서 벗어나지 못한다.

내가 한국 사람들과 이야기를 하면서 들었던 번 아웃의 가장 큰 원인은 직장 문제였다. 업무에 대한 자신의 권한이 불분명할 때, 상사가 자신의 성과를 과소평가할 때, 직장이나 사생활에서 소외감을 느낄 때 찾아오는 것이 번 아웃 증후군이다.

시간은 제한적인데 일이 너무 많아 자기조절 능력을 잃게 된다. 매시간 끊임없이 쏟아지는 방대한 일에 자신이 통제하지 못할 상태에 이르게 된다. 어느 순간 일하는 기계가 아닐까, 하는 생각이 든다. 과도한 작업량과 동시에 팀워크를 중시하다 보면 여러 업무를 동시다발적으로 해야 하고, 멀티 플레이어로 일을 하다 보면 결국은 자신이 무슨 일을 하고 있는지 모를 상태까지 이르게 된다.

번 아웃이 나쁜것 만은 아니다. 번 아웃을 제대로 이해하고 잘만 해결한다면 향후 일상으로 돌아갔을 때 회복 탄력 능력이 아팠던 만큼 늘어나 있다.

내가 번 아웃 증후군을 겪으며 느꼈던 3가지 초기 증상을 요약해보면 의욕, 성취감, 공감력 저하다. 일을 할 의욕이 사라져 동기부여가 잘 안 된다. 어떤 목표를 달성해도 노력에 대한 성취감을 잘 느끼지 못한다. 공감은 남을 위로하고 남에게 위로받는 능력인데 번 아웃 증후군을 겪는다면 상대방에게 따뜻한 감성을 주는 것은 고사하고 받는 것조차 안 되는 마음 상태가 되어 버린다. 의도와 다르게 까칠한 말과 행동이 불거지면서 대인관계에도 문제가 생긴다. 그리고 직장뿐만 아니라 개인적인 인간관계에서도 나타난다.

배가 불러도 허기를 느껴본 적이 있는가?

번 아웃 증후군을 겪으며 1차적으로 심리적인 문제가 신체적인 병으로 전이가 된다. 우리가 허기를 느끼는 원인의 절반 이상이 정서적 허기 때문이라고 한다. 외로움과 정서적 허기 때문에 폭식하게 된다. 반면 나는 정반대의 증상을 겪었다. 식욕이 완전히 떨어져서 입이 짧아진다.

2차적으로 '다 때려치우고 싶다'는 생각이 떠나지 않는다. '심리적 회피반응'이라고 하는 생각이 심신을 지배해서 평소 긍정적인 사람도 부정적인 생각이 강해져 스트레스 원인에서 멀어지고 싶다. 윤대현 교수는 "사람에게 행복을 주는 것과 스트레스를 주는 것은 동전의 앞뒤처럼 한 객체인 경우가 대부분이다. 실연한 여자는 남자를 멀리함으로써 마음의 안정을 찾는데, 그 기간이 길어지면 이성으로부터 받는 사랑을 느끼지 못한다. 따라서 장기간의 회피는 결국 행복과의 결렬을 의미한다."라고 설명했다.

3차적으로 나타난 증상은 현실을 회피하는 시간이 길어지면서 생기는 '무감동'이다. 나를 찔러대는 정보와 자극으로부터 자신을 지키기 위해 감성 예민도를 0으로 떨어뜨린다. 부작용으로 따뜻한 위로와 작은 행복도 느끼기 어렵게 된다.

이런 면에서 보면 번 아웃 증후군은 삶에 대한 비관적인 태도를 키우는 아찔한 문제다.

"취미가 뭐예요?"

번 아웃으로 괴로워 하는 분들에게 내가 던지는 질문이다.

뚱딴지처럼 취미가 뭐냐고 물어보는 이유는 '일 말고 열중할 수 있는 무엇'인가를 해보는 것이 가장 적합한 처방전이기 때문이다. 번 아웃에 대치하는 것이 아니라 관심을 다른 곳으로 돌려야 한다. 삶의 기대치가 낮아진 경우, 회사에서 내 맘대로 안 되는 경우, 기대치를 낮추거나 시선을 '만족'할 수 있는 다른 무언가에 옮기면 행복의 기대치가 향상된다는 걸 깨달았다. 나는 일 말고 내가 좋아하고 만족할 수 있는 다른 무언가에 집중함으로써 번 아웃 증후군에서 벗어날 수 있었다. 늘어난 스트레스 회복 탄력성은 덤이었다.

번 아웃 치료법을 한마디로 정리하면 '포기'와 '마음 충전'이다. 여기서 포기란 애타는 마음을 내려놓으라는 얘기다. 바꿀 수 없는 상황에 대해 마음을 접으라는 의미에서 '포기'다. 번 아웃이 왔다면 다섯 가지를 시도해 보라고 제안한다.

## 운동

개인적으로 운동이 가장 도움이 되었다.

일주일에 한 시간씩 서너 번 시간을 만들어서 꾸준히 운동했다. 주말에는 산책하면서 아무런 생각도 하지 않으려고 노력했다. 내 발걸음을 느끼고, 바람을 느끼며 일에 대한 생각을 접었다.

## 휴식기

번 아웃 증후군을 호소하는 사람은 일을 그만두고 조용한 곳에서 1년 정도 푹 쉬고 싶다고 한다. 특히 모자랐던 잠을 충분히 자야 한다. 주말에 몰아서 잔다고 나아지지 않는다. 규칙적으로 6~8시간은 자야 한다. 가능한 상황이라면 퇴직보다는 1년 정도 휴직을 하길 권장하지만 현실적으로 어려운 상황이라면 회사와 개인의 삶을 철저히 분리하는 태도를 키워야 한다.

## 삶의 하모니

인생을 잘못 산 게 아니다. 그저 일과 삶의 조화가 무너진 것이 문제다. 퇴근 후에는 집으로 일을 가져가지 않는 것이 좋다. 퇴근을 했다면 오롯이 자신을 위한 삶을 즐겨야 한다. 운동, 요가, 명상 등 일을 잊고 스트레스를 풀어주도록 한다.

일과 삶의 하모니란 무엇일까? 일을 하면서 행복을 느낄 수 있다면 더 큰 에너지를 끌어내 일상 삶에서도 긍정적인 영향을 준다. 또 일상적인 삶이 행복하다면 마찬가지로 긍정 에너지를 충만하게 이끌어 내 일에서도 긍정적인 영향을 끼치게 된다.

일과 일상의 삶은 조화로운 상태를 유지해야 한다. 단, 그것이 어렵다면 일과 일상의 삶 사이에 놓인 경계를 잘 설정하고 지킬 수 있도록 노력해야 한다. 비록 감정에 휘둘리기 쉬운 우리로서는 삶과 일 사이에서 하모니를 이루는 것이 쉽지는 않지만.

### 짧은 여행

주말에 가까운 곳으로의 짧은 여행을 계획해보는 것도 좋다. 등산처럼 자연 속에서 걷는 것은 마음을 다스리는 데 큰 도움이 된다. 먼 곳으로 가는 것보다 가까운 곳, 조용한 곳을 찾는 게 피로감을 줄이고 유리하다.

### 버킷 리스트 작성

언젠가는 하고 싶은 일에 대해 버킷 리스트를 작성해보는 것도 도움이 된다. 당장 이루기는 힘들더라도 하고 싶은 마음을 꺼내놓는 것만으로도 묘하게 마음이 살랑거린다.

### 번 아웃 예방법

많은 나라에서 살아오는 동안 각양각색의 번 아웃을 경험했다. 끊임없이 맺어야 하는 직장 내 인간관계에서 완전히 벗어나는 건 힘들다.

하지만 번 아웃을 위한 가장 좋은 방법은 역시 번 아웃을 예방하는 것이다. 내가 터득한 감정의 번 아웃 예방법은 17년 동안 사람들로부터 덜 상처받지 않기 위해, 즉 '나를 지키기 위해 만든 예방법'이다.

세 단계를 거친다.

첫째는 나 자신을 그대로 받아들이는 것이었다. 내가 느끼는 감정을 그대로 이해해 주고 안아 주는 것이다. 힘들었던 마음, 괴로움, 속상함, 억울함, 초초함 그 모든 감정을 그저 바라보고 토닥여 줬다. '오늘 많이 속상한 날이구나, 그래도 괜찮아. 그게 네가 할 수 있는 최선이었어.'라고 수용해 줬다. 나를 이해해 주는 애틋한 마음 하나만으로도 다음날 나는 상처가 많이 아물어 있었다.

여기서 정말 하지 말아야 할 것이 있다. '나는 왜 이럴까?' '나는 왜 이것밖에 안 되지.'라고 자책하지 않아야 한다. 복잡한 생각이나 되새김질로 시간을 채우지 말자. 나를 미치게 만드는 그 사람을 위한 일이다.

두 번째로 직장 경계선을 넘어서 내 인생까지 영향을 주고 망치고 있거나 망칠 가능성이 있는 사람 리스트를 적는다. 나는 이것을 '에너지 드라큘라 리스트'라 불렀다.

나의 소중한 시간과 에너지를 가장 많이 뽑아가는 드라큘라 같은 사람들을 순서대로 배열한다. 각각의 드라큘라들 장단점을 적어 내려간다. 장점을 찾아내기는 힘들지만 '그래도 이건 그나마 낫지.'라고 할 만한 것들을 적는다.

최대한 자세하게 적는 것이 중요하다. 무엇이 나를 그토록 힘들게 만드는지 파악하기 위함이다. 스트레스를 견뎌낼 힘, '회복력'은 에너지 드라큘라들이 하는 행동이나 말을 향해 내 마음에 빨강 딱지를 붙이는 것으로 시작되었다. 조심하라는 경고를 마음에 담아놔야 '또라이' 행동에 자비로울 수 있다. 알고 당하는 것과 모르고 당하는 것은 방어기제를 세우는 데 큰 차이가 있다.

셋째는 '멘탈 안전 사전거리'를 지정한다. 에너지 드라큘라 리스트에 오른 사람들을 향한 내 안전거리 정도를 세우는 것이다. 회복력을 높이기 위해 내가 통제할 수 있는 변수와 통제할 수 없는 변수를 구분했다. '또라이'의 막말과 행동, 고객의 갑질, 코로나19의 엄습 등 외부적인 스트레스는 자신의 노력으로 크게 달라지지 않는 통제할 수 없는 변수다.

이 변수는 나라마다 또 회사마다 천차만별로 다르다. 직업문화의 문화적 사회적 정치적 범주는 내가 바꿀 수 없다. 유일하게 통제할 수 있는 '나'에게 다시 집중한다. 그리곤 멘탈 안전거리를 지정한다. 어느 만큼의 거리를 유지해야 내가 다치지 않을지 정하는 것이다.

혹 또라이님들이 내 세상에 발을 들일 때 방법은 두 가지다.

현명하게 피하거나 대놓고 싸우거나.

싸우는 것은 너무나 에너지 소진이 많아 현명하게 피하는 방법을 선호한다. 그리고 한 발자국 뒤로 나와 연민의 눈으로 생존을 위한 처절한 몸부림 정도로 보아 넘기는 힘을 길렀다. '다를' 뿐이지 '틀렸다'는 아니야, 라고 되뇐다.

이 방법이 먹히지 않을 경우는 최소한의 교류를 하며 다른 부서로 옮기거나 회사를 옮기는 준비 작업을 시작한다.

> "꼰대 상사와 고객의 갑질, 직장 내 억울한 뒷담화, 과도한 업무와 야근, 쥐꼬리 월급 등 이런 악조건에서도 도망치지 않는 내가 있다. 그 사실만으로도 우리는 존중 받아 마땅하다."
>
> _《우린 좀 지쳤다 : 번 아웃 심리학》 본문 중에서

오늘도 우리는 출근을 한다. 매일 똑같은 일을 반복적으로 하는 그 숭고한 행위에 당신은 마땅히 존중받아야 한다. 첫 번째도 두 번째도 그 존중은 자기 자신이 먼저 해 줘야 한다.

오늘도 출근하는 당신의 거룩한 용기에 열렬한 환호와 갈채를 보낸다.

> "번 아웃이 왔다면 축하해!
> 최선을 다해 살아왔다는 증거야.
> 이젠 한 박자 쉬고 가라는 신호이기도 해."

이직이냐
창업이냐
그것이 문제로다

"평생 알만 낳다가 나중에 털 뽑혀서 먹히고, 그렇게 살다 죽고
싶어요?"
"어떻게 해요 그게 우리 팔자인데."
"그게 문제예요. 양계장 울타리가 여러분 머릿속에 있다는 것."

_ 영화 〈치킨 런〉 중에서

창업 턱도 많이 낮아지고 정부 지원도 다양해져 창업에 대한 고
민과 토론을 자유롭게 하는 것을 자주 발견할 수 있다. 그중에서도
특히 12, 15년 넘게 일한 직장인들이 가장 많이 고민하는 것이 이
직과 창업 사이의 결정이다.

40대로 들어서는 이 시기는 실무적인 면에서 본다면 업무 능력
이 최고조에 이를 때다. 한 분야의 '스페셜리스트'다.

그다음 단계로는 조직 내에서 승부를 걸고 팀장급 이상의
책임자로 승진하느냐 선택을 해야 하는 때이다. 다시 말해 스페셜
리스트에서 벗어나 많은 팀원을 이끌어가는 관리자의 길을 가야

한다.

코로나19 이후로는 창업에 대한 고민이 더 많아졌고, 우리는 롤러코스터 삶을 살다가 갑자기 모든 게 멈춰버린, '잠시 멈춤' 속에서 '과연 이렇게 사는 것이 행복한 것인가?'라는 고민을 심각하게 해볼 절호의 기회를 맞이하게 되었다.

혼란 속에서 경제 상황이 나빠지고 일자리 전선에서 밀리는 경우가 많이 생기고 안정적인 일자리를 다시 구하는 게 쉽지 않다. 한창 가족을 부양해야 하는 40대의 고용 부진이 창업에 내몰리는 현상도 나타나고 있다.


## 이 구역은 내가 접수했지, 스페셜리스트

직장생활 12년 차가 되던 해, 나 역시 '이직과 창업' 사이에서 고민했다. 경력 13년째 되던 해, 나는 '수석 디자이너'로서 이루고자 했던 경력과 경험을 가졌다. 내 팀에는 13명의 직속 디자이너들이 있었고, 다른 3개 디자인 팀까지 총 25명에 달하는 디자이너를 인솔해야 하는 '리미티드 에디션' '스페셜 콜렉션'을 매년 3개 정도 진행했다. 영 디자이너, 아티스트와의 콜라보도 꾸준히 이루어졌다.

13년차 디자이너로서 최고의 자리에 오를 수 있었다는 것은 해보지 않은 것이 거의 없을 정도로 다양한 경험과 실력을 갖추었다는 것이고, 이쯤 되면 어떤 변수가 생겨도 여유가 생긴다. 스페셜리

스트 레벨이 되면 척 보면 간단한 스케치, 콘셉트, 사용할 질감, 색상, 텍스처 등 기본 스펙들만 봐도 비주얼화가 가능할 정도가 된다. 그 비주얼화 된 이미지는 여러 디자인 팀에서 매년 쏟아져 나오는 몇 백 개의 디자인들과 합쳐지고, 회사가 추구하는 핵심 가치를 유지하며 컴퍼니 브랜딩 범주 안에서 부족한 부분과 넘치는 부분을 빈틈없이 재단하고 아우를 수 있게 하는 능력이 생긴다.

첫 시작부터 끝까지 전략과 전술이 수십 가지 방향으로 갈려 상황마다 적재적소에 맞는 일처리를 할 수 있는 깜냥이 생긴다는 의미다.


2015년 스페인에서 10년째 보내고 있던 해였다. 수석 디자이너로 있은 지 3년이 다 되어가는 시기였고, 디자이너로서 13년째다. 당시 나는 회사에서의 만족감이 현저하게 떨어져 있었고, 스페인에서 내로라하는 회사들로부터 많은 스카웃 제의가 들어왔었다.

'내가 얼마나 회사에 다닐 수 있을까?'

'이 길이 과연 앞으로 10년쯤 더 하고 싶은 일일까?'

원초적인 고민을 반복하고 있는 중이기도 했다.



창업, 싱가폴에서 시작하다


처음부터 '창업을 하겠다'라고 작정하고 계획을 한 적은 없었다. '미니 콜렉션'을 제작해서 프랑스 럭셔리 마켓으로 내 디자인을 넣고 싶다는 제안을 받았고 그렇게 단순하게 시작했다. 이렇게 시작한 일이 싱가폴에 본사를 두고 회사를 세워 리테일숍 5개로 키우는 사업이 될 거라고 상상도 하지 못했다.

20015년 11월에 아리움 콜렉션Arium Collection이라는 주얼리 브랜드가 탄생했다. 번 아웃 여행 동안 디자인한 주얼리, 핸드백, 잡화, 옷 디자인들에서 주얼리만 골라내 6개월 동안 직접 로고 및 패키징 디자인을 하고, 프로덕션 제작, 콘텐츠 사진 및 비디오 제작, 브랜딩과 마케팅 전략까지 세운 준비 과정을 거치면서 태어났다.

9개의 주얼리 콜렉션 제작과 패키징을 제작하는 데 5,000만 원의 투자비용이 들었다. 아리움 '주얼리' 대신 '콜렉션'이라는 이름을 준 것도 핸드백과 잡화를 나중에 넣을 계획이었기 때문이다. 3년간의 고도 성장에도 불구하고 5년이 넘은 시점에서 회사는 멈췄다. 그리고 지금은 안식년을 보내고 있다.

싱가폴에 주얼리 리테일 사업을 런칭한 첫 해, 3억 8천만 원의 수익을 냈다. 유료 광고를 전혀 하지 않았음에도 불구하고 입소문을 타면서 빠르게 고객층을 키워나갈 수 있었다.

영국, 미국, 프랑스, 싱가폴 등 유명한 연예인이 먼저 손을 내밀었고, 인스타그램의 매크로 마이크로 인플루언서들이 다른 비용 요구 없이 주얼리를 협찬 받고 싶다며 광고를 해 주겠다고 연락이 들어왔다. 리흐첸스타인 공주가 알리움 콜렉션의 주얼리를 착용하고 공식석상에 참가하기도 했다. 프랑스 배우 줄리 주드Julie Judd가 고객이 되어 Canne Film Festival에 참석하면서 아리움 주얼리를 착용하기도 했다. 크레이지 리치 아시안Crazy Rich Asian에서 Jacqueline 역할로 나왔던 싱가폴 배우 Amy Cheng이 LA 무비 프레미어LA movie premieres에서 아리움 주얼리의 귀걸이를 착용하고 나왔다는 것도 나중에 알게 되었다.

꿈만 같은 나날이었다. 하루 네 시간에서 여섯 시간밖에 자지 않으며 일했던 보상을 받는 것 같아 한없이 기뻤다.

L'Official, 영국 Vogue, 싱가폴 Harper's Bazar, New York Times lifestyle T magazine 등 유명 패션 매거진에도 소개가 되었다. 이건 일 년 후에 알게 된 사실이지만 런칭을 하고 2개월 만에 Singapore Fashion Awards에서 Emerging Designer of the year 후보가 되었다. 당시 정식 회사가 등록이 안 되어 나를 찾을 수 없어 애를 먹었다는 웃긴 뒷이야기도 들었다.

싱가폴에서 여러 이벤트와 팝업숍을 하며 Takashimaya 입점을 기반으로 빠른 성장을 했다. 파리에서 팝업을 열기도 했고, LA Fashion Week에서 패션쇼도 열 수 있었다. 밀라노에서 Si Sposaltalia Collezioni 브라이덜 전시회에도 참가했고, Indonesia Disital Fashion Week에서도 패션쇼 협업을 진행했다.

싱가폴의 산토사 섬에 있는 W 호텔 부띠끄숍에 입점을 하며 중국에서 가장 핫한 곳 신티엔디(신천지, xīn tiān dì)에도 팝업을 열고, 상하이와 슈저우의 W 호텔 부띠크숍으로도 진출할 수 있었다.

내가 꿈꿔왔던 이상적인 삶이 펼쳐지고 있다고 생각했다.

모든 영혼을 끌어와 공들인 디자인을 바탕으로 잠을 줄여가며 회사 전반적으로 유동성을 가지고 관여를 했고, 하루 16~18시간 동안 정말 열심히 했다. 끊임없는 시도와 노력에 좋은 결과들도 많이 나왔지만 첫 사업은 철저한 실패였다.

2015년 말부터 2020년 5월까지 5년 반은 인생의 짧은 축소판 같았다. 태어나 울고, 웃고, 성공하고, 좌절하고, 괴로워하고, 실패하는 사업의 태생과 죽음을 경험했다. 앞서 이야기했던 한꺼번에 몰려온 일들, 회사가 갚아야 할 빚 1억 원, 등지고 떠나버린 파트너, 남편의 20억 소송, 당장의 생활비 등은 나를 완전히 무너뜨리는 데 도미노 같은 역할을 했다. 분명 쓰디쓴 실패와 좌절로 나 자신을 잃어버릴 정도로 방황을 했다. 의욕도 관심도 다 잃어서 그저 그런 의미를 잃은 절망적인 삶을 7개월이란 시간 동안 힘겹게 버텼다.

그럼에도 불구하고 난 철저히 실패로 끝난 첫 사업의 경험과 실패한 기회에 감사한다.


사업 경험을 통해서 나는 심리적으로 부자가 되었다. 사업을 통해 내가 찾은 진정한 자산은 사업하기 전보다 삶을 대하는 태도, 감정적 발달에 지대한 영향을 끼쳤다. 금전적인 부가 심리적인 부의 일부분에 불과하다는 것을 배웠다. 내가 가진 한계의 끝이 어딘지 확인을 한다는 것은 매우 흥미진진한 일이다.

고통은 컸지만 내가 받은 고통의 대가는 어떤 것과도 바꿀 수 없이 소중한 것이다. 난 세상을 보는 새로운 안경을 얻게 되었다. 사업가로서 세상을 달리 보는 프레임이 생겼다. 나의 한계와 역량을 건설적인 비판의 시각으로 볼 수 있게 되었다. 평생 공부해도 채워지지 않을 지혜가 아직도 내 주변에 너무나 넘쳐나고 있다는 것을, 너무나 멋진 사람들을 만나 배우고 성장할 수 있다는 것을 몸으로 배웠다.

사업 전의 내 삶은 사업 후의 삶보다 안전했다.

하지만 사업을 통해 얻은 무엇보다 가장 큰 선물은 나에 대해, 내 삶의 목적과 방향에 대해 재조정을 했다는 것이다. 가족과 친구가 주는 의미, 진정 나를 응원하는 사람과 그렇지 않은 사람의 양분화, 나를 지탱해 주는 가치관, 행복과 성공에 대해 다시 한 번 수없이 질문하고 나만의 답을 찾아낼 수 있었다.

사업의 실패와 좌절을 하지 않았다면 나의 능력을 베풀며 살고자 하는 마음도, 사람들을 더 이해하고 공감하며 사고자 하는 노력도, 지금 이 책을 쓸 생각도 절대로 하지 못했을 것이다. 내가 만들어 놓은 작은 세계에서 내가 생각한 최고의 자리를 트로피처럼 진열해놓고 뻐기며 살았을 테다.

실패를 통해 마음의 바닥끝까지 팽개쳐지는 기회를 만나지 않았더라면 난 지금도 포장된 삶에 집중하며 살았을 테다.

실패와 좌절을 겪은 지금의 내가 참 좋다. 정신적인 금수저가 되었으니까.


## 일이 버거울 때

일이 지겨워졌을 때 충돌하는 감정을 기반으로 하는 이직이나 퇴직은 누구에게나 위험하다. 이럴 땐 세 가지 요소의 만족도에 점수를 매겨봐야 한다. 성장, 네트워크 그리고 수익. 일의 의미에서 얼마나 전문성을 배우는가 하는 성장의 정도, 일하는 분야 혹은 회사 내에서의 네트워크를 통한 얼마나 넓게 관계를 쌓고 늘리는가의 여부, 직장에서 얻게 된 재정적인 부분인 수익에 각 요소가 10점 만점에 몇 점이나 되는지 숙고해 봐야 한다.

30점 만점에 21점~24점 이상이 나온다면 일단은 이직과 퇴직을 보류하고 다른 직장을 미리 알아보든 현 직장의 만족도를 높일 방법을 들여다 본다. 만족도 70~80%에 상응하는 점수다. 다른 회사를 옮겨도 첫 1, 2년만 만족도가 높고 그 이후엔 이 정도의 만족도만 유지되어도 괜찮다. 내 구미에 맞는 일자리란 없다. "더러워서 못하겠다"는 마음이 든다면 남을 위해 일을 하지 않고 자기 회사를 차려야 할 때다.

능력이 충분하지 않다고 느낄 때, 한계에 다다랐다고 생각할 때, 벽에 닿은 것 같을 때는 단순히 지겨움이 찾아왔을 때와는 다르다.

난 숨을 크게 한번 들이쉬고 정면돌파하는 방법을 쓴다. 벽을 앞에 두고 위로 넘든, 옆으로 돌아가든, 땅굴을 파고 반대로 나오든 벽을 격파하든 실력을 단시간에 늘릴 수 있는 여러가지 방법을 구상해본다.

엄청난 용기가 있어서 그러는 것은 아니다. 돌격하지 않으면 그 자리에 주저앉을까봐 그게 더 겁이 나서다. 주저 앉으면 일어나지 않을 것만 같아서다.

한계의 벽을 지나더라도 다리를 멈추면 안 된다. 장거리 달리기를 할 때에도 포기하고 싶은 마음이 들 때 팔다리를 움직이며 생각하라고 한다. 직장도 마찬가지다. 꾸준히 달리며 현직에서 실력과 기술을 늘려야 한다. 눈을 크게 뜨고 다양한 방법을 찾아 자발적으로 회사 밖에서 기분 좋게 몰입을 해서 배워야 한다. 몰입은 지루함과 분노 사이에서 가장 높게 생긴다. 지루할 틈이 없고 남보다 못한 것 같은 분노는 실력을 키우는 데 강력한 화력을 제공해 줄 것이다. 코스를 듣든 코칭을 받든 어쨌든 간에 전문가에게 도움을 받는 것이 빠르다. 한계의 벽을 통과하고 나면 비약적인 발전과 성장을 하는 퀀텀점프로 보상을 받을 수 있다. 실패도 성공도 상관없다. 일단 하고 본다.

성공에는 단계가 있다는 걸 알았다. 어느 것도 단숨에 쉽게 빨리 이루어지는 건 없다. 단기적인 좌절 역시 인생 전체를 보면 손해보다는 보상이라는 얼굴로 다가왔다. 차라리 빨리 실패하고 빨리 다음 실패로 넘어가는 게 성공에 더 가까워지는 지름길이었다. 우리가 배워야 할 것을 다 배우기 전까지는 여러 벽들이 자주 출몰한다. 실패와 실수를 여러 번 하다보면 생각보다 훨씬 많이 실패가 정겨워진다.

실패로 무너지지만 말자.

"이직이든 창업이든
그 길을 걸어보고 후회하는 것과
걸어보지 않고 후회하는 것은
천지차이인 것 같아."

## 나는,
## N 잡러

과거엔 평생직장이 대세였다. 지금은 1인 기업이 대세다. 사회적
인 변화에 따라서 사람들의 생각도 급격히 바뀌고 있다. 무엇이든
한우물만 진득하게 파야 한다는 관점이 존재했었다.

하지만 달라졌다. 자신이 무엇을 좋아하는지에 관심을 더 기울
이며 여러 가지 일을 취미처럼 하다가 전문가가 되는 경우를 흔하
게 볼 수 있다. 걸어다니는 1인기업 혹은 원하는 시간에, 원하는 만
큼 일을 할 수 있는 N잡러가 많은 사람들로부터 주목을 받고 있다.
회사에 다니며 작가가 되는 경우도 쉽게 발견할 수 있고, 자신이
하고 싶은 일을 여러 개 할 수도 있다. 전문성과 연계되어 파생되
는 일도 할 수 있다.

1인기업의 공통적인 특징을 보면 각종 온라인 플랫폼 활용에 능
숙하다. 유튜브 채널, 팟캐스트 등이 활성화 되면서 광고와 조회수
로 수입을 얻는 1인 방송 크리에이터가 직장인들 사이에서 인기
다. 비디오와 블로그의 합성어인 '브이로그(VLOG)'와 같은 자신의

일상을 동영상으로 기록하는 영상 콘텐츠가 속출하고 있다. 지금은 이커머스 라이브까지 대두되고 있다. 주 52시간 근무제가 도입되면서 사람들이 다양한 일을 시도할 수 있는 사회적 분위기도 조성되었다. 직장 밖에서 내가 하고 싶은 일을 마음껏 할 수 있다. 유튜브 방송 녹화 편집을 새벽까지 하고 잠깐 눈을 붙인 뒤 출근하는 날이 많다. 그러면서 내 삶의 주인공으로 내 의지대로 삶을 살아갈 수 있는 행복감을 느끼게 된다.


## N잡러가 뭐더라?

N잡러는 2개 이상 복수를 뜻하는 'N'과 직업을 뜻하는 'job', 사람을 의미하는 접미사 ~러(er)'가 합쳐진 신조어로 '여러 직업을 가진 사람'이란 뜻이다. 본업 이외에 여러 부업을 취미활동을 즐기며 시대 변화에 언제든 대응할 수 있도록 전업이나 겸업을 함께 하는 이들을 말한다. N잡러는 본업에서 채워지지 않는 자아실현을 위해 관심 있는 분야에 도전하는 경향이 크다. 생계를 위해 본업 외 다른 일을 하는 저임금, 임시직 노동을 겸업하던 이른바 투잡족(two-job족)과는 다르다. 스마트폰 애플리케이션이나 SNS 등 디지털 플랫폼에 기반을 둔 신종 일자리와 고용 형태를 의미하는 '긱 경제(gig-economy)'와 맞물린다고 할 수 있다.

잡코리아가 알바몬과 함께 남녀 직장인 1,600명을 대상으로 '직장인 N잡러 인식과 현황'에 설문조사를 진행한 결과 실제 직장인

10명 중 3명은 스스로 '현재 2개 이상의 직업을 가진 N잡러'라 답했다. 스스로를 N잡러라 답한 직장인은 30대가 34.6%로 가장 많았고, 그다음으로 40대 직장인이 29.4%로 많았다. 이어 20대(25.7%), 50대 이상 (24.7%) 순으로 많았다.

　직장인들의 N잡러가 더 늘어날 것이라고 예상을 했다. 가장 큰 이유는 '평균수명이 길어지면서 정년 없는 일자리에 관한 관심이 높아지고 있기 때문이다. 26.4%였다. 이어 '생계를 위한 돈벌이 보다 즐기면서 할 수 있는 일(직업)을 찾는 이들이 많아지고 있기 때문'이라는 답변이 23.8%로 두 번째로 높았다. 한편으로는 '업무량과 과다로 일과 생활의 균형을 이루기 어려울 것 같다'는 답변이 44.8%로, N잡러가 더 증가하지 않을 것이라 예상하는 큰 이유도 나왔다. 다음으로 '다양한 일을 하면서 높은 수익을 올리기가 쉽지 않기 때문'이라는 답변이 31.5%로 높았다.

　이런 현상은 위계질서가 강한 국내 기업의 조직문화와도 연관이 깊다. 회사에 다니면서 상명하복 문화가 강한 회사에서는 개인의 목소리를 낼 수가 없는데, 여기서 채울 수 없는 만족감을 본업 이외의 여가를 활용해 개인의 취미 또는 흥미를 살려 '끼'를 분출할 수 있다. 자투리 시간에 일하면서 수입을 올릴 수 있을 뿐만 아니라 지속적인 자기계발도 가능하다는 점이 매력적이다.

　하지만 자발적인 N잡러가 아니라 비자발적인 N잡러도 발생하고 있다. 1998년 외환위기와 2008년 글로벌 금융위기 이후 구직

활동에 나선 20-30세대는 두 번의 경제 위기를 거치며 구조조정으로 근로자 셋 중 하나 꼴로 비정규직이 된 현실을 마주하며 '평생직장'에 대한 기대가 사라진 지 오래다.


## N잡러를 위한 사회적 배려


개인적으로 난 내 삶을 주도적으로 이끌어가는 자유와 원하는 것을 이뤄가는 성취감을 느낄 수 있는 N잡러로서 행복하다. 남편과 아이의 시간에 맞춰 시간을 보낼 수 있고, 휴가를 가서도 스케줄에 따라 일하는 시간을 조정할 수 있다. 내가 N잡러의 길을 선택한 가장 큰 이유가 내가 원하는 시간에, 원하는 만큼 내 시간을 통제, 분배할 수 있다는 자유를 간절히 원했기 때문이다.

하지만 겉으로 드러나지 않는 고충도 적지 않다. 여러 업무를 함께 하기 때문에 철저한 자기관리와 효율적인 시간 안배, 에너지 조절을 하지 못하면 효율적인 결과를 얻어낼 수 없다. 쉬어야 할 때와 일을 몰아서 해야 할 때의 조절을 잘하지 못하면 건강에 적신호가 크게, 여러 번 온다.

아무리 내가 좋아하고 잘하는 일이라 하더라도, 하고 싶은 일과 해야 하는 일 사이에서 줄다리기를 해야 하는 것도 회사에 다닐 때와 마찬가지로 똑같이 생긴다.

그 줄다리를 하는 사람이 바로 자신이기 때문에 100% 자신의 역량과 자기관리에 따라 소득 결과물도 달라진다. N잡러의 가장 큰 매력은 나의 한계의 끝을 아주 조금씩 늘려갈 수 있다는 것이다.

소득이 충분치 않을 때는 좋아하는 일을 하는 것이 맞는 건지, 잘하는 일을 해야 맞는 건지에 대한 고민도 많이 하게 된다. 더는 재미와 열정으로만 유지될 수가 없다. 먹고 살아야 하는 생계유지는 현실이기 때문이다.

자신이 강점을 가지고 있는 특정 업무만 지속해서 하다 보면 다른 업무를 경험해볼 기회가 없어지고 역량 또한 쌓이지 않는다. 오히려 기량 감소(de-skilling)의 문제에 직면하기도 한다.

나준호 LG경제연구원 연구위원은 '온라인 인재 플랫폼이 직업세계를 변화시킨다' 보고서에서 "기존 정규직 일자리가 기간제, 프로젝트, 파트타임 등 다양한 비전통적 일자리로 대체되는 과정에서 '안정적 고용과 괜찮은 수입'을 보장했던 좋은 일자리들이 많이 사라질 수도 있다. 기량 감소의 문제나 여러 기업을 넘나들며 일하다 보면 불안정한 직장생활을 하게 되기 때문에 이런 문제를 해결하기 위해 유럽국가 중 일부는 기업 고용은 유연하게 하되 다양한 사회보장제도를 통해 개인 직업 생활의 안정성을 확충해 주는 유연 안정화(flexicurity) 정책을 추진하고 있다."라고 설명한다.

핀란드의 예를 들면 IT나 게임회사에서 프로그래머로 일하면서도 다른 회사에 프로젝트 형식으로 부가적인 일을 맡아 할 수 있다. 회사와 고용자 간 별도로 세부 조건이 명시된 계약을 한다. 그리고 고용자는 자신의 회사를 세우지 않더라도 Light Entrepreneur

로서 일할 수 있다. 정식 서류를 거쳐 회사를 세우지는 않지만, 자체 회사명을 만들어 1인 기업으로 활동을 할 수 있다.

핀란드에는 총수익의 5~7% 커미션을 받고 자체적으로 지은 회사명으로 인보이스를 발행해 주고 세금 문제까지 해결해 주는 전문 서비스업체를 쉽게 구할 수 있다.

핀란드는 1시간 프리랜서로 일을 해서 얻은 이익에 대해서도 자발적인 세금 신고가 생활화 되어 있고, 만약 자발적으로 하지 않은 사실이 발견될 경우 세금 폭탄을 맞게 된다. 가끔 한국의 학생들이 잘 모르고 자발적인 신고 없이 통역일 하는 경우가 있는데, 반복된 일이 발견될 경우는 추방당할 수도 있다는 사실을 모르는 안타까운 일들이 벌어지기도 한다.

N잡러로 일하면서 사회 전체적으로 상대적 박탈감을 느낄 우려도 있는데, 이런 시스템은 고용주와 회사의 신뢰를 높이고 인재들의 개별성과 자아실현을 이루는 특별하고도 배려심 있는 제도라 생각한다.


전문가들은 자발적이든 자발적이지 않든 N잡러의 긱 경제는 앞으로 보편적인 유형의 일자리로 자리 잡을 가능성이 크다고 전망한다. 중소기업까지 근로시간 단축 제도가 시행되면 자아실현을 위해 사람들이 다양한 일을 시도하는 사회적 분위기도 덩달아 조성이 될 것이다.

한국만 그런 것이 아니다. 세계적인 현상이고 앞으로 N잡을 추구하는 사람들도 증가할 것이다. 디지털, 온라인 공간에서 다양한 직업군이 속출하고 지식 공유가 가능한 시대이다. 한국에서도 시대적 흐름에 적응하여 N잡러의 안정과 기술, 역량을 향상하게 시키는 데 도움을 줄 수 있는 노동 법규가 조속히 마련되면 좋겠다.

자신의 모습 그대로 원하는 곳으로 의도적으로 다가가는 단계가 성공의 길이라고 생각한다. 무엇을 하느냐보다 무엇을 하고 있으면서 내 자신이 그 모습을 얼마나 사랑하느냐가 관건이다. 모든 사람은 이 세상에 태어날 때 선물을 갖고 태어난다. 그 선물이 무엇인지를 찾아내는 여정이 이 세상에 태어난 목적을 찾고 성공적인 삶을 살아가는 데 실마리를 준다고 믿는다. 거품을 뺀 "찐 모습"과 마주 선다는 것은 참으로 설레는 일이다.

"자아를 찾는 여정을 즐기자.
긱 경제는 잃어버린 우리 모습을 찾는
아주 소중한 기회인 것 같아."

## 성공적인 창업을 위해
## 반드시
## 알아야 할 10가지

### 1년 이내에 열에 아홉이 폐업을 한다

스타트업 회사들 10곳 중 9곳은 1년 안에 문을 닫는다. 생존율이 10% 이내라는 얘기다.

일반적으로 '스타트업'이라는 말이 한국에서는 '새로 시작한 회사'라는 의미로 쓰이지만, 외국에서는 그렇지 않다. 스타트업 회사라는 말은(Startup company) 설립한 지 오래되지 않은 신생 벤처 기업을 의미하고, 미국 실리콘밸리 IT업계에서 처음 생겼다. 파괴적인 혁신, 기술과 아이디어를 보유한 창업 기업을 일컫는다. 사업 분야에 따라 다르긴 하지만 일반 사업의 생존율은 스타트업보다는 높다.

2020년 미국 노동통계국(BLS, U.S. Bureau of Labor Statistics)에 따르면 시대를 막론하고 비슷한 생존율을 유지해 오고 있다고 설명한다. 창업한 지 2년 만에 20%만이 생존한다. 그리고 2년을 살아낸 회사 중 창업 후 5년 안에 45%만이 살아남는다. 그리고 5년을 살아남은 회사 중에서 10년을 넘긴 회사는 65%의 생존율을 가진다.

사업을 하면서 생존율이 낮을 수밖에 없음을 피부로 느낄 수 있었다. 만만한 일들이 아니었다. 회사에 다닐 때는 상관할 필요가 없었던 전반적인 회사의 운영, 회계, 리더십, 팀십 등 발전시켜야 하는 역량도 많았다. 시작부터 제대로 전략을 짜고 하지 않으면 1년 안에 실패하는 80%에 들어간다. 열정과 노력은 기본이다. 그 이상이 필요하다.

1, 2년 내에 엎어지는 회사들을 수없이 봐 왔다. 3년을 잘 살아남고도 잘못된 결정 하나로 바로 사양길에 접하는 경우도 많이 봤다. 그런 상황 속에서도 나 자신을 믿고 넘어지고 일어서기를 수십 번 해내야 한다. 실패는 성공의 어머니라고 하지만 가족을 부양해야 하고 지켜야 할 것들이 많을수록 막을 수 있는 실패는 사전에 막아내야 한다. 그렇지 않으면 그동안 쌓아놓은 재산과 건강을 잃게 될 수도 있기 때문이다.

5년 넘게 사업을 하고 경쟁업체들을 분석하고, 통계자료들을 공부하며 내가 사업을 하기 전에 알고 시작했더라면 좋았을 열 가지를 소개할까 한다. 물론 이 열 가지 이외에도 배워야 하고 알아야 할 것들은 수없이 많다.

하지만 실패율을 줄이는 데 도움을 줄 수도 있고 창업을 하기 전에 신중하게 생각해야 할 기본적이면서도 실제로 행하기 어려운 게 이 열 가지다.

첫째, 창업 아이디어가 정말 시장성이 있는지 충분한 데이터 리서치를 하자.

앞서 열에 아홉은 사업이 망한다고 설명했다. 회사가 문을 닫는 가장 큰 이유는 사람들에게 필요하지 않은 물건이나 서비스를 제공하기 때문이다.

아이러니하지 않은가?

'왜 필요로 하지 않은 물건이나 서비스를(시장성이 없는 것을) 선택해 사업을 시작하는 걸까?'라고 충분히 생각할 수 있을 것이다. 문제는 '내가 생각했을 때' 먹힐 것 같은 상품, 서비스라고 여겼기 때문이다.

내 아이디어를 전문가적 지식이나 사업 경험이 없는 내 주변 사람들에게 의견을 묻지 말자. 가까운 지인, 주변인들의 맞장구로 사업을 시작하면 절대로 안 된다. 그들은 당신의 사업에 돈을 주고 물건을 사거나 서비스를 사 줄 잠재 고객이 아니다. 오히려 공짜로 내놓으라고 손을 벌릴 사람들이 대부분이다.

사업 아이템은 철저한 시장 조사와 데이터를 기반으로 시장성이 있는 아이템과 분야를 선정해야 한다. 지금 시장에서 요구되는 트렌드적인 요소, 성공의 확률이 높은 산업, 내 능력을 최대로 발휘할 수 있는 분야, 이 공통분모를 찾아내야 한다.

둘째, UVP(Unique Value Proposition) 고유 판매가치를 가지자.

이것은 USP(Unique Selling Position)로도 불린다. 경쟁사와 '차별화할 수 있는 요소'를 말하는 용어다.

'내 사업은 고객들의 어떤 문제점을 해결해 주는가?'를 정확히 알고 그 문제점에 대한 '차별화된 명확한 솔루션'을 갖고 있어야 한다. 얼마나 독특하고 특화되었느냐에 따라 고객의 욕구에 부합하고 구매의욕을 일으키는 데 큰 장점으로 작용한다.

제품(서비스) 차별화가 크다면 시장 기회는 크게 넓어진다. 더불어 셀링 포인트가 명확해야 회사 성장에 있어 구심점이 된다. 독자적인 판매 기획으로도 연결된다. 회사의 본질, 브랜딩, 마케팅, 판매 전략에서 판매 성과로 직결되는 요소이다.

UVP가 얼마나 확실하냐에 따라 세월이 지나도 변치 않는 인지도를 만들어갈 수 있고 브랜드와 제품에 생명력을 부여한다.

회사의 가장 큰 핵심 역량 중 하나가 되어줄 것이다.


셋째, 좋은 팀 구성원이 있어야 한다.

비즈니스 도서로 언제나 제시되는 『좋은 기업을 넘어 위대한 기업으로(Good to great)』에서 저자 짐 콜린스Jim Collins는 영속할 수 있는 조직 문화를 강조한다. "좋은 회사에서 위대한 회사로의 변환에서 사람이 가장 중요한 자산이 아니다. 적합한 사람이 가장 중요한 자신이다."라고 얘기했다.

자리에 적합한 사람을 찾는다는 것은 절대로 쉬운 일이 아니다. 하지만 적합한 사람을 구하는 일을 멈추지 말라고 당부하고 싶다. 그리고 그런 사람을 찾았다면 절대 놓치지 말라고 얘기하고 싶다.

빨리 가려면 혼자 가도 되지만 오래 가려면 적합한 사람들과 여럿이 함께 조화롭게 가야만 한다. '돈'을 절약하겠다는 의도에서 팀 구성원 없이 혼자 모든 것을 다 하려고 하다 보면 에너지가 고갈돼 결국 번 아웃을 경험하고 주저앉는 경우가 허다하다. 사업은 단거리 달리기가 아님을 기억해야 한다. 꾸준히, 오래, 길게 달리는 장거리 달리기가 되어야 한다.

넷째, 끊임없이 고객에게 필요한 것이 무엇인지 묻고 소통하자.

많은 회사가 정확한 사실에 근거를 두지 않고 '가정(assume)'하며 사실일 것이라 섣부른 판단을 한다.

세계적으로 인정받는 최고경영자, 스타벅스의 CEO였던 하워드 슐츠Howard Schultz는 그의 저서『온 워드Onward』에서 고객과의 유대관계가 스타벅스의 사명이라고 했다. 인간의 영혼을 고취하고 이에 자양분을 공급하고, 이를 위해 고객 한 사람 한 사람, 음료 한 잔 한 잔, 이웃 하나 하나에 정성을 다한다고 말했다.

'우리는 정성을 다해 고객과 유대감을 쌓고 고객의 삶을 풍요롭게 만든다. 그 시작은 완벽한 음료를 제공하겠다는 약속이지만 우리의 일은 거기에서 끝나지 않는다. 핵심은 인간적 유대감이다.'

당신이 생각하는 스타벅스, 커피를 파는 곳, 그곳 맞다. 하워드 슐츠가 말하는 유일하게 중요한 숫자는 오직 '하나'였고, 그 신념을 배워 나는 회사 직원들과 함께 그 '하나'를 '한 개의 주얼리, 한 명의 고객, 한 명의 파트너, 한 번의 특별한 경험'으로 발전시킬 수 있었다.

다섯째, 사업 파트너를 필요로 한다면 신중하게 고르자.

홀로 사업을 시작한다는 건 사실 외롭고 힘겨운 일이다. 그래서 신뢰하는 사람과 함께 시작하는 경우가 대부분이다.

하지만 일반적인 친소관계든 신뢰는 사업에서 매우 다르다. 나 역시 사업 파트너와의 불협화음이 사업 전반에 걸쳐 큰 영향을 끼쳤고 어떤 일을 하든 쉬운 일이 없었다. 그저 친구이고 가족이라고, 예전에 함께 일을 했던 동료와 사업을 시작한다면 나는 쌍수를 들어 반대한다. 절대 안 된다는 것은 아니지만 잘 될 가능성이 매우 희박하다는 의미다.

조직, 리더 및 파트너십 개발을 전문으로 하는 컨설팅 업체인 CPCR 조사에 의하면 비즈니스 파트너십 70%가 실패한다고 발표했다. 실패의 주요 원인은 신뢰와 악화된 관계 문제라고 결론지었다.

개인적으로 친분이 있을 때 알고 있다고 생각한 성격과 그에 부합하는 기대는 사업할 때 서로를 상호 보완해 줄 성격과 역량과는 전혀 다를 수 있다.

사업 파트너 없이 혼자 시작한다면 주기적으로 비즈니스 코칭을 받으라고 제안하고 싶다. 나보다 더 앞서나가 어려움을 만날 때마다 해결법에 대해 상의하고 조언을 얻을 수 있는 성공한 비즈니스를 하는 사람이 제격이다.

전 세계적으로 유명한 변화 심리학의 최고 권위자 토니 로빈스 Tony Robbins는 파트너를 잘못 골랐을 때 발견되는 현상에는 계속 문제를 일으킬 뿐 해결책을 만들어 주지 않은 사람이라고 말한다.

또한, 무드에 따라 행동의 차이가 너무 차이 나거나 연락을 끊는 사람이라면 빨리 내보내라고 충고한다.

파트너를 고를 때 '음과 양' 같이 서로가 가진 역량이 보완되는 사람을 찾는 게 회사에 긍정적인 영향을 가져온다고 설명했다. 비슷한 분야의 비슷한 역량을 가진 사람과는 시너지를 만들기가 쉽지 않다. '단, 경비 지출, 직원들의 보너스 같은 회계와 관련된 사항에 대해 그리고 회사가 지향하는 일에 관한 것 대해서 비슷한 관념이 있거나 처음부터 세세한 사항을 결정해 동의하고 그에 적합한 사람을 찾는 것이 중요하다'라고도 강조했다.

한편 파트너십 계약서를 반드시 작성해 사인을 받아 서로의 영역에 대한 확고한 맡아야 할 자리를 지정하고 시작해야 한다.

여섯째, Cash Flow, 현금 유동성은 사업이 죽고 사는 문제다.

사업을 하면서 충분한 시간과 능력을 들인다고 돈이 저절로 잘 움직일까? 절대로 아니다. 돈이 이미 있을 때는 그 돈을 이용해 돈을 벌기가 훨씬 더 유용하다.

하지만 예기치 못한 일이 발생하였는데 자금 흐름을 유지할 유동자금이 없을 때 회사가 바로 파괴될 수 있다. 가지고 있는 자원을 최대한 이용해 자금의 흐름을 조정하고 통제해야 한다.

처음 시작할 때 아무것도 몰랐던 나는 회사 수익을 100% 고스란히 재투자하는 실수를 했다. 여기서 빠져나오기까지 피가 바짝바짝 마르고 매일 고통스러운 신음소리를 지를 수밖에 없는 지경에 처했었다.

예기치 못한 일은 지뢰밭처럼 곳곳에 숨어 있다. 무슨 일이 생겼을 때 적어도 3개월 정도는 버틸 수 있는 유동자금을 만들어 놔야 한다. 가능하다면 6개월에서 1년을 아무런 수익이 없어도 지탱할 수 있는 자금을 쌓아놓아야 한다.

일곱째, 비전을 가지자.

단순히 직장생활이 지겹고 힘들거나, 돈을 더 쉽고, 빨리 벌기 위한 목적이라면 창업을 하지 말라고 조언하고 싶다. 창업 초창기에는 회사에 다닐 때보다 더 많이 일한다.

창업에는 돈보다 더 큰 목적과 자신만의 철학이 담긴 비전 혹은 사명이 필요하다. 돈만을 많이 벌기 위해 사업을 한다면 중도에 포기할 수밖에 없다. 굽이굽이 들어서는 새로운 길을 마주할 때마다 수많은 고난과 역경이 당신을 환영하고 있다. 열정도 고통을 감내하는 양도 제한적이다. 열정이 식어갈 때, 꺼져 가는 불길을 다시 활활 타오르게 할 장작불 역할을 해 주는, 사업을 하는 이유가 반드시 있어야 한다. 내가 너무나 존경하는 사이먼 시넥Simon Sineck의 『Why로 시작하라(Start with Why)』를 꼭 읽어보길 추천한다. 당신의 북극성을 찾아 줄 것이다.

대다수 모든 사람은 자기 스스로에 대해서 무슨 일(What)을 하는지 알고 있다. 또한 대다수 모든 사람은 어떻게(How) 하는지도 알고 있다.

하지만 극소수의 사람들만이 왜(Why) 그 일을 하고 있는지를 안다. 세상의 유명한 리더들이나 단체들은 본인들이 일의 신념을 의미하는 왜(Why)를 설정하고 난 후 생각하고 소통하고 생각한다. 왜 이 일을 하는지부터 시작하여야 한다.

_ 《Why에서 시작하라》 중에서

여덟째, 브랜딩, 마케팅, 세일즈의 3박자를 전략적으로 키우자.

창업을 하고 나면 나 자신이 걸어 다니는 브랜드 대사가 되고, 마케터가 되며, 세일즈맨/우먼이 된다. 어느 자리에 있든 회사와 자기 자신을 분리하게 시키면 안 된다. 당신은 이미 퍼스널 브랜딩을 하는 동시에 컴퍼니 브랜딩을 동시에 하는 셈이다. 퍼스널 브랜딩과 회사의 브랜딩은 구분을 지어 다르게 관리해야 한다.

사업을 하면서 네트워크를 늘려가는 데 집중을 해야 한다. 사업을 하는 동안 "Your networking is your networth."라는 말을 수도 없이 들었다. "당신의 네트워킹이 당신의 순자산이다."라는 말이다.

브랜딩이나 마케팅 세일즈가 잘 받쳐주지 않으면 그 회사는 무너진다. 뛰어난 팀원이 맡아서 그걸 일시적으로 막아준다고 하더라도 회사 책임자로서 이 세 가지를 말로 표현해야 할 상황이 수도 없이 많다.

훌륭한 회사를 가진 사업가 중에 말을 못 하는 사람들이 있던가? 생각해보라. 자신이 하고자 하는 이야기를 정확하고, 요점을 집어내 자신 있게 표현한다.

아홉째, 자리에 맞는 적합한 사람들로 팀을 꾸리고 내가 쉬는 시간을 마련하자.

나는 처음 3년 넘게 회사 운영을 하는 동안에는 하루에 4시간에서는 6시간만 잠을 잤고, 1주일 휴가를 쓴 게 전부였다. 내가 많이 일할수록 회사에 도움이 될 거로 생각했다. 팀원에게 전부 맡기지 못했다.

알고 지내는 어떤 사업가는 이런 말을 했다.

"하고 싶지 않은 일을 남의 회사에서 일주일에 40시간을 소비하지 않고, 하고 싶은 일을 위해 80시간 할 자신이 있다면 사업을 해라."

난 이 말에 전적으로 반대한다. '열심히 많이'가 정답이 아니다. 일을 잘 배분하고 팀원들이 각자의 자리에서 주체적으로 나가도록 방향을 잡아주면 된다. 그 와중에 쉬는 시간을 마련해야 한다. 사장뿐만 아니라 팀원도 장거리 달리기를 하며 바통을 전해 주는 시점에서 쉬고 또다시 달릴 수 있도록 쉬는 시간을 반드시 마련해야 한다. 내가 없어도 돌아가는 회사 체계와 인원으로 자동시스템을 만들어야 한다.

'Don't work hard. Work Smart.' (열심히 일하지 말자. 스마트하게 일하자.)


열 번째, 성장 마인드 셋을 가지자.

9시부터 5시까지 일을 하던 직장인의 마인드에서 벗어나서 사업가로서의 마인드를 가진다는 게 정말 어렵다. 캐롤 드웩의 『마인드 셋』을 읽어볼 것을 강력히 추천한다. 저자는 '마인드 셋이 당신의 성공, 인간관계, 행복, 자녀의 미래를 결정한다'고 말한다.

스탠퍼드대학교 심리학과의 세계적 석학 캐럴 드웩 교수는 수십 년간 연구 끝에 모든 것을 결정짓는 것이 '마인드 셋(마음가짐)'이라는 것을 발견했다. 고정 마인드 셋을 가진 사람들, '능력은 변하지 않는다고 믿는 사람들'은 성장 마인드 셋을 가진 사람들, 즉 '능력은 얼마든지 발전할 수 있다고 믿는 사람들'에 비해 성공할 가능성이 확연히 낮다.

사업을 하면서 단 1% 의심과 두려움이 들어올 때마다 나를 지켜내는 데 성장 마인드 셋이 바탕이 되었다. 사업은 결국 내 안에 있는 두려움의 벽을 끊임없이 깨어나가는 작업의 연속이다. 그렇지 않으면 그 두려움이 당신을 잡아먹어버릴 것이다.

## 사업은 자기계발의 끝판왕

사업을 한다는 것은 자기계발의 끝판왕이 아닌가 싶다. 강한 회사로 키워내려면 사장이 정신적으로 신체적으로 강하고 튼튼하게 중심을 딱 잡고 버텨 줘야 한다. 그러기 위해서 끊임없이 배우고 개발하고 바로 적용하는 성장 순환이 반드시 있어야 했다.

난 디자이너에서 사업가로 전향하는 'Mastered'라는 영국에서 런칭한 6개월간의 악셀러레이터 코스도 듣고, 유럽에 있다는 장점을 이용해 런던, 암스테르담, 뮌헨, 헬싱키 등을 방문해 2~3일간 진행하는 비즈니스 워크숍에 참가했다. 비즈니스 네트워크를 높이고 각양각색 사업가들의 만나 대화를 나누고 아이디어를 얻을 수 있는 절호의 기회였다. 동시에 회사를 홍보하는 중요한 자리이기도 했다.

성공한 사업가들에게 비즈니스 코칭도 꾸준히 받았다. 사업 공부를 위해 지난 5년간 들인 순수 공부 비용만 1,200만 원이 넘는다. 아무리 사업을 하는 데 바빠도 한 달에 적어도 20~30만 원 이상을 비즈니스를 이해하고 부족한 역량을 채우기 위해 투자했다. 그리고 그 투자는 내가 했던 그 어느 투자보다도 값지다는 생각을 한다. 사업이 망한다고 한들(물론 망하지 않기를 염원하지만) 영원히 사라지지 않을 투자기 때문이다. 세상에서 가장 ROI (Return On Investment, 투자 자본 수익률)가 높은 것이 자기 자신에게 투자하는 것이다.

세 걸음 밖으로 나와 내 회사를 바라보니 사업을 하면서 보지 못했던 수많은 실수, 실패의 '원인'이 보인다. 파트너 문제, 유동자산을 면밀히 관리하지 못한 것 두 가지가 실패의 결정적인 요소라고 분석되지만 어떤 부분에서는 경쟁업체보다 더 성공적으로 잘 이끌어온 그 이유와 결과도 보인다.

물건 자체의 퀄리티와 고객의 만족도를 높이기 위해 끊임없는 소통을 했었고, 브랜딩과 마케팅 그리고 세일즈를 전략적으로 잘 세웠다는 것이 내가 판단하는 성공의 요인이었다는 생각을 한다. 창업을 하기 전 알아두었으면 좋았을 것들도 명확해진다. 창업을 생각하고 계신 분들이 계신다면 위의 10가지가 도움이 되었으면 한다. 내가 공부하여 즉각 실습했던 실전 경험과 비즈니스 컨설팅을 하며 발견한 문제점 그리고 비즈니스 공부를 하며 깨달은 바를 바탕으로 적었다.

4억 원 이상의 수익을 내고 있다면 위 내용을 무시해도 괜찮을 것이다.

"도전하자!
우리를 제자리걸음 하도록 만드는 것은
실패에 대한 두려움 때문이다.
도전으로 얻는 행복감은 상상 그 이상이다."

'노오력' 해도
안 되는 헬조선,
이민 가면 행복할까?


　내가 오랫동안 외국에서 살며 만나 보았던 많은 한국 분들의 공통된 표현이 있다. 이미 해외 취직이나 해외 이민을 하신 분을 제외하고, 해외 취직이나 이민을 하고 싶어서 하시는 분들의 표현이다.
　"한국은 돈만 있으면 제일 살기 좋은 나라죠."
　과연 그럴까? 돈만 많으면 행복하게 살 수 있는 나라인 게 맞을까? 그렇다면 한국 사람들의 행복지수가 낮은 이유가 정말 '돈'이 없어서 그런 것일까? 이런 질문에 소설 《한국이 싫어서》가 어느 정도 우리의 막연한 해외 취업이나 해외 이민에 대해 어떻게 다가가야 할지 잘 보여 준다고 생각한다.

　《한국이 싫어서》는 20대 후반의 직장 여성이 이민을 떠난 사정을 대화 형식으로 들려주는 소설이다. 소설이라고 하기엔 학벌, 재력, 외모를 비롯해 자아실현에 대한 의지, 출세에 대한 욕망에 이르기까지 미래에 대한 두려움으로 살아가는 나이 불문의 우리의 모습을 적나라하게 보여 준다. 한국에서의 익숙한 불행보다 호주에서의 낯선 행복, 이민이라는 모험을 통해 거침없이 한국사회의 폐부를 찌른다. 주인공 계나는 첫 시작은 도피였지만 결국은 자신만의 행복을 찾아가는 과정을 보여주는데, 20대 후반의 주인공 이야기가 얼마나 우리와 연관이 있을까 싶겠지만 우리가 한국인 전 연령대들이 생각해봤음직한 어려움과 고민을 아주 깊게 천착하는 작가의 시각이 여실히 드러난다.

"탈조선은 더 행복하게 살기 위해서 하는 것이 아니다. 더 비참해지지 않기 위해서 하는 것이다."

이 소설에서 가장 흥미로운 부분은 한국 사람들이 타인을 불행하게 하면서 자신이 행복해진다는 것이다. 시어머니와 며느리의 갈등, 직장 상사와 직원들의 갈등, 왕따 문화가 생기는 이유까지도 자신들이 행복하지 않기 때문에 생겨나는 사회적 문제들이라고 얘기한다. 타인의 불행을 즐기고 그것이 자신의 행복이 되는 불행의 쳇바퀴. 아픈 사람들이 한국에 많다는 사실은 불행할 수밖에 없는 사람들이라는 것에 주목하게 된다. 자발적으로 행복을 추구하는데 무엇이 우리를 멈추게 하는 것일까?


외국 생활만이 정답이 아니라는 것을 이 소설에서도 얘기한다. 타국이라 하여 고난과 역경을 피해갈 수는 없다. 완벽한 유토피아는 어디에도 존재하지 않는다. 인종차별, 취업 문제, 비자 문제, 언어의 장벽은 끊임없이 주인공을 괴롭힌다.

하지만 과도한 경쟁을 겪지 않아도 되고, 계급으로 분단된 사회에서 벗어날 수 있으며, 가진 게 없어 억울하고 돈이 성공의 척도라 다이아몬드수저, 금수저, 은수저론으로 변화시킬 수 없는 상황을 기반으로 사람을 환장시키지는 않는다. 적어도 한국에서의 성공의 척도인 돈을 가졌느냐로 전부가 판단되지 않는다.

여행이 아닌 이민은 현실이고 겪어내야 하는 상황들이 도처에 즐비하다. 그럼에도 불구하고 자신의 행복을 위해, 사람답게 살고 싶다는 그 마음을 절실하게 잘 표현해 준 소설이다.

'신 이민 신드롬' 방송에서 캐나다에 살면서 한국을 오가고 계신 분의 말이 마음에 와 닿았다.

'캐나다는 재미없는 천국이고 한국은 재미있는 지옥이다.'

해외 이민이나 해외에 취업했을 때의 환상이 현실로 부딪히면 하루하루가 도전이고 자기의 틀을 깨고 나와야 하는 날의 연속이다. 그래서 해외 이민 후 새로운 환경과 문화적 차이를 잘 넘어 적응을 잘 하는 사람들이 있는 반면 또 한편으론 '더 나은 삶을 위해 왔는데' 기대와 맞지 않는 삶으로 역이민을 하는 경우도 많아졌다.

2016년부터 급격하게 증가한 해외 이민은 특히나 팬데믹 대응을 보고 한인을 포함, 이민자들이 이민 국가 1위로 뽑혔던 시기에 미국으로 갔지만 이젠 미국을 떠나는 '아메리카 엑소더스(America exodus 탈미국)' 현상까지 나타나고 있다. (오픈 서베이에서 2019년에 진행한 해외 이민 일반인 인식 설문조사에서는 오세아니아대륙의 호주, 뉴질랜드가 37.8%로, 30.5%가 답한 북미 지역의 미국, 캐나다보다 더 높은 비율로 답했다.)

올 상반기(2020년 1월~6월) 미국 시민권을 포기한 사람은 5,816명으로 역대 최고치를 기록했다. 지난해 하반기(6월~12월 444명)와 비교하면 무려 12배 이상 급증했다. 대부분은 20~30대 이민자들로 자녀를 다 키운 노부부나 건강 문제로 한국에 나가려는 주된 이유라 말했다.

팬데믹 사태와 맞물려 한인들이 역이민을 고려하는 이유로는 주로 의료서비스의 질, 언어장벽, 이민생활의 경제적 어려움, 이민법 강화에 따른 애로사항, 노후대책 미비, 노약자의 경우 자가운전의 어려움, 모국에 대한 향수 등 복합적인 원인이 작용하고 있다.

나는 해외 이직이든 해외 이민을 선택하든 부딪혀 경험해보고 결론을 내리라고 얘기하고 싶다. 그 과정에서의 경험이 삶에 지대한 영향을 끼칠 것이다. 낯선 곳에서 나를 만나면 삶의 방향을 제시해 줄 그동안 인지하지 못했던 나만의 특별한 능력을 만나게 된다. 다만 한국에서 경험하는 '헬조선'과 또 다른 형태로 한국 밖에서 경험하는 탈미국, 역이민 역시 존재한다. 사전에 자료조사를 꼼꼼하게 하라고 얘기해 주고 싶다.

한 가지 확실한 것은 어디에 살기로 했든지 장단점이 있다는 것이다. 나에게 가장 중요한 가치를 알고 있을 때 그 장단점을 내 것으로 가져올 수 있는지 혹은 절대 받아들이지 않을지 취사선택할 수 있다는 것이다. 남에게는 지옥이어도 나에게는 천국이 될 수 있다. 반대로 나에게 지옥이어도 남에게는 천국이 될 수 있는 것은 결국 내가 삶에서 가장 가치 있게 여기는 요소와 견뎌낼 수 있는 한계점을 잘 알수록 실패하는 해외 이직, 해외 이민이 줄어들 것이다. 후회할 결정을 했다고 의심하며 살지 말고 후회하더라도 해보고 후회하면 무엇이라도 배우고 그게 삶의 영양제가 된다. 가장 큰 수확은 내가 어떤 사람인가, 어떤 가치관을 믿는가에 대한 다양한 경험과 생각의 기회를 얻고 나에게 한 걸음 더 다가갈 수 있다는 것이다.

우리가 살아가며 겪는 주위 환경과 시스템은 삶을 살아가는 데, 행복감을 느끼는 데 지대한 영향을 끼친다. 하지만 남보다는 좀 더 잘하는 전문적인 능력과 자신의 가치가 정확하지 않고 언어가 받쳐지지 않은 탈조선은 어느 나라를 가더라도 더 나은 삶을 누리게 되기까지는 만만치 않은 도전이 기다린다. 만족스런 삶을 찾아 떠나왔건만 오히려 더 팍팍한 삶을 견뎌야 하는 모습을 많이 봐 왔다. 혹은 그런 것이 없더라도 이루고자 하는 정확한 목표를 바닥에서 다시 시작할 용기와 끈기를 행동으로 꾸준히 해야 한다.

자신의 삶에 있어 가장 중요한 '흔들리지 않을 정확한 가치관'만큼은 반드시 가지고 있어야 한다. 일상에서 마주치는 한국에서 겪지 않을 익숙하지 않은 고난과 역경을 얼마나 능동적이고 긍정적으로 헤쳐나가는가 하는 마인드셋 역시 필수다. 대부분의 사람들은 반대로 조언을 한다. 미래에 대해 대비를 하지 않고 순간을 살아가는 사람들에게는 '대책이 없다'고 비난하고, 미래를 위해 현재를 힘겹게 사는 사람들에게는 '즐기면서 살라'고 말한다. 결국은 어떻게 살든 남들은 내 삶의 방식에 동의를 해 주지 않을 것이다.

우린 어떤 삶을 살 것인가에 대해 타인의 동의도, 눈치도, 허가도 필요치 않다. 내가 나를 믿고 꿋꿋이 밀고 나갈 수 있다면 발을 딛고 사는 곳이 한국이 되었든 외국이 되었든 살아남을 힘은 결국 내 안에 있다.

"유토피아는 다른 데 있는 게 아니야!
어디에 사느냐도 중요하겠지만
내 마음속에 어떤 유토피아를 원하는지 모른다면
어디에서도 찾을 수 없어."

그놈의
돈,
돈, 돈!

## '돈'을 공부한 적이 없어요

사업을 하기 전까지 난 돈, 그러니까 경제 교육을 받은 적이 없었다. 대개 그럴 거다. 아버지는 해군 장교셨고, 내 기억의 대부분은 군인 가족들이 모여 사는 바닷가 도시들 그리고 수도 없이 다녔던 이사였다.

대부분 군인 자녀들과 같은 학교에 다녔다. 방과 후나 주말에는 군인 자녀들이 가는 부대 성당을 다니거나 군인 아파트와 군인 관사에서 군인 자녀 친구들과 놀았다. '돈'과 관련이 먼 군인 사회라는 특화된 세상 안에서 완벽한 풍족함은 아니지만 편안한 안전망 속에서 자랐다.

돈에 대한 현실 경험을 하기 시작한 건 대학을 다니면서였다. 우리 집은 자녀가 넷이었고 많은 한국의 부모님이 그렇듯 '자녀 교육'을 위해 최선을 다하셨다. 자녀 넷을 모두 대학교에 보내셨고, 군인 봉급으로 네 명의 대학 등록금을 마련해 내는 건 절대 쉬운 일이 아니었을 것이다.

우리 넷이 대학을 다니면서 부모님을 통해 보았던 돈은 '참 어렵고 힘든 것'이었다. 내가 느끼고 바라보는 돈은 많이 불편하고, 힘들고, 버거운 대상이었다. 이런 돈에 대한 부정적인 생각은 사업을 하며 결국 큰 문제로 찾아왔다.

천만다행으로 나는 '돈을 버는 능력'이 꽤 있었다. 직장을 다닐 때 연봉을 높게 받은 이유를 생각해보면 '돈'을 위해서만 '돈'을 벌려고 하지 않았다는 것이 가장 큰 이유인 것 같다. 미치도록 사랑하는 '패션 디자인'이라는 꿈을 마음에 품고 있었고, 패션 디자이너가 되기 위해 최선을 다해 꿈을 현실로 만들어내는 행동을 서슴지 않았다. 금전적인 어려움이나 못할 상황들은 수십 번도 내 앞을 가로막았다. 그런데도 어떻게 해서라도 돈이 나를 가로막지 않도록 무식하게 앞으로 나갔다. 그러다 보니 돈이 나를 따라왔다.

하지만 사업을 하면서 돈이 나를 앞질러 갔고 결국 난 돈을 따라가기 시작했다. 주도권을 놓쳤다. 돈을 버는 능력, 돈을 잘 쓰는 능력에 비해 돈을 관리하고 투자하는 능력은 많이 부족했다. 돈은 버는 족족 그릇에 담기지 않고 빠져나갔다. 돈을 흥청망청 썼다는 얘기가 아니다. 매년 사업을 통해 벌어들인 수익은 3~4억 원 사이였고, 사업 유지비용을 제외하고는 나머지를 100% 재투자했다. 첫해부터 3억 이상을 넘겼기 때문에 나는 사업을 확장하면 10억은 금방 넘길 수 있을 것으로 생각했다.

하지만 아무리 사업을 확장하고 많은 일을 해 나가도 회사 수익은 정확히는 3억 3천에서 3억 8천만 원, 딱 그만큼에서 머물렀다. 내가 가진 돈 그릇의 한계점이었다.

싱가폴에서 주얼리 리테일 사업을 진행하고 있는 와중에 코로나 19로 인해 거리에서 사람들이 사라졌다. 그 여파는 사업에 빨간불이 들어왔고 그 시기를 견뎌낼 만큼 회사의 유동자산이 충분하지 못했다. 고정지출은 정해져 있고, 수입이 없으니 하루하루가 내 마음 속에서는 돈과 전쟁을 벌이고 있었다. 사업을 하던 즐거움은 직원 월급, 렌트 비용 등을 어떻게 충당해야 할지 엄청난 스트레스와 고통으로 이어졌다. 기본적인 유지 비용이 발생하지 않았기 때문에 모든 일이 힘들고 괴로웠다. 이 시기에 남편 또한 20억 소송 건에 동시에 얽혀 있어서 돈과의 전쟁으로 내 마음은 까만 숯덩이가 되었다.

## 돈과 행복의 교차점

돈과 행복 사이에 놓인 관계는 심리학에서 오랫동안 연구해온 주제 중 하나다. 지금까지 연구자들 사이에서 합의된 결론은 소득과 행복이 긍정적인 상관관계를 보인다는 것이다. 사람들은 돈을 많이 벌수록 더 행복한 편이라는 연구 결과가 많다.

「Nature Human Behavior」에 발표한 164개국에서 170만 명 이상을 표집한 갤럽 세계설문조사를 분석자료 그리고 프린스턴대 교수이자 노벨경제학상 수상자 앵거스 디턴(Sir Angus Stewart Deaton, 2015년 복지, 소비, 빈곤과 건강에 관한 연구로 노벨경제학상 수상)은 미국 과학 학술원(PNAS)에 빌표한 소논문에서 소득과 행복 상관관계의 이해를 더해 준다. 20008년~2009년 미국 전역 45만 명을 대상으로 갤럽 설문조사를 토대로 낸 통계 자료다.

　분석 결과, 1인 기준 연 소득이 약 95,000달러(한화 1억 정도)일 때 행복이 증가하지 않는 '만족점(satiation point)'이 나타났다고 한다. 긍정적인 정서는 1인 연 소득이 75,000달러(약 7,500만 원)일 때, 부정적 정서는 60,000달러(약 6천만 원)일 때 나타났다. 이는 소득이 1억 정도라면 행복 만족도가 높고 1억 이상의 소득은 삶의 만족도를 높이는 데 추가적으로 기여하지 않는다는 것이다. 게다가 흥미로운 점은 삶에 대한 평가에 대한 만족점이 1억 원을 넘어서게 되면, 삶에 대한 평가 점수가 오히려 떨어지는 '전환점(turning point)' 효과가 발견되었다는 것이다.

　삶에 대한 만족감 전환점 효과는 긍정적인 정서나 부정적 정서에서는 나타나지 않았다. 전환점 만족도 금액은 대체적으로 북유럽(100,000달러), 북미(105,000 달러), 호주/뉴질랜드(125,000달러), 동아시아(110,000), 중동/북아프리카(115,000) 등 10만 달러 이상에서 만족점을 나타냈다. 특이한 점은 경제적으로 부유한 나라일수록 만족도 금액이 낮았다. 반면, 동유럽/발칸 반도(45,000), 동남아시아(70,000달러), 남미/캐리비안(35,000달러), 사하라 사막 이남의 아프리카(40,000달러) 국가들에서는 7만 달러 이하에서 만족점이 나타났다.

돈과 행복의 상관관계에 처음으로 관심을 가졌던 사람은 미국의 경제학자 이스터린(Easterlin)이다. '이스터린 역설'로 유명한 그는 상대적인 소득에 대해 정리를 해 준다.

1. 국가 내에서는 사람들의 소득 수준이 높을수록 행복하다.
2. 하지만 국가 간 비교에서는 경제력에 따라 행복 수준이 달라지지 않았다.
3. 나라의 경제 발전이 국민들의 행복을 증진시키지 못했다. 소득은 상대적이다.

소득을 다른 사람과 비교하게 되는 상대적인 면이 행복에는 결정적인 역할을 한다고 한다. 예를 들어, 내 월급 300만 원은 월급 200만 원을 받는 친구를 볼 때는 더 많고, 또 다른 친구 월급 500만 원보다는 적다. 자신이 속한 사회 내에서 다른 사람들과 자신의 위치를 비교하며 상대적인 위치를 파악해 그만큼의 행복을 자신의 수입으로부터 누린다는 것이다. 따라서 국가의 경제력이 사람들의 행복 수준에는 반영되지 않았다는 얘기다. 이 논리는 한국 경제가 눈부시게 발전하고 성장했음에도 불구하고 사람들이 더 행복해지지 않았다는 면까지 완벽하게 설명해낸다.

하지만 정말 '행복 수준이 상대적인 수입'에 의해서만 결정되는 것일까?

## 이스터린 역설에 대한 또 다른 역설

이스터린을 반박하고 나선 사람은 벤호벤Veenhoven이라는 네덜란드 사회학자였다. 25년 동안 5편이 넘는 논문으로 이스터린의 역설을 반박했는데 「이스터린의 착각」이라는 제목으로 논문을 쓰기도 했다.

벤호벤은 많은 연구 자료를 통해 행복은 '상대적 수입'이라는 개념에 반박한다. 돈이 없어 하루에 밥을 두 끼밖에 못 먹는 사람은 옆 사람과 비교해 상대적으로 빈곤함을 느끼는 것이 아니라 절대적으로 필요한 양이 채워지지 않기 때문에 불행을 느끼는 것이라고 주장한다. 배고픔은 옆 사람과 비교하지 않아도 행복을 갉아먹는다는 얘기다. 같은 맥락에서 하루 다섯 끼를 먹는다고 해서 하루 세 끼를 먹는 사람보다 더 많이 먹어서 행복한 것은 아니라고 이해할 수 있다.

삶에 대한 평가를 높이고 기여하는 데 있어서 돈에 여유가 있게 있을 때는 "돈, 돈, 돈" 거릴 필요가 없다. 돈이 충분해도 돈돈돈 하는 사람이 아예 없지도 않지만.

물론 생존에 집착해야 할 만큼 돈이 모자랄 때는 돈에 집착할 수밖에 없다. 결국, 먹고 살기 힘들 때는 수입이 늘면 그만큼 더 행복해진다.

하지만 어느 정도의 욕구가 충족된 이후에는 다른 것들이 중요해진다. '사느냐 죽느냐'가 해결되고 나면 '어떻게 사느냐'가 중요해진다는 것이다. 이때 '어떻게'를 좌우하는 것에는 그 사회가 얼마나 자유로운지, 민주적인지 그리고 서로 신뢰하고 유대감을 느끼는지 등이 포함된다. 이러한 현상은 개인에게서도 발견된다.

  이미 경제적으로 풍족한 사람들은 돈이 전부가 아니며 행복은 마음먹기에 달렸다고 말하기 쉽다. 돈을 최우선 가치로 여기는 물질주의적 성향이 행복을 갉아먹는다는 점을 고려하면 돈만을 쫓는 마음을 경계해야 함은 맞다. 다만 행복은 마음의 문제라고만 치부하는 태도는 경계해야 한다고 생각한다.
  경제적으로 고통을 받는 사람에게는 "돈이 전부는 아니야." "행복은 돈으로 살 수 없어."라는 공허한 위로나 배부른 소리가 필요한 게 아니다. 배고파 본 적이 있는 사람은 이 위로가 오히려 폭력과 같은 말이라는 것을 안다. 어떤 이는 개인의 노력이 부족해서 돈을 못 버는 것 아니냐고 말하기도 한다. 택배기사가 가족을 부양하기 위해 과도한 일을 맡아 과로사로 사망하는 것을 두고 어느 누가 감히 '노력이 부족해서 돈을 못 번다'고 할 수 있단 말인가? 그보다 사회적으로 인간의 기본적인 삶을 보장하는 제도, 안전망이 받쳐줘야 하고 개인이 가진 재능과 노력을 기르고 쓸 기회를 제공해 주는 전반적인 서포트 시스템이 있어야 한다고 생각한다.

  수 년간 행복 수준이 다른 사람들을 비교 연구해온 줄리아 보엠 교수와 소냐 류보머스키 교수는 한결 같은 연구 결과를 얻었다. '행복한 사람들은 행복하지 않은 동년배보다 돈을 더 많이 벌고 더 뛰어난 성과를 거두며 더 유익한 행동을 선보인다'는 설명이다. '또 행복한 사람들은 더 오래 살고 결혼생활을 더 오래 유지하며 질병에 덜 걸리고 회복력도 더 좋다'고 발표했다.

결론적으로는 돈을 가지고 있을 때도 행복할 수도 있고, 행복한 사람들이 돈을 잘 벌 수 있다는 이야기가 된다. 출발점이 어디가 되었든 돈과 행복의 상관관계에서 전해 주는 메시지가 있다. 생존을 위해 경제적인 부분은 필수라는 것을 부정할 수 없다.

하지만 그곳에만 너무 매몰되면 우리가 평소에 누를 수 있는 일상의 혜택을 놓친 채 인생이 지나가 버리고 만다. 행복한 사람과 불행한 사람을 갈라놓는 명확한 한 가지는 바로 '생존에만 집착하다 보면 잃어버리는 일상의 기쁨'이라고 한다. 현재에 생존을 위해 노력하는 것도 중요하지만 그럴수록 나 자신에게 좀 더 친절하고 행복할 필요가 있다. 그래야 내가 사랑하는 주위 사람들을 돌볼 줄 아는 여유와 지혜로움이 생길 수 있지 않을까.

우린 오랜 시간 동안 '한강의 기적'을 이루고 생존을 위해 빠른 성장을 이루어 냈다. 이젠 더 나은 생존을 위한 삶이 아니라 함께 더 가치 있는 삶을 향해 가야 하는 과도기를 잘 보내야 한다.

## 양념장 같은 돈

생존을 위해 보냈던 지난 7개월은 다시는 돌아가고 싶지 않은 시간이다. 하지만 '생존 위협'을 받으면서 내가 얻은 깨달음이 있다. '얼마나 내가 많은 것을 가지고 있었나'였고, 이미 가진 것에 대해 감사하지 못했다는 것이다.

그저 더 많이 가지려고 했다. 이미 충분히 가졌는데도 말이다. 잃어버림으로써 다시 찾은 작은 것에 느끼는 감사함으로 많은 것이 변했다. 내 삶의 질과 행복감은 돈으로 풍족했던 어느 때보다 더 높았다. 내 일상 곳곳에서 느낄 수 있는, 크고 작은 순간순간 느끼는 기쁨과 행복이 돈과는 전혀 상관이 없다는 것이다. 나 자신을, 내가 사랑하는 사람들을, 나를 사랑해 주는 사람들과 온전히 지금을 느끼고 감사하며 내 마음은 미래에 대한 초조함과 두려움에서 벗어날 수 있었다.

사람마다 '돈'에 대한 정의와 의미가 다를 것이다. 하지만 '돈'을 최종 목표가 아닌 내 삶에 있어 행복을 만들어가는 과정 중에 하나로 대한다면 그놈의 '돈'이 삶의 주인공이 되어버리는 안타까운 상황은 막을 수 있다.

사업을 하면서 돈에 호되게 당하기도 했고, 그 기회는 내가 '돈' 공부를 제대로 하기 시작한 시점이 되어 주었다. 코로나가 함께 일어나 그 강도는 높았지만, 차라리 한 번에 몰아 겪어내서 다행이다.

내게 있어 돈과 행복은 '나는 무엇을 위해 살고 있는가?'라는, 고기에 더 맛깔나게 치는 양념장 같은 것이다. 함께 먹었을 때 고기의 맛을 풍부하게 만들어 주지만 양념이 없다고 고기의 값어치가 떨어지지는 않는다. 정말 맛있는 고기는 소금만 있어도 충분하다.
반대로 고기 없이 양념만 먹어서는 절대 풍만감을 얻을 수 없고 항
상 배가 고프고 굶주림에 시달릴 것이다.

나는 풍성한 삶을 살아가기 위해 일상의 기쁨, 슬픔 모두 놓치지
않고 오늘을 온전히 살고 싶다.


"어떤 선택을 할 거야?
돈이 당신을 이끌어 가게 할 거야?
당신이 돈을 이끌어 갈 거야?"

5부

저, 사실
비혼주의자였어요

# 나는 기억한다,
## 결혼 전
## 남자친구를

"많이 만나보고, 이놈이다! 싶은 놈, 딱 한 놈만 골라라."

엄마가 나한테 해 주신 '남자 고르는 방법'이다. 어느 누가 해 준 조언보다 내 귀에 쏙 들어왔다. 덧붙여 이런 말씀도 하셨다.

"뭐 굳이 한국인을 꼭 만날 필요도 없고… 너랑 잘 맞는 사람을 골라라."

난 엄마의 응원에 한껏 탄력을 받아 많은 사람을 만났다. 영국으로 유학을 가서 대학 입학을 앞두고 두 번째 외국생활의 출발선에서 있을 때였다. "탕" 출발신호와 함께 전력 질주로 달리며 다양한 사람들을 만났다. 세계 각국에서 온 친구들을 만나면서 밀고 당기는 사이로 발전하기도 했다. 어떤 친구들은 사귀기는 했지만 깊은 관계로 발전하지 않았다. 심각한 관계로 발전을 시키고 싶을 만한 사람이 없었다는 말이 더 맞겠다. 그래서 짧게도 길게도 남자사람 친구를 많이 사귀었다.

어렸을 때부터 난 연애에 관심이 많았던 아이였다. 군인 자녀의 특혜(혹은 피해)인 22번 이사라는 화려한 경력은 다양한 친구들을 만날 기회를 줬다. 서울을 시작으로 동해, 진해, 거제도, 대전 등 해안 도시를 자주 옮겨 다녔던 나는 친구에 대한 애착이 특별하고 강했다. 언제 다시 만날지 모르고, 언제 다시 연락이 끝날지 모르기 때문이다. 이메일과 핸드폰이 없던 때라 난 참 열심히 친구들하고 편지를 주고받았다. 그런데도 만난 도시에서 다른 도시로 두 번째나 세 번째 이사를 가면 연락이 끊겼다.

새로운 곳에 가면 새로운 친구를 만나기도 했지만, 군인 자녀들은 다른 도시에서 또 마주치기도 한다. 초등학교 때부터 남자친구 같은 애틋한 친구가 있었고, 중학교를 입학하자마자 공식적인 남자친구도 생겼다. 근데 너무나 다양한 도시와 많은 사람을 만나다 보니 새롭지 않으면 금방 질리곤 했다. 중, 고등학교를 지나 대학교에 가서도 사귀는 관계가 오래가진 않았다. 짧을 때는 1, 2개월 길게 가야 6개월이 고작이었다. 대학교에 들어가면서 조금 더 긴 연애를 했지만 짧은 만남은 계속되었고, 1년이면 정말 오래 갔었던 관계라고 할 수 있다.

일본, 캐나다, 미국, 영국, 이탈리아 등 국적도 나이도 다양한 친구들을 만났다. 만나는 기간이 짧은 경향이 있었지만 그렇다고 가벼운 연애를 했던 건 아니다. 좋아하고 사랑했던 정도의 차이는 있었지만 한 사람을 만나면서는 그 사람과 만남에 충실했고 소중히 여겼다. 짧은 만남 속 참 많은 일이 일어났다. 내가 잠시 교환학생으로 일본에 가 있는 동안 남자친구가 내 친한 친구와 바람을 피운 일도 있었고, 여자친구가 있다는 사실을 모르고 만나 결론적으로는 내가 바람을 피운 상대가 되었던 상황도 있었다.

헤어진 뒤에도 진드기처럼 딱 붙어 떨어지지 않는 끝이 깨끗하지 않은 남자친구도 있었고, 깨끗하게 '안녕' 한마디에 서로 아무런 일도 없었다는 듯 각자 길을 갔던 쿨한 연애도 있다. 외국인 남자친구들이 대부분이었지만, 한국 사람과 큰 차이점을 느끼지는 못했다.

개인적으로는 한국 남자가 외국 남자들보다 훨씬 더 헌신적이고 세심한 것 같다. 너무 헌신적인 관계가 내가 한국 남자를 사귀었을 때 가장 잘 맞지 않았던 이유이기도 했지만 말이다.


## 이상형 남자친구와 헤어진 이유


내 연애의 하이라이트는 영국에서 패션 전공 대학교에 다닐 때다. 내가 결혼하기 전 만났던 마지막 남자친구다. 그는 내가 꿈꾸던 이상형 남자친구의 모든 조건과 완벽하게 들어맞는 남자였다. 이왕이면 잘생긴 게 좋다고 지나가는 여자들이 뒤돌아볼 정도로 모델 뺨치는 훤칠한 몸매와 얼굴을 가지고 있었다. 웃는 건 또 얼마나 순수해 보이는지, 어딜 가나 그의 외모 때문에 빛이 나는 사람이었다. 마음도 참 순하고 착한 사람이었다.

친구에게 초대받아 갔던 파티에서 만났는데, 우린 만나자마자 '삐리리' 주파수가 오갔고 서로에게 끌렸다. 파티 내내 즐겁게 술을 마시며 웃고 떠들었다. 둘만의 탐색전과 눈빛 교환, 끊임없는 수다를 떨었다. 사람 게이지가 발동한 것이다. 그렇게 우리 연애는 공통 분모 주파수가 있다는 걸 확인하고 만나기 시작했다.

그는 내가 다니는 대학교 내에서 카페를 운영하며 사업을 하고 있었다. 캠퍼스에서 그의 얼굴을 자주 보는 것은 덤이었다. 커피와 샌드위치를 공짜로 주겠다고 했지만, 돈을 내고 먹는 게 마음이 편하겠다고 얘기했다.

그는 대부분의 영국 남자들처럼 술을 좀 자주 마신다는 것을 제외하고는 잘 맞았다. 술자리에는 항상 친구들이 북적북적했다. 공식 '첫 여자친구'로 소개되면서 주변의 관심이 나에게 집중되었다. 그를 흠모하던 많은 여자는 "쟤야?"라는 독 품은 살쾡이 눈으로 나를 머리끝부터 발끝까지 레이저 스캔했다. 레이저 광선에 토막나 죽을 것 같은 느낌이 든 적도 있었다. 그가 얼마나 인기 있는 남자인지 피부로 느껴졌다. 그런 피곤한 상황이 과히 즐겁지는 않았다.

"Oh, you are famous James' first girlfriend!" (아! 네가 그 유명한 제임스의 첫 여자친구구나!)

나의 이름표였다. 단둘이 어디를 가든 결국은 여러 사람과 함께 파티를 하게 되었고, 친구들이 많아 사회성이 좋은 남자구나 싶었다. 몇 달을 만나다 보니 내가 생각했던 것과는 다른 의외의 점들을 발견하게 되었다. 남자친구는 언제나 분위기에 휩쓸려 파티가 끝이 나야만 끝을 냈다. 남에게 이끌려 다녔고 스스로 먼저 끊어낼 줄 몰랐다. 완벽한 외모만큼이나 자신감이 넘칠 것으로 생각했지만 그는 자신감이 부족했고 자신이 하는 일들에 확신을 하지 못했다. 무엇보다 자신을 너무 몰랐다. 외부적인 조건은 이상형이었지만 내면적인 조건은 내 이상형이 아니었다. 부잣집 도련님, 풍족한 경제, 화려한 외모 등 외부 조건이 내면 조건을 넘지 못했다.

대학을 졸업할 시기가 되었을 즈음 겉으로 보여지는 조건만 이상형이었던 그와 헤어졌다. 우리의 만남은 7개월 정도였다.


사람 게이지


굳이 사귀지 않더라도 친구로서든 연인으로서든 사람을 많이 만나보면 좋은 점이 확실히 있다. 그건 바로 내가 다른 사람의 어떤 부분을 좋아하고 어떤 부분을 싫어하는지 알아 갈 수 있다는 것이다. 나는 이성친구, 동성친구, 그리고 사귀었던 남자친구들을 통해 내가 어떤 사람에게 반응하는지 배웠고, 나를 더 잘 알아 갈 수 있었다. 새로운 나라에서 사는 것만큼이나 새로운 사람들을 많이 만나러 다녔던 것이 나를 배워 가는 가장 큰 바탕이 되어 주었다. 그러면서 내가 오랫동안 함께 하고 싶은 사람, 잘 맞는 사람, 절대로 안 맞는 사람 등 호불호가 갈리게 된다.


난 이런 사람이 좋다.


자신을 사랑하고 자신감 있는 사람, 자기가 좋아하는 일과 원하는 일을 알고 그것을 행동으로 옮기는 사람, 서툴더라도 자기 방식대로 사랑을 표현할 줄 아는 로맨티스트, 파티의 주인공으로 휩쓸려 다니는 사람보다 파티에서 뒤처지는 사람들을 챙길 줄 아는 사람, 적당히 유머가 있는 사람, 숫자에 밝은 사람, 정리를 잘하고 깨끗한 사람, 여행을 좋아하는 사람, 맛있는 음식을 찾아다니며 먹는 사람, 자기 공간이 필요한 사람, 온전히 내게 기대려 하는 사람보다 서로에게 힘이 되어 줄 수 있는 사람, 가족에게 잘하는 사람. 예의 바른 사람.

난 이런 사람이 싫다.

삶에 열정이 없는 사람, 게으른 사람, 자기관리를 하지 않는 사람, 운동하지 않는 사람, 남에게 함부로 대하는 사람, 책임감 없는 사람, 자기 주변을 깨끗하게 정리하지 않는 사람, 친구가 없는 사람, 친구나 가족에게 함부로 하는 사람, 남을 헐뜯거나 욕을 하는 사람, 허풍이 많고 말이 너무 많은 사람, 시끄러운 사람, 허세를 부리는 사람, 거짓말을 밥 먹듯 하는 사람, 약속을 지키지 않는 사람, 믿을 수 없는 사람, 자기 의견이 없는 사람, 말을 가리지 않고 함부로 말하는 사람, 술 담배를 과하게 하는 사람, 도박하는 사람, 폭력성이 있는 사람.

난 비혼주의자에 비출산주의자였다. 23년을 그렇게 믿고 결혼과 출산은 내 인생에 절대로 일어나지 않을 일이라고 생각했다. 큰 오산이었다. 남편을 만나 이 사람이라면 더 많은 시간을 함께해도 좋겠다는 마음이 생겼다. 결혼 후에도 내 모습을 유지할 수 있다는 자신이 있었다. 하지만 몸매가 망가질까봐, 내 삶이 너무 바뀔까봐, 좋은 엄마가 못 될까봐 아이는 낳고 싶지 않았다.

하지만 출산 후 운동으로 몸매를 다시 찾아왔고, 오늘도 열심히 아이의 빛을 찾아 주기 위해 엄마 소질을 키워나가는 중이다. 내 아이의 최고 조력자가 되기 위해 공부한다. 매일 아침 한 침대에서 함께 눈을 뜨는 남자이자 나의 최고의 짝꿍, 남편은 내가 좋아하는 부분을 다 가지고 있고, 싫어하는 부분은 갖고 있지 않은 사람이다. 비혼에 비출산을 원했던 나는 결혼과 출산이 내 평생 결정한 수많은 선택 중 가장 현명한 선택이었다고 자신 있게 말할 수 있게 되었다. 내가 얼마나 사랑을 받고 있는지, 행복한 사람인지를 매일 느끼게 해 주는 사람이 바로 남편과 아들이기 때문이다. 서로의 치부마저도 온전하게 받아 주는 내 편을 가질 수 있다는 것만큼 든든한 것은 없다.

'비혼'이란 한마디로 '결혼할 의지가 없음'을 뜻한다. 미혼과는 다르다. 미혼은 '결혼하지 않았다'라는 상태 혹은 '아직 결혼하지 않음'을 말한다. 미혼은 해야 할 일을 아직 하지 않았다는 느낌이 강하다. 그래서 미혼보다는 비혼이라는 말이 더 좋다. 자의로 하는 선택이라는 의미가 깃들여져 있기 때문이다. '못' 하는 게 아니라 '안' 하는 것이다.

반면 2030 청년층의 '비혼식' 문화를 보면 어리둥절하다. 절대 결혼은 의무가 아니긴 하지만 가족과 지인을 불러 웨딩드레스나 턱시도를 입고 비혼 의사를 전달하는 싱글 웨딩이 과연 필요할까?

롯데멤버스는 2030 청년 250명을 대상으로 비혼식에 대한 설문 조사를 했다. 그 결과 105명(42%)의 비혼자가 '비혼식을 할 의향이 있다'고 답했다. 비혼식을 하려는 이유는 가족과 지인들로부터 계속되는 결혼의 압박에서 벗어나고 싶기 때문이었다.

이유는 충분히 이해된다. 미디어를 통해 보인 '결혼'의 부정적인 이미지, 가족과 지인들로 계속되는 결혼 압박의 부담이 부담스러워 그것으로부터 자유로워지고 싶어서 하는 마음은 이해된다. 나 하나도 제대로 건사하기 힘든데 다른 사람을 챙긴다는 게 버거울 수 있다. 혼자 생활하며 주체적인 생활과 여유를 즐길 수 있다.

하지만 '비혼식'이 안타까운 이유는 자기 자신을 '레이블링'함으로써 진정한 사랑을 만날 기회를 제거하고 내게 맞는 사람을 배척하게 만드는 말뚝이 되어 버리기 때문이다.

'결혼'은 의무도 아니지만 피해야 할 기피대상도 아니다. 말 그대로 '선택'이다. 함께 인생을 살고 싶은 사람을 만나면 결혼을 하는 거고, 그런 사람을 못 만나면 안 하면 된다. '이혼'도 같은 선상이다. '이 사람'이다 싶었는데 노력을 해도 나아지는 것이 없고, 삶이 불행하고 괴로움의 연속이라면 '그만하겠다'고 '선택'하는 것이다.

비혼자의 수는 여성이 더 많다고 생각하겠지만 남성 역시 그 수가 많다. 양성평등으로 남성과 여성의 사이가 좁혀지고는 있더라도 아직 사회 전반에 걸친 유교적 가부장제의 잔재는 여전하다. 남성은 가장이라는 이름으로 경제적 부담과 과대한 의무에 어깨가 무겁다. 여성은 맞벌이를 하면서도 출산을 강요하고 아이를 낳으면 여성에게 육아의 의무를 당연하게 여긴다.

사회적인 시선과 의무가 무겁다. 하지만 '비혼' 혹은 '이혼'의 선택이 단지 사회가 짊어지도록 강제하는 부담감으로 인해 내 이마에 붙이는 레이블링이 아니길 바란다. 비혼을 자랑스럽게 내걸 이유도, 이혼을 부끄럽게 여길 필요도 없다. 우리 자신의 생각이 깃든 선택의 선호도에 따라 기혼, 비혼, 이혼, 출산, 비출산은 같은 선상에 있는 개인의 '선택'이다. 다만 의무감, 부담감에 억눌려 막연한 두려움 때문에 선택할 수 있는 기회마저 스스로가 닫지는 않았으면 한다. '선택'에 대해 자신이 '책임'을 지기만 하면 된다.

비혼주의였던 나는 기혼자가 되었다. 혼자 있을 때의 자유가 줄고 커플로서 지켜야 할 의무가 힘들 때도 많다. 하지만 완벽하지 않은 나 그대로를 꾸준하게 사랑해 주는 사람이 있다는 것은 큰 행복감과 충만감을 가져다 준다.

얻는 게 있으면 잃는 게 있다. 잃는 게 있으면 얻는 게 있다. 좋은 것만 골라낼 수는 없다. 그래서 어떤 선택을 하는가는 철저하게 혼자의 결정이 되어야 한다. 다른 누군가의 시선에 자신의 선택권을 넘겨 주면 남 탓을 하며 살게 된다. 잃든 얻든 자신이 선택을 해야 그 선택에 대한 책임을 오롯이 자신만의 몫으로 주체적으로 살게 된다.

어른이 된다는 것은 그런 것이 아닐까? 자신의 선택을 사랑하고 존중하며, 그 선택에 대한 책임을 행동으로 이행한다는 것, 실수와 실패를 통해 성장하고, 좀 더 나은 현명한 선택들을 만들어 간다는 것 말이다.

2005년 헤어졌던 전 남자친구에게서 연락이 왔다. 15년이 지난 2020년 여름, 그는 내게 고맙고 미안했다는 말을 전하고 싶었다고 했다. 자신이 너무 어리숙했고 더 좋은 사람이었으면 좋았을 것이라고 했다. 그리고 내가 혼자인지를 알고 싶었다며 연락이 왔다. 내가 만났던 그때보다 그는 더 단단해졌고, 자기가 하고 싶은 일도 하나둘씩 잘 이뤄가고 있었다. 철인경기에도 참여하는 등 더 건강한 마음을 만들어 가고 있다는 걸 알게 되어 참 다행이라 생각했다.

난 그에게 나를 기억해 주어서 고맙다고 했다. 그리고 나를 너무나 아껴 주는 아름다운 사람과 결혼해 건강하고 밝은 아들을 낳고 행복하게 잘살고 있다고 얘기해 줬다. 그에게 잘 맞는 사람을 만나기를 바란다고도 기원해 줬다.

전화를 끊고 나니 함께 했던 시간과 기억이 스쳐 지나갔다. 그의 선하고 아름다웠던 눈과 웃음이 제일 기억에 많이 남아 있다. 그에 대해 나쁜 기억은 전혀 없다. 우린 그저 서로에게 맞지 않는 그런 사이였을 뿐이다. 외부 조건으로는 완벽했던 그, 난 그가 정말로 행복했으면 좋겠다.

난 남편에게 "잘 지내고 있느냐고 전 남자친구한테 연락이 왔어."라는 한마디로 전 남자친구에게 연락이 왔다고 말했다. 남편의 대답도 간단했다. "아, 그래?" 그리곤 그게 우리가 나눈 내 전 남자 친구에 대한 기억 소환의 끝이었다. 그리곤 여느 평범한 날처럼, 남편과 나는 '우리의 행복한 일상 수다'를 떨었다.

엄마가 알려주신 '많이 만나보고, 이놈이다 싶은 놈 딱 한 명만 골라라.'라는 조언은 내게 결국 내 결혼 상대를 고르게 된 가장 중요한 인생 조언 중 하나가 되었다. 여러 '놈'님들을 만나보면서 나 자신을 더 잘 알게 되었고, 나와의 관계가 더 좋아졌기 때문이다. 가장 어렵고 힘든 일이지만 나에 대해 잘 알게 되면 알수록 내게 잘맞는 짝을 찾을 수 있다.

남들이 어떻게 생각하느냐에 기준을 두고, 돈이 없어서, 상대방의 조건이 마음이 안 들기 때문에 사람들을 만나며 배우는 '나를 찾는 여정'까지 포기는 하지 않으면 좋겠다. 누군가와 한곳을 바라보고 함께 걸어간다는 것은 혼자 맞이하는 행복보다 훨씬 달콤하다. 어려운 삶을 살아가는 데서 내 편이 딱 한 사람만 있어도 이 세상이 훨씬 밝고 즐거워진다.

참, 우리 엄마는 우리 아빠가 첫사랑이다. 얼마 전 50년을 함께하신 금혼식을 하셨다. 부모님은 내가 아는 커플 중에 가장 본받고 싶은 커플이다.

"관계에 대해서 생각을 해보았다.
놀랍도록 신비하고 새로운 걸 보여주는 관계.

오래 되고 식상하기도 한 관계.

여러 가지 질문을 하게 만드는 관계.

기대하지 못했던 것을 가져다 주는 관계.

시작할 때와 완전히 다른 것이 있고.

어떤 것은 다시 처음처럼 돌아가게 만드는 관계.

그러나 가장 즐겁고 어려우면서도 중요한 관계는

바로 자신과의 관계다. "

_〈섹스 앤 더 시티6〉사라 제시카 파커의 독백

"우리 자신부터 먼저 알자!
 자신과의 관계가 좋아야
 사랑하는 사람과의 관계를
 잘 만들 수 있대."

# 청혼 받고
# 3분 고민,
# 5일 후 결혼

인생에서 가장 행복할 때는
누군가에게 사랑받는다고 확신할 때이다.

_ 빅토르 위고

내 남편은 핀란드 사람이다. 우린 2002년 영국에서 만났고 대학 캠퍼스 커플이었다. 졸업 후 내가 홍콩, 영국, 한국에서 일하는 4년 동안 남편은 모든 나라를 짧게는 몇 주, 길게는 몇 달을 항상 동행해 줬다. 그렇게 우리의 연애는 여러 나라를 함께 그리고 따로 살며 사랑을 키워갔다.

난 미국에 있는 회사로부터 스카우트 제의를 받고 취업비자를 받기 위해 준비를 하고 있었다. 당시 남자친구였던 남편이 미국으로 떠나기 전에 핀란드에 들렀으면 좋겠다는 제안을 했다. 미국으로 가게 되면 한동안 체류할 예정이었기 때문에 난 10일 일정으로 핀란드 여행을 갔다.

도착해서 5일쯤 되었을 때, 남편과 나는 그의 가족 별장으로 갔다. 내게 청혼을 한 날, 남편은 유달리 바빴다. 벽난로에 평소와 다르게 장작을 수없이 넣었고, 샴페인에 촛불에 분위기를 한껏 잡았다. 잠시 후, 나를 벽난로 앞에 흔들의자에 앉혀 주고는 의자 옆에 무릎을 꿇고 내게 청혼했다.

"Will you marry me? I would like to be right next to you for the rest of my life."

3분간의 침묵이 흘렀다. 난 바로 "Yes"라는 대답을 하지 않았다. 남편은 아주 초조해 보였고, 난 오만가지 생각 속에 내 삶의 동영상을 제작하며 빠르게 앞일에 대해 생각해 보았다. 그와 결혼을 할 것인지 아닌지에 대한 고민이 아니었다. 그와 함께 있을 때마다 그는 항상 나에게 '내가 사랑을 받고 있다는 확신을 주었기 때문'이다. 내가 결혼을 결정하는 데 사랑받고 있다는 확신보다 더 중요한 사항은 없었다.

5년이라는 시간 동안 내가 어느 나라에 가든 그는 그가 할 수 있는 능력 안에서 최대한 내 옆에 함께 있었다. 나 역시 국경이나 긴 비행을 넘어서 조금이라도 그와 함께하는 시간을 보내기 위해 날아다녔다. 앞으로 다가올 미래도 그가 그리고 내가 그럴 것이라는 확신이 있었다. 다만 내가 미국으로 가게 되면 영주권을 받을 때까지는 미국에서 머물러야 하고, 남편이 매년 3개월 동안 들어와 주는 방법밖에 없다.

양방향이 아닌 단방향의 희생이 요구되는 상황이다. '그런 상태로 과연 얼마나 함께할 수 있을까?' 현실적인 고민이 엄청나게 빠른 속도로 머리속을 오갔다. '결혼으로 법적인 절차를 거쳐 우리가 함께 있을 수 있다면? 그래, 그것도 좋은 방법이네.' 그리곤 대답했다.

"Yes, I would love to."(응, 너랑 결혼하고 싶어.)

"Yes"라는 말을 한 후 5일 후에 시빌 매리지(Civil Marriage, 신고 결혼이다. 민법상 혼인을 하고 종교의식에 의하지 않은 공무원이 주관하는 제도)를 올렸다. 우린 법적으로 '부부'가 되었다.

"엄마, 아빠, 미국에 가기 전에 여기서 타비랑 결혼을 하고 갈까 해요. 미국을 가려고 보니 타비랑 함께 오래 있으려면 법적으로 부부가 되어야 하는데, 전 그러고 싶어요. 어떻게 생각하세요?"

시빌 매리지를 하기 전 5일 동안 난 부모님과 세 번의 짧은 전화 통화를 했다. 처음 통화는 부모님의 반응은 내가 생각했던 것보다 더 차분하셨다. 엄마는 "이놈이다 싶으냐?"라고 물으셨고, 아빠가 오히려 더 충격을 받으셨다. "그렇게 빨리 결정을 해도 되는 거니? 그게 정말 최선의 방법이니? 다시 한 번 생각해보았으면 좋겠구나." 하는 반응이셨다.

두 번째 통화에서, 엄마는 "그래, 네 결정이 그렇다면 그렇게 해라. 네 결정을 믿는다."였고, 아빠는 "정말 이게 네가 원하는 것이 맞니? 너무 성급한 결정을 하는 것이 아니니?"라고 다시 한 번 물으셨다. 세 번째 통화에서 엄마는 "생각해보니 네가 외국에서 혼자 있는 것보다 너를 사랑해 주는 사람이 옆에 있다고 생각하니 네가 더 든든하고 좋겠구나 싶구나. 네 결정에 확신이 든다면 하거라."

라고 해 주셨고, 아빠는 "결혼은 누구와 언제 어떻게 하라고 부모가 결정할 일은 아니지만 이런 급작스러운 결정이 맞는 것인지 많이 걱정되는구나. 하지만 네가 타비에게 확신이 든다면 네 결정을 존중해 주마."라고 말씀하셨다.

부모님은 내가 대학을 다닐 때 영국으로 방문을 오셨었다. 그때 지금의 남편을 처음 만나셨다. 사위가 될 사람을 딱 한 번 만나봤으니 부모님은 내가 상상하는 이상으로 엄청나게 걱정하고 고민을 하셨을 것이다.

하지만 난 5년이라는 시간을 그와 함께 보냈다. 사귀는 동안 남편과 나는 단 한 번도 싸움을 한 적이 없었고, 평소 그에 관한 이야기를 부모님과도 자주 이야기를 나눴다. 특히 남편의 엄마와 아빠가 얼마나 좋으신 분들인지, 엄마 아빠와 닮은 부분들이 많아 너무 좋다는 이야기도 자주 해드렸었다.

결혼 승낙이 떨어지고 나서는 영문으로 번역 공증된 가족관계증명서, 혼인 관계 증명서, 초혼이라는 증명서 혹은 전 혼인 사실이 있는 경우, 이혼 판결문 또는 사망증명서 같은 서류를 한국에서 받아서 제출했고, 시빌 매리지는 남편의 누나가 증명인(Witness)으로서 줬다. 양가 부모님은 공평하게 초대하지 않았다.

우린 결혼신고를 한 지 2년이 지나서야 결혼식을 올렸다. 나도 그도 작은 결혼식을 하는 데 동의했다. 가장 큰 이유는 그냥 아는 사람들 말고, 우리를 정말 잘 아는 사람들과 함께하고 싶었기 때문이다. 우리의 결혼을 진심으로 축하해 줄 수 있는 사람들과 보내고 싶었다. 서로 25명씩 초대했고 총 47명의 하객이 세계 각지로부터 핀란드로 날아왔다. 결혼 준비도 간단히 했다. 스페인에서 살고 있었던 우리는 거의 전화로 모든 것을 해결했다. 아버님께서 결혼 장소를 확인하러 가 주셨고, 음식 테이스팅도 직접 해 주셨다. 난 내가 입을 웨딩드레스 한 벌과 결혼식에 쓰일 꽃을 준비했다. 웨딩드레스는 한국에서 지인의 도움을 받았다. 한 곳을 방문했고 마침, 내 마음에 쏙 들었던 웨딩드레스를 찾았다. 운이 좋게도 아무도 입지 않았던 새 드레스였다. 결혼 장소에 쓰일 꽃은 전화로 주문했다. 남편은 자신이 입을 턱시도를 골랐고, 결혼 케이크를 주문할 곳을 알아봐 주었다. 남편의 누나는 우리 결혼식 사진을 찍어 줄 사진사를 구해 주었다.

비혼주의자였던 나는 그렇게 결혼을 내 방식대로 부담스럽지 않게 시작했다. 우린 결혼 전에 1년 정도 함께 살았다. 그러면서 남편이 내게 딱 맞는 사람이라는 확신을 했다. 결혼 전 가족 간의 상견례는 없었다. 양쪽 부모는 우리가 결혼신고를 하고 2년이 지난 후 올린 결혼식 때 처음 뵈었다. 신혼여행은 결혼식을 올리고 다시 2년이 지난 후에 보라카이로 갔다. 3일 동안 단둘이 허니문을 보냈고, 그 후 Filipino American 친구 집도 방문하고 다른 친구들과 합류해 함께 놀았다.

어떤 이들에게는 이상한 순서일 수도 있다. 난 남들이 어떻게 생각하는지는 상관없었다. 내가 결혼을 대하는 마음과 잘 맞았고, 나와 남편에게 딱 맞는 순서였다. 어떻게 결혼을 하고 그 순서가 있어야 하는지는 내 삶의 방식에 맞으면 그게 옳은 방법이라고 생각하기 때문이다.


## 줄이고 줄여도 억 소리가 나오는 한국 결혼식

한국에서의 결혼준비 절차와 순서를 보면 벌써 나는 가슴이 턱! 하고 막힌다.

상견례, 택일, 웨딩홀 알아보기, 결혼식 도우미, 스드메(스튜디오, 드레스, 메이크업), 화보 찍기 결정, 웨딩드레스 투어(드레스숍을 2~3곳 정해서 드레스숍마다 4~5벌의 드레스를 입어본다), 신혼여행 계획(숙박, 식사, 교통, 신혼 여행복 결정), 결혼식 사진, 스냅, DVD촬영 여부, 결혼식 전 웨딩촬영(액자와 앨범 나오기까지 1~2달 걸려 보통은 결혼식 3개월 전에 찍는다), 혼수, 침구 및 가전 쇼핑, 본식 2~3달 전부터 청첩장 결정, 하객 인원 파악, 예단 3총사(예단, 예물, 예복, 등), 본식 3주 ~ 4주 전 드레스숍에 다시 방문해 최종 결정, 본식에 필요한 폐백 음식, 신혼여행 다녀와 필요한 이바지 음식 예약, 결혼식 예행연습, 결혼, 피로연, 예식 후 하객께 인사 및 사례비 전달, 신혼여행, 결혼 후 가족, 친지, 주례 선생님 방문 및 감사장 발송, 혼인신고, 집들이, 결혼식 2개월 후에는 사진 및 액자와 비디오 찾기까지.

도대체 어떻게 이 많은 것들을 하고 견뎌내는지 대단하다는 말밖에 할 수가 없다.

결혼비용은 또 어떠한가?

2019년 한국웨딩문화센터의 세계 각국의 평균결혼비용 조사에 의하면 한국은 신혼집 마련을 제외한 평균 결혼비용이 6,300만 원 정도로 나타났다. 주택 마련 비용이 전체 결혼비용의 70%를 넘은 것까지 포함하면 억 단위로 넘어간다. 미국 평균 예식비용은 약 4,000만 원이지만 지역에 따라 극심한 차이가 있다. 뉴욕 맨해튼은 2019년 시점에서 약 9,700만 원으로 가장 높고, 알래스카는 2,000만 원이 소요돼 가장 저렴했다. 캐나다 약 3,800만 원, 중국 3,600~6,000만 원, 호주 약 4,300만 원, 일본 약 4,700만 원, 영국 3,000~4,500만 원 등이다.

경제가 어려워지더라도 각국의 결혼비용은 꾸준히 상승하는 추세다.


나와 남편이 쓴 결혼식 비용은 대략 300만 원 정도가 들었다. 나와 남편이 스스로 만들어 낼 수 있는 견적 안에서의 결혼이었다.

우리 둘 다 부모님께 손을 벌리지 않았다. 남에게 보이기 위한 결혼이 아니었다. 결혼식은 남편과 내가 서로를 존중하고 잘살겠다는 약속을 우리 인생에 중요한 의미가 있는 사람들과 함께하는 순간을 만드는 것이다. 그랬기에 우리 둘 다 당연히 우리 돈으로 해결을 해야 한다고 생각했다.

그리고 그 추억과 기억은 너무나 아름답고 행복한 순간으로 내 마음속에 간직되어 있다.

## 결혼식에서 뭐가 중한디?

어떤 결혼식을 준비하고 결정하는지는 커플의 몫이라 생각한다. 세상에는 딱 하나로 규정된 결혼 절차나 순서가 있는 것은 아니라고 얘기하고 싶다. 결혼비용과 절차 때문에 정작 중요한 '결혼'이라는 그 의미 자체가 퇴색하고 결혼 전부터 이미 혼수로 싸움이 일어나고 헤어지는 경우까지 생긴다. 물론 결혼식 준비로도 헤어지는 관계라면 차라리 결혼하기 전에 깨지는 것이 낫다고도 생각한다. 둘이 함께 풀어가야 할 그 수많은 고난과 역경은 결혼식을 올리는 문제보다 훨씬 더 많이, 생각보다 자주, 크게 일어나기 때문이다.

결혼식에서 제일 중요한 것은 사랑하는 두 사람이 함께하기로 가족 친지 친구들 앞에서 서약을 맺는 그 행위 자체만으로도 행복한 날이어야 한다.

"나는 당신을 아내/남편으로 맞아 기쁠 때나 슬플 때나 괴로울 때나 병들 때나 건강할 때나 부유할 때나 가난할 때나 항상 사랑하고 존경하면서 함께 할 것을 맹세합니다."

결혼서약을 하는 날이다. 서로가 '사랑을 지켜나가겠다는 확신'을 공표하는 날이다. 그런 날을 꾸미는 기준과 형태는 사람마다 다를 수 있다는 마음을 가져 주어야 하지 않을까?

'돈'이 없어서 혹은 '경제적인 조건'이 미흡해 결혼을 미루거나 못하는 경우를 보면 안타깝다. 준비된 결혼이 '돈'을 의미한다면 난 절대 결혼하지 못했을 것이다. 결혼은 함께 삶을 만들어가겠다는 약속이다. 준비되지 않은 두 사람이, 완벽하지 않은 두 사람이 서로에게 기대어 함께 살아가기 위해 다짐을 하는 것이다.

규격화 된 결혼 말고도 다른 형태의 다양한 결혼이 있을 수 있다는 열린 시선으로 바라봐 주고, 일반화 된 결혼식을 치르지 않았다고 잘못된 것이라며 쉽게 판단하지 않았으면 한다. 남이 어떻게 생각할까, 하는 눈치 부담을 좀 덜어내고, 상대방의 집안에서 해 줘야 하는 '당연하지 않은' 기대를 낮추고, 자신이 할 수 있는 범위 안에서 결혼하는 것도 한 방법이다.

성대하고 화려한 결혼을 했다고 결혼생활까지 성대하고 화려하지 않다. 결혼 후야 말로 진정한 결혼생활의 시작이다. 결혼식을 어떻게 하느냐와 결혼식 후에 어떻게 행복하게 잘 사느냐는 별개의 문제다.

결혼식 후의 고민보다 결혼식의 고민이 훨씬 크다면 우린 진정으로 중요한 것이 무엇인지 놓치고 있는 게 아닐까? 결혼식은 결혼의 끝이 아니라 시작점일 뿐이다.

"결혼식은 결혼의 시작이지 끝이 아니잖아!
시작부터 힘든 결혼식의 고정관념은
우리가 굳이 겪지 않아도 될 굴레일 수도 있어."

# 남편의
# 흑장미가
# 되기로 했다

## 나는 남편의 흑장미다

2015년 5월 시아버님이 돌아가셨다. 아버님은 핀란드에 계셨었고 남편과 나는 스페인 마드리드에서 살고 있었다. 시어머님께서 전화를 주셔서 아버님의 부고 소식을 전해 들었다. 전화를 끊고 나서 남편은 아무 말도 하지 않았다. 그저 그를 꽉 안아 주었다. 부고 소식을 들은 날 나는 최대한 말을 줄였고 조용히 하루를 보냈다. 남편에게 시아버님은 너무나 가까운 친구 같은 아빠이자, 존경의 대상, 사업 멘토, 정신적 지주였다. 둘은 유달리 사이가 좋았고 그런 모습이 너무 좋았다. 시아버님의 죽음은 남편에게 세상이 무너지는 것과 같은 느낌이었을 테다.

핀란드로 바로 날아가진 않았다. 사고로 사망을 하거나 병원에서 사망한 경우가 아니라면 핀란드에서는 모든 사람을 부검한다. 억울한 죽음이 없어야 한다는 핀란드의 법적인 절차로 사인을 알아내기 위한 것이다. 시아버님께서는 집에서 돌아가셨기에 부검이 끝날 때까지 할 수 있는 것이 전혀 없었다. 며칠이 지나도 남편은 울지 않았다. 하지만 감정을 추스르고자 노력하는 모습이 여실히 드러났다. 그런 마음에 난 섣부르게 위로의 말을 해 주려 하지 않았다. 차분히 기다려 주는 것 말고는. 그에게 가장 필요한 것은 혼자만의 애도의 시간일 테다.

장례식은 시아버님이 돌아가시고 2개월가량 지나고 했다. 가족과 친지만 참여하는 가족 장례로 결정되었다. 핀란드 장례식은 초대받은 사람만 참석할 수 있다. 국교가 루터교이므로 루터른성당에서 장례식이 치러졌다. 무덤은 성당에서 멀지 않은 곳에 있고 장례식이 끝난 후에 운구를 수레에 실어 옮긴다. 보통 겨울에는 꽃과 초를 여름에는 꽃을 관 위에 한 명씩 돌아가며 올려 준다. 하관 후에는 장례식장에서 멀지 않은 연회장을 빌려 식사를 하고, 고인에 대한 추억을 충분히 나눈다. 고인과 함께했던 특별한 이야기, 재미있는 에피소드, 황당한 이야기 등 웃고 우는 자기만의 이야기를 공유한다. 시를 낭독하기도 하고, 시아버님이 좋아하셨던 노래를 틀거나 바치고 싶은 노래를 부르기도 했다. 나는 시아버님이 해 주셨던 양고기찜과 빨강 가재가 얼마나 맛있었는지, 시아버님의 해박한 지식에 항상 많은 것을 배웠다는 기억을 꺼내 얘기했다. 식도락에 일가견이 있는 미식가에 음식을 만드는 것도 즐기던 분이셨다.

핀란드에서의 시아버님의 장례식은 내게 특별했다. 한없이 사랑을 베풀어 주시고 맛있는 음식을 자주 만들어 주셨던 시아버님을 애도하며 보내드리는 장례식이기도 했지만, 남편을 향한 내 결심이 하나 더 생겼기 때문이다.

장례식을 마칠 때까지 남편은 울지 않았다. 눈시울이 빨개지는 것을 여러 번 봤지만, 끝끝내 울지 않았다. 핀란드에서의 장례식과 화장까지 마치고 가족과 친지들에게 감사의 인사를 전하고 스페인으로 돌아왔다. 집에 돌아오자마자 남편은 짐을 풀지도 못한 채, 옷을 입은 그대로 잠시 침대에 누웠다가 그대로 잠이 들었다. 양 눈썹 사이에 없던 주름 세 개가 패어 있었다. 참아내느라 고생했구나 싶었다. 잠옷으로 갈아 입히는 동안에도 꿈쩍을 하지 않았다. 저녁도 안 먹고 잠이 들었는데, 그 다음 날 아침도 점심도 건너뛰고 계속 잠을 잤다. 다음 날 늦은 밤이 돼서야 눈을 살며시 떴다가 또 깊은 잠으로 빠져들었다.

하루를 통으로 잠을 잤던 남편은 일상생활로 돌아왔다. 밥도 씩씩하게 잘 먹고, 운동도 하고, 일도 평소처럼 했다. 근데 내 눈에는 그런 행동들이 자꾸 마음에 걸렸다. 괜찮지 않은데 괜찮다고 시위를 하는 것 같았다. 둘째 날, 난 조심스럽게 물었다. "Are you okay?" 묻자마자 후회했다. '괜찮을 리가 없잖아. 그런 바보스러운 질문이 어디 있느냐고!' 하지만 남편은 평소와 다르지 않은 모습으로 괜찮다고 대답을 해 주었다.

셋째 날이 되었을 때, 유심히 남편을 살폈다. 평소보다 더 열심히 청소하고 일을 만들어서 집안 전체를 정신없이 돌아다닌다. 청소기를 돌리던 그의 손을 잡고, 하던 일을 멈추게 했다.

"잠깐만 멈춰봐. 괜찮아, 그냥 여기 나뿐이잖아. 너무 애쓰지 않아도 괜찮다고. 괜찮지 않은 게 당연한 거야."

남편은 고개를 좌우로 흔들었다. 눈시울이 단숨에 빨개졌다. 그리곤 3시간 동안 펑펑 울음을 쏟아냈다. 남편을 만나 13년을 함께하면서 남편이 그렇게 서럽게 우는 걸 본 적이 없었다. 자신이 너무나 사랑하고 존경했던 아버지와의 사별의 슬픔과 상실감에 나오는 통곡의 애도가 고스란히 내게 전해졌다. 난 그의 등을 쓰다듬으면서 말했다.

"울어. 많이 울어. 참지 말고 울어. 울고 싶은 만큼 다 울어. 내가 여기 있잖아."

아버님의 사망 충격으로 감정적으로 멍한 상태를 지나, 2주일간의 극도의 피로감, 그리움과 슬픔을 잘도 참아왔다. 그런 남편이 너무나 안쓰러워 나도 같이 숨죽여 눈물을 흘렸다. 그리곤 다짐했다. 무슨 일이 있어도 든든한 남편의 편이 되어 주겠다고.

'내가 아버님만큼 정신적인 지주는 되어 주지 못 해도 당신의 가장 든든한 응원자, 지원자가 되어 줄게!'

남편은 항상 내게 든든한 지원군이자 나를 세상에서 가장 아름다운 사람이라고 느끼게 해 주는 사람이다. 화장하지 않은 맨얼굴에 파자마를 입고 있을 때, "오늘은 더 이쁜데! 난 세상에서 가장 이쁜 아내를 가지고 있어"라고 말해 준다. 이 살가운 코멘트는 들어도 들어도 싫증이 안 난다. 이쁘게 한껏 꾸미지 않았을 때보다 하나도 꾸미지 않은 내 모습 그 자체로 그런 말을 해 주는 것이 얼마나 고마운 일인지 모른다. 내가 정말 아름다웠는지가 중요한 게 아니다. 그 말 한마디로 난 내 모습에 더 신경을 쓰게 되고 내가 타비의 '아내'가 아닌, 루카스의 '엄마'가 아닌 줄리, 나 그대로 '여자'임을 상기시켜 준다.

내가 회사에 다니며 힘겨워할 때, 사업을 하며 지쳐 있을 때, 그는 항상 내게 "I'm your No.1 fan." "I'm so proud of you."라고 얘기해 준다. 이 세상에 찐 팬 한 명 있다는 것이 얼마나 든든한지 모른다. 내가 아등바등 멀고도 험한 목표를 향해 아기 걸음마 단계에 있을 때 너무나 자랑스럽다고 호들갑스럽게 얘기해 주는 사람이 있다는 것은 행복 그 자체다.

육아로 지치고 힘들어할 때, "You are the best mom in the whole wild world."라고 얘기해 준다.

내가 최고가 아님을 알고 있다. 하지만 최선을 다해 노력하고 있음을 알아줬다. 남편의 그 한마디는 깜빡깜빡 빨간불이 들어온 시점에서 순식간 자체 '에너지 만땅 충전'이 되게 한다. 내가 내 아이에게 최고의 엄마가 되려면 아직 멀었지만 내가 얼마나 좋은 엄마가 되기 위해 노력하고 있는지 알아 주는 그의 맘이 한없이 고맙다. 남편은 내가 지치고 힘들 때마다 항상 흑기사가 되어 주었다.

울고 있는 남편을 쓰다듬어 주며 다짐하고 또 다짐했다.

'당신이 슬플 때, 괴로울 때, 병들 때, 가난할 때 내가 당신의 흑장미가 되어 줄게!'

결혼의 무게감을 더 깊이 느낀다. 결혼식 때 했던 결혼서약보다 비장한 각오가 선다. '걱정하지 마, 당신은 내가 책임져! 일어설 힘이 다시 생길 때까지 옆에서 기다려 줄게. 외롭지 않게 내가 당신의 그림자가 되어 줄게.' 다짐하고 또 다짐한다.

그가 자신만의 동굴 속에서 자신을 일으키는 힘이 생기도록 거들어 준다. 음식을 조금이라도 먹도록 영양가 있는 음식을 차려 동굴 안으로 넣어 준다. 기분이 우울한 것 같을 땐 잔잔한 운율이 흐르는 피아노나 첼로 연주 음악을 동굴 입구에 틀어 준다. 동굴 안에서 잘 있냐고 물어보기도 하고 가끔 바람을 쐬자고, 가까운 바다나 산으로 산책하러 같이 가자고 제안한다.

앞으로도 남편이 동굴 속으로 들어가면 그의 흑장미가 되어 줄 거다.

"흑장미의 꽃말은
'당신은 영원한 나의 것'
나는 자진해서
기꺼이 남편의 흑장미가 되기로 했다."

# 핀란드의
# 장례식

시간이 한참 지나고 나서 한국의 상례 풍경과 핀란드의 상례를
뒤돌아볼 시간이 생겼다.
한국과는 사뭇 다른 핀란드의 장례식에서 차이점을 느낀 점은 크
게 세 가지로 볼 수 있다.

첫째, 핀란드의 장례는 눈물이 적다. 한국은 고인이 돌아가시자
마자 치러지는 장례지만 핀란드는 바로 치러지지 않는다. 한국은
가족들과 친한 지인들이 애통을 함께 나누고 눈물을 흘린다. 기쁨
을 나누면 배가 되고 슬픔을 나누면 반이 된다는 말처럼 슬픔을 함
께 나누며 예의를 차린다.

핀란드의 경우, 고인이 돌아가신 지 어느 정도 시간이 후에 (몇 주
에서 몇 개월까지 걸린다) 장례식을 해서 눈물이 적다. 각자 슬픔과 애
도의 시간을 보내고 감정을 어느 정도 추스른 후에 모인다. 장례식
에서의 가족들의 눈물도 소리 없이 흐느끼는 정도다.

둘째, 개인이 사진을 찍지 않는다. 장례식에 초대된 사람들에게 공지되는 것이 있다. 장례식에서는 사진을 찍지 않도록 부탁하는 것이다. 장례식에서 사진을 찍는 것이 어찌 보면 무례한 행동일 수도 있지만, 또 어떤 이에게는 사랑하는 사람을 계속 기억하고 싶은 날이 될 수도 있다. 장례식 동안 이뤄지는 고인을 위해 부르는 노래, 꽃을 관 주위에 놓는 일 등 기억하고 싶은 시간이 될 수 있다. 이를 위해 전문 사진사를 고용해 장례식에 방해되지 않도록 멀리서 사진을 찍게 한다. 나중에 그 사진들을 장례식에 참여한 지인과 가족분들, 초대하지 못한 분들께 보낸다.

셋째, 고인과의 기억과 추억을 함께 이야기한다. 한국에서의 식사 시간은 좀 더 엄숙하며 테이블마다 작은 규모로 고인과의 기억을 나눈다. 핀란드에서는 장례식이 30~40여 분 정도 걸린다면 장례식 후의 일정은 3~4시간 정도로 훨씬 길다.

식사를 마치고 나면 커피와 차를 마시며 한 사람씩 자신을 소개하며 고인과 함께한 이야기를 모든 사람과 나눈다. 이야기를 꺼내며 울컥 울음이 올라올 때도 있고, 유쾌한 웃음을 자아낼 때도 있다. 돌아가신 분을 위한 시간이다. 떠나가신 분을 기억하고 상기하며 일부분을 보내드리는 시간이다.

시아버님은 많은 사람에게 선한 영향력을 주셨고, 경제적으로나 정신적인 도움을 주셨고, 사랑이 넘치는 겸손한 분이셨다.

아버님께서 하늘나라로 떠나신 후 내 삶에 대해서 깊게 생각해 봤다. 과연 나는 어떤 사람으로 기억되고 싶은 것인가? 어떤 딸로 기억되고 싶은가? 어떤 누나, 동생으로 기억되고 싶은가? 어떤 아내로 기억되고 싶은가? 어떤 엄마로 기억되고 싶은가?

우리가 어떤 사람으로 살아가든 매일 사랑하거나 항상 행복을 줄 수 있는 그런 관계는 없다. 매일 사랑스럽기만 한 그런 로맨틱한 관계도 존재하지 않는다. 그저 이 세상에 태어나 진짜 내 모습을 잘 알고 내가 사랑하는 사람들에게 그 모습 그대로 다가가면 되는 게 아닐까?

가짜 자신을 믿고 사는 것만큼 힘든 삶은 없다. 자신의 약점을 외면하는 것이 약한 것이다. 약점을 가리고 괜찮은 척하는 것은 비겁하다. 약점과 강점 모두 감싸고 내가 나 다울 때 비로소 행복과 슬픔, 성공과 실패, 도전과 절망, 사랑과 미움 사이의 진정한 의미를 마음에 담을 수 있는게 아닐까?

삶이 보내는 신호에 열린 마음으로 응답하면 좋겠다.

자신을 잘 아는 만큼 느끼는 지루함, 짜증, 거부, 분노, 평범함, 불평등, 적개심 그리고 어려움의 한계선을 예상할 수 있기를. 이런 감정들을 견뎌내고 끌어안아 앞으로 마주칠 많은 장애물을 똑바로 바라보며 웃으며 걸을 수 있기를.

행복하기에 웃을 수도 있지만 웃기에 행복해질 수도 있으니까.

"넌 어떤 사람으로
기억되고 싶어?"

# 슬기로운
# 1일
# 1 부부싸움

행복한 결혼생활에서 중요한 것은
서로 얼마나 잘 맞는가보다
다른 점을 어떻게 극복해 나가느냐이다.

_ 레프 톨스토이

아무리 금슬 좋은 부부라 하더라도 싸우지 않고 살 수는 없다. 다른 환경에서 20년을 넘게 살아온 사람이 함께 생활하는 것이 마냥 행복할 수만은 없는 게 당연하다. 하물며 남편과 나는 다른 나라에서 자랐으니 언젠가는 터질 일이었다.

보통 부부싸움의 원인은 결혼 전에는 생각할 필요가 없었던 경제적 배분, 가사 분담, 가정 내 대소사를 챙겨야 하고 생각의 차이로 발생한다. 특히 요새는 맞벌이 부부가 많아 시간적 여유는 없는 상황에서 서로 이견을 조율할 시간마저 부족하다. 부부 세 쌍 중 한 쌍은 하루 대화 시간이 30분도 채 되지 안 된다고 하니 함께 보내는 여가는커녕 대화를 나누는 시간이 매우 적을 테다. 서로 지친 상태에서 얼굴을 보게 되면 대화보다는 그동안 쌓인 불만을 토로하고 결국은 싸움으로 번지는 경우가 많다.

결혼 전 연애기간에 했던 밀당을(밀고 당기기) 기억하는가? 영어로도 'Playing hard to get'이라는 말로, '관심이 있으면서 괜히 까다롭게 구는 척'한다는 말로도 표현할 수 있다. 일본에서 건너온 '츤데레' 같은 개념도 완전히 같은 상황을 의미하진 않지만 쓰기에 따라서는 밀당 스킬로 보지 못할 것도 없다. '츤데레'란, 겉으로는 좋아하면서도 좋아하면서 쌀쌀맞게 구는 행동이라는 의미이지만 사실은 데레데레(좋아하고 부끄러워하는 태도 등)함도 갖추고 있는 인물을 뜻한다.

난 진정한 밀당은 결혼 후 부부로 살면서 살벌하고 적나라하게 펼쳐진다고 생각한다. 연애하던 때와 비교를 해본다면 강도가 남다르긴 하다. 서로에게 자비롭지 못할 때가 많다. 밀다가 자빠지고, 당기다가 나가떨어지는 실전 부부밀당의 세계, 잘못하다간 서로 정반대 방향으로 튕겨져 우주 끝까지 날아가 버리기도 한다. 영영 돌아올 수 없는 블랙홀(이혼)로 빠지는 경우다. 현실 부부싸움에서 웃자고 한 말에 죽자고 달려드는 쌍심지와 치열한 신경전은 기본장착 기능이다. 허니허니 하던 허니문 시기가 지나면 넘쳐흐르던 꿀물이 바닥나고 밀당이 본격적으로 시작된다. 여느 드라마 못지않게 클라이맥스를 마구 몰아둔 현실 부부싸움의 링으로 올라간다. 딩딩딩딩!

남편과 나는 5년 연애를 하며 한 번도 싸웠던 적이 없다. 다른 나라에 살았고 시간을 만들어 서로를 방문했다. 직장 때문에 난 런던, 홍콩, 서울 등 여러 도시에서 살았고, 남편은 (당시 남자친구) 몇 주 혹은 몇 달 동안 와서 함께 지냈다. 떨어져 있다가 오랜만에 함께 보내는 시간을 허비하지 않았다. 도시마다 찾아놓은 로컬 맛집을 데려가고, 주변 도시들을 여행했다. 싸울 일이 없었다.

우리 둘에겐 맛있는 음식, 와인 그리고 여행이 가장 큰 공통분모였다. 정신없이 유명한 곳을 찾아 돌아다니기보단 현지인들이 아끼는 장소들에 가서 내 일상을 나누고, 풍경이 좋은 곳을 발견하면 잡아둔 계획을 없애고 아름다운 풍경을 함께 보며 여유롭게 산책했다. 지나간 기억을 떠올리고 새로운 추억을 만들어갔다.

결혼식을 올린 후에는 상황이 달라졌다. 3개월 동안 매일 전쟁 같은 싸움이 시작되었다. 한 번도 해 본 적이 없는 고도의 신경전 밀당이 시작되었다.

남편과 나 사이에 벌어지는 싸움의 원인은 항상 같았다. 가사일 분담과 청소였다. 남편도 나도 일을 하고 있었고 피곤해서 집에 돌아오면 둘 다 에너지는 바닥이다. 집안일을 할 생각을 하면 에너지가 있어도 없다고 말하고 싶었다. 밥을 먹자마자 깔끔히 치워야 휴식을 취할 수 있는 나와 식후에는 무조건 소파에서 먼저 쉬는 남편은 매일 저녁 싸움을 했다. 치우자는 나와 쉬자는 그, 우리 주도권

싸움은 그렇게 시작되었다. 우린 '웬수'가 되었고 외나무다리에서 만나는 싸움을 매일 저녁 했다. 문제 해결도 못 했고, 화해도 하지 못한 채로 씩씩거리며 잠이 들고 아침에 일어난다고 화가 풀려 있지 않았으니 저녁에 얼굴을 봐도 사이가 좋을 리가 없다.

3개월 동안 별의별 게 눈에 걸렸다. 남편이 깔끔한 성격이고 둘 다 깨끗한 것을 좋아했지만 치우는 시기에 대한 싸움을 멈출 줄 몰랐다. 울며 겨자 먹기로 참다가 내가 하거나, 며칠 동안 쌓인 더러운 부엌을 보며 남편이 속이 터지거나였다. '누가 더러움을 더 잘 참는가?' 하는 내기로 변모했다.


그런 사람이 있다. '이겨야 직성이 풀리는 사람, 지면 큰일 나는 줄 아는 성격.' 남편과 내가 딱 그랬다. '먹고 나면 바로 치워야 하는 것이 맞다. 아침에 난장판인 식탁을 보면 하루 시작이 엉망이다'와 '먹고 쉬다가 치워도 된다, 못 치우면 다음 날 치우면 된다'의 싸움이 붙었다. 둘 중 하나는 포기를 해야 끝날 싸움일 텐데 그도 나도 질 기세가 없다. 하도 싸워서 싸우는 게 신물이 났다.

3개월 동안 이어진 싸움, 함께 있는 게 이렇게 힘들고 불행한 거라면 차라리 헤어지는 게 낫겠다 싶을 정도로 지쳤다. 지난 5년 동안 싸움 한 번 안 하고 어떻게 살았는지 기적 같은 시간을 보냈다고 생각했다. 어차피 안 맞으면 이혼할 생각으로 결혼했으니 갈라서도 아쉬울 것이 없다는 생각까지 들었다. '그래, 이혼하는 거야!' 마음을 먹고 엄마, 아빠한테 전화했다. "엄마 아빠, 저 이혼할래요. 별것도 아닌 것에 매일 싸우는 것도 지치고 이건 아닌 것 같아요."

하소연했다.

엄마, 아빠는 차분히 내 하소연을 다 들어 주셨다. "어쩌니, 속상했겠구나" "그렇구나." 추임새를 넣어주시며 열변을 토하는 딸의 이야기를 전부 들어 주셨다. 팔팔 끓던 수증기가 다 빠지고 나니 마음이 차분해졌다. 그리곤 엄만 세모와 네모 이야기를 해 주셨다.

"이렇게 생각해보렴. 너는 세모고, 남편은 네모라고. 둘 다 모서리도 있고 뾰족한 부분도 다르고 모양도 달라. 지금 세모랑 네모가 서로 부딪혀서 동그라미를 만드는 중인 거야. 부부는 둘 다 동글동글해져야 함께 잘 굴러가거든. 그러니까 지금 부딪히는 건 자연스러운 일인 거야. 대신 서로를 너무 깊숙이 찌르면 안 돼. 깊이 찔러 상처를 주면 둘 중 하나가 멈춰버리거든. 그럼 결정을 해야 겠지. 같이 멈춰서 기다려줄 것이냐, 아님 혼자 갈 것이냐. 어떻게 하고 싶어?"

아빠는 "너도 회사 갔다가 오면 지치고 힘들 텐데 같이 쉬어보는 건 어때?"라고 말씀해 주셨다.


그날 저녁, 3개월 만에 처음으로 저녁 식사를 하고 소파에 같이 앉았다. 남편은 눈이 휘둥그래지며 나를 봤다. 난 의미심장한 말을 던졌다.

"난 세모고 넌 네모래. TV에 뭐 재미있는 거 없어?"

갸우뚱하던 남편이 말했다.

"응, 오늘 자기가 좋아할 만한 영화 하더라."

남편이 바뀌기를 기다리는 것보다 내가 바뀌는 게 더 문제를 해결하는 데 빠르다는 걸 알게 되었다. 더불어 그날 이후 소소하지만 큰 갈등으로 번지는 문제를 줄이기 위해 우린 '시스템'을 하나 만들었다. '가위바위보'라는 체계, 식사가 끝나면 가위바위보로 지는 사람이 설거지를 하는 방식이다. 대신 언제 하느냐는 건드리지 않기로 합의했다.

다음날까지 미뤄질 경우는 아침식사 설거지까지 함께 하는 거로 결정했다. 경쟁심 강한 우리 둘 다 가위바위보로 설거지 연속 10번 하기 내기도 했다. 남편이 설거지 50번 덤터기를 썼을 때 나의 환호는 포효에 가까웠다. 그리고 우린 다시는 가사 분담으로 싸우지 않았다. '웬수'를 외나무다리에서 가위바위보로 만나는 일이 즐거웠다.

참고로 웬수는 사이가 나쁜 원한 관계에 있는 것을 의미하지 않는다. 떼려야 뗄 수 없는 *끈끈한* 사이를 가진 사람에게 '웬수'라고 얘기한다. 칼 같이 50:50으로 나누려는 마음만 비우면 이 '웬수'를 만나는 경우가 확 줄어든다.

결혼 후 5~6년째는 싸우는 주제가 확실히 달라졌다. 집안일이나 가사 분담에 대한 시스템을 잡고 나니 반복되었던 싸움이 없어졌다. 경제적인 여유가 있어 일주일에 한 번씩 가사도우미를 썼다.

대신 부부 이외에 서로가 충분한 시간을 들이지 못한 것들에 대한 부재가 슬슬 일상에 들어오기 시작했다. 결혼 전에는 자주 다녔던 친한 친구들과의 여행, 달랐던 취미 생활 같은 것 말이다. 남편으로서 아내로서 서로에게 채워줄 수 없는 중요한 부분들이다. 내적으로 공허함이 생기기도 하고 갈망하고 있는 것을 채우지 못했기 때문에 나오는 것들이었다. 제한된 휴가를 쪼개서 함께 보내기도 하고, 가정 내 대소사를 위해서도 쓰다 보면 '나와 친구'를 위한 시간이나 '취미 시간'은 쏙 빠지고 없다. 나도 친구랑 시간을 못 보내니 너도 친구랑 보내는 시간을 갖지 말라는 구속의 굴레를 씌웠다. 또 다른 문제로는 좋아서 결혼했는데 바로 그 좋았던 것들이 싫어지기 시작한다는 것이다.

결론부터 얘기하면 우린 과감히 함께 가던 휴가를 포기했다. 대신 긴 주말여행으로 바꿨다. 그리고 서로에게 1년 중 '20일 자유시간'을 주기로 했다. 이 시간은 각자가 자기 친구들과 여행을 갈 수도 있고, 혼자 여행을 갈 수도 있다. 서로에게서 자유로울 '나'만을 위한 시간을 주는 것이다. 자신의 시간을 갖는 것은 허락을 주고받는 게 아니라 당연한 권리이자 서로를 응원하는 시간으로 삼았다.

남편이 2주가 넘는 여행을 가면 자동으로 나 혼자만의 시간이 생긴다. 결국은 남편의 20일, 나의 20일이 합해져 40일이라는 혼자 있을 시간이 생긴다. 너무 익숙해져서 지겨울 때쯤에는 떨어져 있음으로써 그 익숙함이 마음의 편안함을 가져오고 행복임을 다시 보게 된다. 서로에게 멀어져 있을 때, 자기반성 혹은 자기 성찰의 시간이 깊어진다. 멀리서 봤을 때만 보이는 것들이 있다.

## 라운드 3 : 출산 후

남편이 23살, 내가 24살 때 만났다. 내가 38살이 되었을 때 아이를 갖기로 마음먹었다. 아버님이 돌아가신 후 아버님 부재 공간이 채워지지 않았다. 내가 발견한 최선의 방법은 '남편을 아빠로 만들어줘야 겠다.'였다. 14년을 함께하며 서로의 못난 모습을 인정하고 포용해 주는 마음도 14년 동안 함께 컸다. 서로가 좋아하는 것, 싫어하는 것, 못하는 것, 잘하는 것, 힘들고 어려워하는 것, 쉽게 해낼 수 있는 것을 이해해 주려 노력한다. 잔소리 같은 이야기를 들어도 그 안에 숨어 있는 깊은 의미도 걸러낼 줄 알았다. 가끔 싸움이 나도 이젠 '잘' 싸울 수 있다. 왜 그런 마음을 가졌는지 이해하는 것이 수월해졌다. 이젠 싸울 일이 없다고 생각했다. 하지만 아이를 갖고 출산을 하고 나니 판도라 상자가 열렸다.

나의 가장 사랑스러운 부분을 꺼내 주는 사람이 남편 혹은 아내라면, 나의 가장 악한 부분을 꺼내 주는 사람 역시 남편이나 아내이다. 내 한 몸 안에 사는 천사와 악마의 만남은 하루가 멀다고 왔다 갔다. 출산 후 기력이 바닥난 몸과 마음이었지만, 영혼까지 끌어모아 블랙 매직을 서로에게 쏘아댔다.

둘 다 부모가 된다는 게 처음이니 서로 헤맸다. 핀란드와 스페인에서 자라며 여러 나라에서 살았던 남편과 한국에서 자라고 10개국에서 공부하고 일해 온 나의 양육에 대한 개념 차이는 매우 컸다. 싸움의 가장 큰 화두는 '나는 맞고 너는 틀리다' 혹은 '나는 피해자고 너는 가해자'였다. 각자가 아는 육아의 배경 지식이 많지도 않으면서 보고 들은 것으로 상대를 판단하고 '누가 맞느냐?' 싸움을 시작했기 때문이다. 어설픈 엄마 아빠가 어설픈 육아 전쟁을 했다. 출산 후 밤새 수유를 하느라 잠이 항상 모자라고, 호르몬이 난동하던 때라 평소보다도 더 감정 조절이 어려웠다. 남편의 이해와 도움이 절실히 필요했다.

난 이 힘겨운 시기를 아이를 유모차에 태우고 밖으로 자주 산책하러 나감으로써 넘길 수 있었다. 집에만 머물러 있을수록 어른다운 대화 한마디 못하는 나는 뇌가 콩알만큼 쪼그라드는 것 같았다. 아이는 이뻤지만, 육아는 죽을 것처럼 힘들었다. 주말 역시 남편이 하루는 쉬고, 그다음 날은 내가 하루를 쉬는 식으로 서로에게 아이에게서 벗어날 수 있는 날, 서로에게 쉬는 날을 선물해 줬다.

쉼이 들어오니, 남편과 아내가 '다른 생각을 가질 수 있는 사람'임을 먼저 인정해 주는 마음도 생긴다. 생각이 다르다고 사랑하지 않는 것이 아니다. 완벽한 사람으로 포장하려 하지 말고 자신 역시 부족한 점이 많다는 것을 더 보여주고 도움을 요청할 때 서로를 향한 마음이 열린다. '나는 맞고 너는 틀리다'는 생각으로 시작한다면 서로에 대한 감정 에너지 고갈을 유도할 뿐이다. 문제 해결을 위한 서로의 교차 지점을 함께 찾는 게 아니라 '내가 피해자인 이유'를 증명해야 하기 위해 모든 에너지를 소비하기 때문이다. 상대방은 그 이유가 틀렸다고 방어 혹은 공격 태세로 전환한다. 전제부터가 잘못되었기 때문에 똑같은 이유로 싸움이 반복된다는 걸 볼 수 있어서 천만다행이었다.


## 부부는 이심일체, 일심이체

부부는 일심동체가 되면 안 된다고 생각한다. 부부는 때에 따라 이심일체, 일심이체가 되어야 한다. 따로 또 함께인 관계, 함께이면서도 따로인 관계일 때 더 행복한 결혼생활을 할 수 있다. 문화, 환경, 종교, 교육, 부모가 다른 두 사람이 각자의 세상에서 살다가 함께 만나 다른 생각과 시선을 갖고 있다. 그렇기에 '이심' 두 개의 다른 마음이 된다.

하지만 부부로서 같은 방향을 바라보고 함께 손을 잡고 가기에 '일체'가 되어야 한다. 함께 만들어가고 싶은 삶의 목표를 향해 이인삼각처럼 서로의 속도, 방향, 눈높이를 함께 맞추어가는 '이심일체'가 되어야 한다. 둘 중 하나가 쓰러졌을 때 혹은 어려움이 닥쳐 둘 다 쓰러졌을 때는 '일심이체'가 되어야 한다. 고난과 역경을 헤쳐나가겠다는 마음을 하나로 모아 '일심'으로 똘똘 뭉쳐야 한다. 그리고 각자의 장점을 최대한 살려 서로 해결할 수 있는 문제점을 따로 맡아 '이체'로 앞뒤 좌우로 밀고 들어오는 공격을 막아내 싸워야 한다.

한 사람과 오랜 시간을 함께하는 데서 가장 중요한 것은 '감정 표현의 빈도와 속도'이다. 각자가 가지고 있는 어떤 감정을 언제 어떻게 어떤 빈도로 나타내느냐가 균형과 평화를 깨뜨리는 가장 큰 요소다. 특히 부정적인 감정이 필터 없이 나오는 그런 날들, 둘 다 뾰족한 상태에서 발생한다면 여지 없이 전쟁이다. 한쪽이라도 감정의 여유가 있다면 큰 진동을 흡수해낼 수 있다. 완벽하지 않은 우리의 감정을 상대방이 얼마나 이해해 주고 박자를 맞춰가느냐가 부부에게 있어 정말 중요하다는 것을 깨닫는다. 완벽하지 않은 우리 감정을 상대방에게 완벽하게 우리 기분에 맞춰 잘 풀어내라고 하는 것은 이루기 힘든 기대다.

흔히 이혼의 사유가 '성격 차이'라고 하지만 '감정 차이'라고 하는 게 더 맞는 것 같다. 성격은 바꿀 수 없지만, 감정은 바꿀 수 있다. 헤어지겠다고 마음먹는 것은 '나는 바꾸지 않겠다.' 혹은 '맞춰 낼 수 없다.'라는 감정의 의지를 담아낸 것이 아닐까?

남편과 난, 오늘도 밀당을 한다. 서로의 행복한 부부생활을 위해 따로 함께, 함께 따로 밀고 당긴다. 기 싸움을 통해 심리 고갈을 만드는 것이 아니다. 더 즐겁고 행복한 부부생활을 위해 긍정 에너지를 만들기 위해 하는 것이다.

이제는 주도권은 빼앗거나 빼앗기는 것, 얻거나 잃는 것이 아닌 '기꺼이 나누는 것'임을 안다. 인생의 짝꿍으로 서로에게 맞춤복 같은 사람이 되기 위해 주도권을 나누어 가지는 밀당을 한다. 슬기로운 1일 1 부부싸움은 이젠 1일 1 밀당으로 대체되었다.

잊지 말자. 밀당은 서로의 사랑과 신뢰를 바탕으로 하고 있을 때
만 가능하다는 것을.

"밀당을 시도해보는 건 어때?
서로 상처를 입히는 부부싸움보다
주도권을 나눠 주는 밀당이 도움이 되면 좋겠어."

왜 남편은
내게 손편지를 쓰고
꽃을 줄까?

　　19년째 남편과 썸을 타고 있다. 썸을 타는 결혼생활로 우리는 여
전히 서로를 향해 꽁냥꽁냥 한다. 결혼 전, 누구도 내게 결혼하고
나서도 '이 사람인가 아닌가 고민한다는 것'에 대해 얘기해 주지
않았다. 결혼하고 나서야 많은 사람들이 그런 고민을 한다는 것을
알게 되었다. 결혼한 부부야말로 서로를 향해 계속 간을 본다. 잦은
부부싸움을 할 때, 서로에게 너무 익숙해졌다고 생각할 때, 볼꼴 못
볼꼴을 다 보고 나서 '나를 여전히 사랑하는 것일까? 사랑하지 않
을까?' 생각한다. 그래서 부부 사이에 썸을 탄다는 것은 매우 중요
하다.
　　여기서 말하는 '썸'은 연애시절 썸과 차이가 있다. 두근거리는 열
정은 오랜 결혼생활로 변하기 마련이다. 우리의 '썸'은 깊은 우정까
지도 포함한 사랑의 썸이다.

　　우리 부부가 썸을 타는 데 가장 큰 공헌을 한 것은 바로 남편의
손편지와 꽃이다. 그의 손편지는 잊을 만하면 내 홈오피스 책상에,

커피머신 앞에, 식사 테이블 위에 올라와 있다. 어떤 날에는 내 노트 안에서 까꿍! 하고 빼꼼히 얼굴을 내민다. 손편지를 볼 때마다 내 입엔 미소가 순식간에 번진다.

손편지에는 남편과 나, 아들 이렇게 셋이 그림으로 자주 등장한다. 어떤 때는 "I am the happiest hubster in the whole wild world."(난 세상에서 가장 행복한 남편이지!) 같은 짧은 메시지가 있거나 그의 사랑이 담뿍 담긴 장 편지가 있다. 그의 글에는 내가 'my angel' 혹은 'my sexy angel'로 나온다. 안다, 이 글을 읽으면 당신의 손과 발이 오그라들 것이라는 것을.

하지만 하나도 미안하지 않다. 난 그의 그런 주책이 너무나 사랑스럽고 고맙다. 이젠 아주 자연스럽게 넙죽 받을 수 있다. 장담컨대 난 '아줌마'보다는 내 남자에게 '섹시 엔젤'로 보이고 싶다. 그러니 한 점 부끄러움도 없다. '뭐 어때! 내 남편이 그렇다면 그런 거쥐! 남들이 뭐라 생각하든 상관없다고!'

부끄러움은 당신의 몫인 걸로 하자.

난 꽃을 좋아한다. 특히 꽃다발을 선호한다. 불행히도 나는 거룩한 식물들을 죽이는 똥손이다. 일조량이 높은 스페인에서도 선인장을 죽이는 검은손이다. 일조량이 모자란 핀란드에서는 식물들이 나를 보면 떨고 있다는 걸 느낀다. 내 손길을 강하게 거부한다. 하여, 난 식물의 안녕을 위해 꽃다발에 정착했다. 그 사실을 잘 아는 남편은 꽃다발을 사 준다. 어떤 날을 자기 손에 들고 오고, 어떤 날은 배달을 시킨다. 또 어떤 날은 아들 손에 쥐어서 같이 들어온다. 여름이면 들꽃을 꺾어다 주기도 한다.

남편과 나 사이, 우리의 썸은 현재 진행형이다. 그리고 썸을 타는 것을 절대로 그만둘 생각이 없다. 계속 남편과 썸을 타며 함께 나이 들어가고 싶다. 남편과 함께 산책하러 나가면 노부부가 두 손을 꼭 잡고 산책 모습을 종종 발견한다. 우린 동시에 서로를 바라보며 '우리도 꼭 저렇게 나이 들자!' 한다. 내겐 그런 노부부가 제일 힙하다. 20년 이상 함께한 부부 이혼 비율이 10명 중 4명 꼴로 발생하는 요즘 세상에서 남편과 내 눈엔 서로를 챙겨 주는 노부부의 모습이 가장 힙하다. 40년 이상을 여전히 사랑하고 다정히 손을 잡으며 걷는 모습만큼 멋진 모습이 없다.

"You would look so hot in white hair, babe."(자기 머리카락 색이 하얗게 되면 엄청 이쁘겠는걸!) 하는 코멘트도 잊지 않고 해 준다. 그리곤 난 그 얘기를 들으면서 '진짜 이쁜 할머니로 늙을 거야!'라는 다짐을 한다.

남편에게 같은 이야기를 해 줄 수는 없다. 그는 아버님의 유전자를 이어받아 30대 초반부터 이미 흰머리가 나서 내가 'sexy silver fox, 섹쉬한 은발 여우'라고 자랑을 하고 다니기 때문이다. 우리 부부의 일상적인 애정 행각이 유지되기까지 많은 일이 있었지만, 우리 부부의 썸 타기 기술 3가지를 소개해볼까 한다.

## 19년 된 부부의 썸 타기 3가지 기술

### 하나, 방목 사랑

결혼 전, 남편과 나는 서로 매우 독립적인 사람이었다. 각자의 자유를 존중했고, 자신만의 공간이 꼭 필요했던 사람들이었다. 하지만 결혼 후 같은 집에 살다 보니 의례적으로 동행하는 일이 많았다. 같이 집을 나서고 같이 집에 들어오는 경우가 흔했다. 회사에 가는 시간을 빼고는 어디든 함께 하는 것이 자연스레 버릇되었다. 결혼생활이 안정되고 나 없이 어디를 가거나, 나 빼고 친구들을 만나러 가는 일들이 생기면 괜스레 샘이 나기도 했다. 왠지 모를 소외감도 느꼈다. '어라? 나 원래 이런 사람 아니었는데?' 그 마음이 낯설었다.

친구들을 만나러 나가서 다음 날 아침이 되어도 들어오지 않는 때가 있었다. 부어라 마셔라 하는 친구들이랑 자주 만나면서 그의 외박은 잦아졌다. 몇몇 친구들의 술버릇이 싫었던 나는 자진해서 빠졌던 터였다. 사실 난 저녁에 집에 안 들어오는 것은 문제가 되지 않았다. 전화를 안 하는 것도 괜찮았다. 딱 한 가지, 아침에 눈을 떴을 때 메시지 하나 없이 옆자리에 없는 남편이 걱정돼서 죽을 지경이었다. 혹시라도 마드리드 시내에서 도둑질하는 놈을 발견했다 싸움이 난 것은 아닌지, 술 취해서 길바닥 어딘가 널브러져 있는 건 아닌지, 오만가지 이상한 상상을 하면서 걱정과 근심이 생겼고, 곧 분노가 이어졌다. 부부로서 서로에게 예의를 지키지 않는 행동이라는 판단을 내리고는 괘씸죄도 적용했다.

흠뻑 술에 취해 기분 좋게 갈지자를 그리며 집에 들어서는 남편을 보고 난 도끼눈을 하고 취조했다. 화라도 풀어내겠다는 심정이었다. "너, 또 통술 마시는 그 친구 만났지? 얼마나 들어 마셨으면 인사불성이 되어서 들어와? 늦게 들어온다고 메시지 하나 못 보내냐! 인간아?" 야들야들한 Honey, Baby 하는 호칭은 온데간데없이 사라지고, 타인으로, 인간 대 인간으로 분노에 방망이질을 했다. 그래 봤자 다~아, 내 손해였다. '술 취한 놈'님은 기억을 못 한다.

몇 차례의 똑같은 패턴으로 싸우던 나는 마음을 비우기로 했다. 생각지도 못한 이 술버릇을 어떻게 고쳐야 할지 몰랐다. 'An eye for an eye.'(눈에는 눈, 입에는 입! 똑같이 해줄 테다.) 하고 맞불 작전도 써봤다. 소용없었다. 밤새워 마신 술로 내 몸과 간만 욱신욱신 아팠다. 집으로 가는 택시 속에서 속이 메스꺼워서 몇 번이나 토를 삼켰는지 모른다. 집에 들어와 보니 남편은 태평하게 자고 있다. '내가 들어오지 않을 걸 아는지 모르는지…. 그렇게 숙면을 한다 이거지?' 속에서 열불이 났다. 보복의 결과는 실패였다.

대신 중요한 사실을 발견했다. 밖에서 그러고 오는 것만으로도 이미 벌을 받는다는 것. 내가 굳이 속을 끓일 필요가 없었다. 그때부터였다, 남편을 방목하기로 한 것이. 예전 연애할 때처럼 서로의 자유를 인정해 주기로 했다. 남편이 친구들과 술을 마시러 가고, 늦게 들어오거나 외박을 해도 아무 소리도 하지 않았다. 걱정도 하지 않기로 마음먹었다. 밤에 푹 잠을 잤다. 아침에 남편을 봤을 때도 잔소리를 접었다. 술 마신 다음 날 오렌지주스를 찾는 남편에게 오렌지주스까지 사다 줄 아량은 없었지만 적어도 건드리지는 않기로 했다. 몇 주가 지나자 본인도 더는 그런 술자리가 힘들다는 것을 몸으로 깨닫고 스스로 멈췄다. 남편은 원래 모습으로 되돌아왔다.

한 가지 확실히 배웠다. '내 사람의 자유를 소중히 여겨야 한다.' 였다.

꼭 쥐고 있어야 내 것이 되는 것은 진짜 내 사람이 아니다. 내놓았는데도 내 곁에 있는 그 사람이 진짜 내 사람이다. 무슨 결정을 하든 우린 서로에게 '허가'를 하거나 '혜택'을 주는 것이 아니라 서로의 의견을 말하고 그렇게 행한다. 우리 둘 사이 정말 큰 문제가 될 게 아니라면 상대방의 의견을 존중하고 동의하지 않더라도 막아서지 않는다.

서로 옭아매는 관계가 아니라 서로 풀어주는 관계, 신뢰가 바탕이 된 방목 사랑을 배웠다. 서로를 믿고 풀어 주면 풀어 줄수록 진짜 내 사람이 된다. 풀어 줘서 떠날 사람 같으면 진즉에 보내 주는 것이 맞는다고 생각했기에 이런 결정이 가능했는지도 모르겠다.

서로가 원해서 서로에게 내 사람이 되어 줘야 한다는 생각은 지금도 변함이 없다. 마음이 변해 내 사람을 바꿀 자유도 있다. 그 마음이 들지 않도록 서로 노력하는 방법밖에 없다.

아이를 낳고 남편과 육아 전쟁을 치르고 있을 시기에 너무 힘들다고 하소연하는 내게 엄마는 한마디를 해 주셨다. 그 말은 내 결혼생활에 있어 큰 기둥이 되어 준 말이다.

"아이보다도 짝꿍이 먼저다."

엄마가 해 주신 이 말은 출산 후 다시 생각하는 부부생활의 축을 잡는 데 큰 역할을 했다. 엄마가 덧붙여서 하신 말씀은 "아이는 네 품을 떠나지만, 네 짝꿍은 아이가 떠난 후에도 함께 있을 사람이란다. 그래서 아이보다 짝꿍이 먼저여야 한다. 아이한테만 관심을 100% 주면 안 된단다. 아이는 아이 자체로 봐 주고, 남편은 네 반쪽이다."

엄마의 말씀을 들은 순간부터 난 내 남편을 바라보는 눈과 마음의 자세가 달라졌다.

아이의 밥을 챙겨줄 때 한껏 색상이며 모양이며 이쁘게 최선을 다해 줬다. 하지만 남편의 식사는 아이를 위해 이쁘게 만들고 남은 재료로 모양이 엉망이 된 음식을 상에 올렸었다. 엄마 말씀을 들은 후부터는 내가 식사를 차려야 할 차례가 오면 남편의 식사를 더 정갈하고 깔끔하게 차렸다. 신혼 때도 안 해본 하트 모양으로 반찬을 차려 보기도 했다. 배시시 웃으며 기분 좋게 밥을 먹는 남편을 보니 나도 기분이 좋다. '그래, 내 짝꿍은 내가 챙겨야지! 암, 그렇고 말고.' 아이가 있어도 그를 잊지 않았다는 것을 매일 알려 줬다. 아이가 우리 삶의 No1이 되어 버렸던 일상에서, 남편의 원래 자리를 되돌려 줬다, 내 마음 1순위 자리.

아무리 바빠도 우린 한 달에 한 번 단둘이 데이트를 한다. 이날 만큼은 우리 둘만을 위한 수다 시간이다. 둘 다 이쁘게 멋지게 차려입고 맛있는 음식을 먹으러 갈 때도 있고, 잠옷 차림으로 소파에서 널브러져 스낵 봉투를 나눠 들고 영화를 보기도 한다. 앞으로도 쭉 내 짝꿍은 내가 챙길 거다.

### 셋, 잔소리는 사랑의 또 다른 이름

남편은 유달리 잔소리가 많아지는 때가 있다. 예를 들어, 눈이 나 비가 많이 오는 날 내가 차를 끌고 나가는 때, 사우나를 하러 들어갈 때마다 똑같이 "의자 가운데를 밟아!"라는 말 등, 무한 반복을 한다. 그 소리가 지긋지긋하게 느껴지는 때가 있었다. '그렇게 똑같은 말을 몇 년 동안 매번 들을 때마다 어떻게 된 게 본인은 질리지도 않나?' 싶다. 내가 기분 좋은 날은 "Okay, hon. I will."(응, 알았어~자기야) 라고 대답한다. 어떤 날은 듣기 싫었지만, 그냥 마음을 누르고 "yeap." 짧게 대답하거나 "I know that."라고 대답한다. 그래도 기분 나쁨을 표 내지 않고 사뿐히 눌러 줬으니 나름 잘한 날이다. 문제는 기분이 그저 그런 날에 똑같은 얘기를 또 들으면 나의 뾰족함이 나타난다. "How many times are you going to repeat that?"(언제까지 똑같은 말을 되풀이할 건데?) 눈에서 레이저 광선이 나와 남편을 쏜다. 내 말의 냉랭함과 뜨거운 광선을 감지한 남편은 다행히도 입을 열지 않는다. 참 현명한 선택을 했다.

어느날, 작정하고 남편에게 물었다. 왜 그렇게 사우나에 갈 때마다 의자 가운데를 밟으라고 얘기를 하는지, 핀란드에 비나 눈이 오는 날이 얼마나 많은데, 왜 그리 잔소리를 해야만 하는지 물었다. 내가 미덥지 않아서 그런 것인지, 아님 불감증인지 도대체 이유가 뭐냐고 물었다.

그의 대답은 내 마음에 하트를 붙여 줬다.

"그야, 눈이나 비가 올 때 자동차 사고가 자주 나니까. 핀란드에서는 사우나에서 뜨거운 온기로 샤워를 한 후에 사우나 받침 의자에 발을 잘못 디뎌서 죽는 사람도 많아. 나한테는 너의 안전이 제일 중요해. 너 없는 세상은 상상조차 하고 싶지 않아."

그 이후로 나는 남편이 하는 안전에 대한 잔소리가 사랑임을 알았다. 그리곤 무슨 말을 하든 '어쩌고 저쩌고'를 필터링을 할 수 있었다. 내 머릿속에 번역기를 돌리는 것이다. "사랑해, 사랑해, 사랑해"로 들렸다. 상대방을 바꿀 수 없다면 나를 바꾸는 게 가장 좋은 해결책이다.

## 썸은 표현해야 지속된다

남편의 손편지와 꽃은 여전히 내 삶에서 생각지도 못할 때 짠~ 하고 나타난다. 티격태격한 다음 날에, 지극히 평범한 어느 날 나타나기도 한다. 사소한 것에 신경을 써 주는 세심함, 적절한 타이밍에 맞춰 선물이 아닌 것처럼 준다. 내 마음이 편하지 않다는 걸 신경을 써 주고 기억해 주고 있다고 느낀다. 손편지는 내가 특별한 사람임을 잊지 않게 해 줄 뿐만 아니라 여전히 사랑받고 있다는 시그널 같은 것이다. 정기적으로 반복적으로 관심의 표현을 보여 주기에 이 사람이 내 사람이다 확신할 수 있다. 꽃을 가꾸지 못하지만, 꽃을 좋아하는 내 마음을 헤아려 꽃다발을 직접 들고 오기도 배달을 시키기도 하는 그의 진심 어린 이해와 사랑의 표현이다.

결혼하고 나서 내가 남편과 썸을 타는 이유는 부부일수록 더 많은 표현과 대화가 없으면 그 관계가 유지되기 힘들다는 것을 알았기 때문이다. 상대가 느끼지도 못하는 썸은 오래가지 못한다. 부부 관계도 마찬가지다. 너무 과도하지 않게, 너무 소극적이지 않게 그 중간 지점을 유지하는 것이 제일 중요하다. 표현이 없는 관심과 사랑은 썸을 타는 관계에서 상대방을 헷갈리게 만든다. 썸을 그만 타겠다는 의미다. 표현을 해야 썸이 지속된다. 진실을 나눌 수 있는 유일한 시간은 살아 있는 지금 뿐이다. 서툴러도 괜찮다. 완벽한 표현이 아니라도 어떻게든 상대가 알 수 있도록 표현을 해야 한다. 혼자만 아는 표현은 하지 않은 것만 못하다.

"진실한 사랑은 시간과 노력이 필요해.
그리고 진실을 나눌 수 있는 유일한 시간은
살아 있는 지금 뿐이야."

## 6부

# 한국과 북유럽은
# 무엇이 다를까?

# 달라도
# 너무 다른
# 3개국 임신 진료

## 비행기에서 임신 테스트

'손님 여러분, 방금 좌석 벨트 표시등이 꺼졌습니다. 그러나 비행 중에는 기류 변화로 비행기가 갑자기 흔들리는 경우가 있습니다. 안전한 비행을 위하여 자리에 앉아 계실 때나 주무시는 동안에는 항상 좌석 벨트를 매고 계시기 바랍니다. 그리고 선반을 여실 때는, 안에 있는 물건이 떨어지지 않도록 조심해 주십시오.'

좌석벨트 사인이 꺼지고 나는 부리나케 기내 화장실로 갔다. 손에는 두 개의 임신 테스트기가 들려 있다. 초조하게 테스트기 한 개를 뜯어 테스트하고 잔뜩 긴장하며 두 줄인 지 한 줄인 지 임신 테스트기를 뚫어져라 쳐다본다. '어라, 어라, 어라…. 두 줄이다.'
온몸에 짜릿한 전율이 짜릿~ 지나간다. 테스트기가 고장이 난 것일 수도 있으니, 두 번째 테스트기를 조심히 꺼낸다. 영락없이 선명한 두 줄이다. '야홋! 임신이다!' 테스트기의 선명한 두 줄을 핸드폰으로 사진을 찍고 테스트기를 버렸다.

'내가 진짜 엄마가 되는 거야? 잘할 수 있을까? 뭐, 까짓거 어려워 봤자 얼마나 어렵겠어?'

쿵쾅거리는 심장과 들쑥날쑥 안도, 걱정, 기대의 마음이 난데. 헬싱키에서 서울까지 가는 대략 9시간에 걸친 비행 동안 잠을 한숨도 못 잤다.

비행기에서 내리자마자 남편에게 두 줄이 명확히 있는 사진을 보냈다. 'Two stripes! We are pregnant!!!(두 줄이야! 우리 임신했어!!!)'라는 문자와 함께. '후훗! 핀란드는 지금 새벽 1시니까 한참 후에나 연락이 오겠네.' 생각하며 걷다 보니 공항에 마중을 나와 주신 부모님이 보인다. 평소보다 더 활짝 웃음이 나왔다. 속으로 생각했다. '엄마 아빠, 손자인지 손녀인지 모르지만 한 명 추가요!' 부모님께는 아직 말하지 않기로 했다. 그래도 남편이 제일 먼저 알았으면 해서였다.

## 임신 초기 진찰 : 엄마 응원 대 스페인 산부인과 진찰

시아버님이 돌아가시고 몇 년이 지나도 남편의 가슴에는 큰 구멍이 있었다. 아내로서, 제일 친한 친구로 채울 방도가 없었다. 그만큼 남편에게 아빠라는 존재가 너무나 컸다. 아빠를 잃은 남편을 아빠로 만들어 줘야겠다는 결심을 하게 되면서 아이를 낳기로 마음을 바꿔먹었다. 아이를 갖기로 한 결정은 내가 살면서 내린 가장 힘든 결정 중 세 손가락에 든다. 하지만 가장 잘한 결정 중 하나이 기도 하다. 남편에겐 결혼 전부터 '나는 애 낳을 생각이 없으니 아이를 원한다면 다른 사람과 결혼하라'고 말했던 나였다. 이유야 어찌 되었든 내 말을 번복했다. 시아버님이 하늘나라로 가시지 않으셨다면 아이를 갖겠다고 결정하지 않았을 일이다.

아이를 갖겠다고 마음을 먹었던 시기에 남편과 나는 스페인에 살고 있었다. 내 나이 서른일곱, 남편은 서른여섯이었다. 산전검사를 받고 난 뒤에 산부인과 의사는 내 건강 상태에 엄지척을 해 주었다. 남편과 나는 꾸준하게 운동을 해왔고, 건강하고 다양한 음식을 먹는 걸 좋아하다 보니 둘 다 최고의 몸 상태를 유지하고 있었다. 의사는 좋은 결과가 있을 것이라며 걱정하지 않아도 될 것이라 했다.

산부인과 의사선생님께서 임신 테스트를 하라고 했던 날이 한국으로 날아가는 이른 새벽비행을 한 날이었다. 그래서 비행기 안에서 임신 테스트를 했다. 임신 과정이 너무 얌전했던 내겐 비행기 안 임신 테스트는 잊을 수 없는 기억 중 하나다. 스페인에서는 매번 산부인과를 방문할 때마다 초음파검사를 무료로 해 주었고 아이가 커가는 것을 보는 것이 너무 신기했다. (스페인은 건강진료가 전액 무료다) 유난히 토마토와 멜론이 땡겨서 이 두 가지를 많이 먹은 것 말고는 다른 특이사항이 없었다, 배가 점점 불러온다는 것을 제외하고선.

처음엔 나 자신도 조금 늦은 감이 있는 걸까 고민을 잠시 했었는데, 의사의 긍정적인 반응과 응원에 고민이 날아갔다. 진찰 때마다 산모도 아이도 모두 건강해서 '지금처럼만 하라는' 마음의 안정을 주었다. 병원에서 강조하는 것은 산모의 안정과 불필요한 걱정을 하지 않도록 하는 것이었다. 엄마의 마음이 편안해야 아이도 쑥쑥 잘 자란다며 과하지 않다면 임신 전 시기와 비슷한 일상생활을 해도 괜찮다고 했다. 다만 먹는 것과 마시는 것을 유의해야 한다는 얘기를 했다.

나는 와인과 치즈를 너무 좋아한다. 치즈 발효균인 리스테리아균은 태아의 유산을 초래할 수 있어서 틀에서 발효된 부드러운 치즈류, 저온 살균되지 않은 치즈류, 곰팡이 숙성의 블루치즈 등은 멀리했다. 내가 너무나도 사랑하는 브리Brie, 까망베르Camembert, 쉐브흐Chevre 치즈를 보고 침만 질질 흘렸다. 딱딱한 체다나 에멘탈 같은 수분이 낮은 하드 치즈로 연명했다.

와인에 관해서 의사에게 어쩌다 한두 번은 정말 마시고 싶을 때가 있다고 솔직히 얘기했다. 의사는 평소의 음주 습관에 대해 자세히 물었다. 평소 식사를 하면서 곁들여 한두 잔 정도 마신다고 답했다. 매일은 절대 안 되지만 정말 마시고 싶을 때는 어쩌다 한 번 와인 반 잔 정도 식사와 함께하는 것은 전혀 문제가 되지 않는다고 했다. 더불어 물을 많이 마셔 주는 것이 좋다고 했다. 임신 중에 세 번 작은 와인 잔에 반 잔을 행복하게 편한 마음으로 식사와 곁들여

마셨다. 서너 모금 정도 되는 양이었다. 신선한 재료로 건강한 음식을 챙겨 먹고, 매일 한 시간 무리하지 않으며 걷기와 무겁지 않은 근력 운동도 했다. 아이는 뱃속에서 건강하게 잘 자라 주었고, 임신 동안 아픈 곳 한 번 없이 수월했다. 음식 냄새를 맡으면 역겹다든가 구토 증상이 생긴 적이 한 번도 없었다. 임신이 체질인가 듯싶을 정도로 잘 지냈다.

## 임신 중기 진찰 : 걱정 대마왕 한국 산부인과 진찰

내 사업을 하면서 임신 중 출장을 3~4개월 한 번씩 다녀야 했고 매번 출장은 한 달 정도였다. 핀란드에서 한국을 들어갔다가 싱가포르로 옮기고, 다시 한국을 들렀다 핀란드로 날아가는 장시간 비행을 했다. 임신 기간에는 출장이더라도 일정을 무리하지 않고 잡았지만, 시차로 인해 피곤함이 겹친 시기가 있었다. 한 달이 넘는 출장이었기에 아이가 잘 크고 있는지 확인하기 위해 한국 산부인과에 가보기로 했다.

한국 병원의 가장 큰 장점 중 하나는 예약을 몇 주나 며칠 전에 할 필요가 없이 바로 진료를 받을 수 있다는 것이다. 다른 나라에서는 경험할 수 없고 한국에서만 겪을 수 있는 일이다. 저렴한 진료비 역시 감사하다. 유럽에서는 개인 병원을 방문하게 되면 보통은 150유로~200유로의 진료비가 든다. 미국도 어떤 과로 가느냐에 따라 다르지만 250달러~350달러 진료비가 든다. 하지만 한국의 경우

보험처리가 되지 않아도 2~4만 원이면 진료를 받을 수 있다.

내 이름이 호명되고 진료실에 들어가 의자에 앉기도 전에 들은 첫 마디가 '고령 고위험 임산부'였다. 난 졸지에 늦은 나이에 임신한 고령자고, 아이 생각하지 않은 장시간 비행을 하는 개념 없는 엄마에 고위험군에 속하고, 그렇게 생각 없이 돌아다니다간 유산할 무식한 임산부로 치부되었다.

의사가 하는 얘기를 들으며 내 귀를 의심했다. 나는 호되게 야단을 치는 선생님 앞에 앉아 있는 학생이 된 느낌이었다. 진찰을 받는 동안 다른 나라와 현저하게 차이가 나는 것은 내게 질문은 거의 없었다는 것이다. 의사는 하나부터 열까지 걱정하고 근심을 해야 하는 내용을 읊었다. 10~15여 분의 진찰이 끝이었다. 스페인의 경우 대략 40분, 핀란드는 한 시간 정도 이어지는 진찰 시간에 비해 초고속, 듣기 진찰이었다. 내가 그 짧은 시간 동안 들었던 말들은 어느 곳에서도 들어본 적이 없는 말채찍이었고 마음 켜켜이 상처가 남았다.

더군다나 무슨 박테리아가 있어 당장 정확한 테스트를 받아야 한다는 겁도 주었다. 40만 원씩이나 하는 테스트를 받았다. 나중에 핀란드에 돌아가서 의사와 상의를 해보니 임산부로서는 자주 일어나는 흔한 일이며, 검사 없이 간단하게 치료할 수 있었다.

한국 산부인과에서 받은 스트레스와 두려움을 생각하면 화가 났다. 필요 없는 테스트를 하느라 쓴 40만 원도 너무 아까웠다. 한국에 다시 들어갔을 때 진찰을 받았던 병원엔 얼씬도 하지 않았다.

저출산 문제로 산부인과 병원이 직접적인 타격을 입고 병원 운영이 힘들다는 기사를 본 적이 있지만, 괜히 내가 당한 느낌이 들어 꺼림칙한 기분마저 들었다. 한국에 사는 다른 산모들이 나처럼 이런 쓸쓸한 경험을 하지 않기를 바랄 뿐이다.


## 임신 말기 진찰 : 출산 교육과 자발적인 선택, 핀란드 산부인과


어느 날 남편이 핀란드로 이사를 하는 게 어떻겠냐고 제안을 했다. 회사에 다닐 때야 움직이는 게 쉽지 않을 법도 하지만 둘 다 사업을 하고 있었기에 굳이 스페인에 살아야 할 이유도 딱히 없었다. 아이가 태어났을 때 교육 문제를 무시할 수 없었고 한 가족이라도 가까이 있으면 아이에게도 좋겠다는 생각이 들었다. 9개월이 넘은 만삭의 몸으로 남편과 나는 18일 정도 여유 있게 쉬엄쉬엄 스페인, 독일, 프랑스, 스위스, 스웨덴을 거친 로드 트립을 하며 핀란드로 이사를 했다.

핀란드 산부인과는 스페인과 달리 초음파를 매번 해 주지 않았다. 초창기 임신을 했을 때 한번 그리고 중기에서 말로 넘어가는 사이에 한 번, 이렇게 두 번만 해 준다고 했다. 처음에는 솔직히 너무 방임하는 것이 아닌가 싶었다. 30대 후반의 임신이라 이 시기에 요구되는 것들은 혈액으로 기형아 검사와 초음파검사임을 말해 줬다. 나이가 많다거나 적다거나 얘기하지 않았고, 그저 30대 후반에는 임신일 경우 주의할 부분을 자세히 설명해 줬다.

　필요한 검사나 권고하는 사항들을 여러 번 강조해 주며 나와 아이의 몸 상태를 자세히 물어봐 주고 기록하였다. 안전한 임신기간이지만 출산 전까지의 주의사항을 차근히 설명하면서도 내가 궁금한 것이 없는지 친절하게 물어봐 줬다. 무조건 해야 하는 사항이 아니었고 권고사항이었다. 본인이 결정하는 자주적인 선택권을 주었다. 국가에서 진행하는 초음파검사는 시기를 넘겼기 때문에 자비로 하는 선택사항이었다. 산모와 아기의 건강상태를 확인하고 혹시 전치태반이 (태아의 머리나 둔부가 자궁 입구에 위치해야 하는데 태반이 자궁 입구의 전부 또는 일부를 막아 태아가 나오지 못하게 되는 태반의 위치 이상) 있는지 확인하기 위해 350유로를 (약 48만 원) 주고 검사를 했다.

　세계 최고의 교육 시스템을 자랑한다는 핀란드는 임신한 부부에게 제공하는 출산과 육아교육 역시 남다르다. 출산 전에 세 번에 걸쳐 비슷한 임신기간에 있는 부부들을 그룹으로 묶어 출산 교육을 하는데, 비슷한 임신기간을 경험하는 임산부들이라 서로에 대한 유대감이 높다. 90% 이상 남편과 아내가 함께 참여한다.

　진통이 시작하는 시점부터 어떻게 행동하는지에 대한 매뉴얼, 출산하는 동안 선택할 수 있는 진통제 종류에 관한 설명과 동시에 임신한 부부가 선택할 수 있는 에피듀럴(Epidural, 무통분만을 위해 척추에 놓는 것 뼈주사) 선택 여부도 출산 전에 부부가 함께 결정해서 제출해야 한다. 물론 선택을 하더라도 출산 시 응급상황이면 개인의 선택과 상관없이 병원에서 결정한다.

핀란드는 기본적으로는 자연분만을 권고하지만, 출산에 대한 극심한 두려움이 심한 산모에게는 제왕절개를 본인이 선택할 수 있도록 한다. 출산 후의 과정에 대해서도 자세히 질의응답을 한다. 병원에서 제공해 주는 물건과 집에서 들고 오면 편할 물건들까지 자세히 설명해 준다. 얼마나 병원에 있을 수 있는지 등 임신한 부부들이 궁금할 부분들을 속속들이 알려 준다. 출산을 하러 가기 전에 어떤 일이 벌어질지 이미 학습을 하고 출산을 한다.

난 12시간의 진통 끝에 아이를 낳았고 출산을 한 방에서 한 시간 정도 휴식을 취했다. 출산한 방에는 샤워실이 달려 있어 병원에서 지시한 대로 살짝 따뜻한 물로 샤워를 하고 나왔다. 출산 후 병실로 옮기게 되고 병원에는 산모를 위한 모든 물건이 무료로 준비되어 있다. 혹시 몰라 여벌의 옷과 부드러운 파자마 등 몇 가지 챙겨 갔지만 유일하게 두 가지 물건만 사용했다. 입술에 바르는 립크림과 뽀송뽀송한 슬리퍼, 나머지는 고스란히 그대로 들고 왔다. 산후조리 기간은 있지만, 외국에는 한국 같은 산후조리원은 드물다.

산모 나이보다 산모의 마음 안정이 중요한 게 아닌가요?

세계보건기구(WHO)에서는 35세 이상의 나이에 첫 임신을 한 경우를 고령 초산모로 정의하고 있다. 서울대병원 산부인과 박중신 교수팀은 지난 2016년부터 2020년까지 출산한 산모의 나이를 분석했는데, 그 결과 이 기간에 출산한 6,378명 중 51.6%가 35세 이상 산모였으며 40세 이상은 9.2%에 달했다고 한다. 즉 절반 이상이 흔히 말하는 고령 산모인 셈이다.

35세라는 '고령 임산부'는 출산 전후 겪을 수 있는 다양한 위험에 노출될 가능성이 약간 크지만 모든 산모에게 중대한 영향을 미치는 것은 아니라고 한다. 이런 사회적인 현상을 잘 반영해 병원이나 주변에서 35세 이상 초산인 임신부에게 불안감과 두려움을 부추기지 않았으면 좋겠다. 누군가는 정말 어려운 결정을 한 것일 수 있고, 누군가는 이미 걱정을 하고 시작하는 임신일 것이다. 굳이 더 걱정하도록 만들 필요는 없다고 생각한다.

3개국 임신 진찰을 받으면서 느낀 것은 어느 나라의 방식이 맞다 틀리다고 정의하기 힘들다. 장단점이 있으니 말이다. 스페인은 유럽연합에서도 40세 이상의 초보 엄마 비율이 가장 높은 나라이다. 그래서 고령 산모에 대한 배려가 다른 나라보다 훨씬 좋았다.

핀란드는 쉬이 판단하지 않고 본인의 선택을 신뢰하고 존중하는 담백한 믿음을 느낄 수 있었다. 반면 한국에서 내가 겪었던 경험은 아쉬움이 많이 남았다. 좋은 병원들도 많을 테지만 불행하게도 산모가 받을 수 있는 불안한 모든 감정을 일으키게 했던 경험은 다시 겪고 싶지 않다. 바라건대, 한국에서 늦은 임신일수록 불안감을 심어주기보다는 평소 건강관리를 잘하고 중요한 양질의 정보들을 전달받을 수 있는 환경을 조성해 주면 좋겠다. 임신 전과 임신 중 전문의와 아이를 갖고 싶은 부부가 더 많은 질문과 답변을 나눌 수 있는 시간을 할애해 주면 좋겠다. 특히 35세 이상 산모가 51.6%를 차지하는 가운데 고령 임산부라는 이름표를 붙이기보다 건강한 아이를 출산할 수 있다는 긍정적인 에너지와 용기를 북돋아 주기를 바란다.

임신하고 산모가 되는 데 완벽한 나이란 없다. 비혼주의가 만연하고 저출산율을 세계적으로 자랑하는 우리나라에서 아이를 가져야겠다는 마음을 가진 것만으로도 애국하는 일이 되는 요즘이 아닌가. 엄마가 될 완벽한 시기와 준비는 절대 오지 않는다.

나 역시 아이를 낳겠다는 마음을 가진 건 엄마가 될 완벽한 준비가 되어서 결정한 게 아니다. 남편의 '아버지 부재' 허전함을 채워 주고 싶었던 남편을 향한 응원의 마음과 한 가정을 꾸며도 지금쯤은 괜찮겠다 하는 용기가 생겨서 했던 거다. 39세의 출산, 내겐 비완벽가답게 딱 맞는 시기였다.

"걱정대마왕과 헤어지자!
임신과 출산에 대한 걱정과 두려움보다도
응원과 용기를 먼저 나누자."

# 영하 10도에
아기와 나가는 산책,
핀란드 산후조리

나도 엄마는 처음이라 산후조리에 대해 다양한 지식이 없었다. 우리나라는 예로부터 "산후조리를 잘못하면 평생 고생한다."라는 말이 있고, 익히 들어 머리로만 알고 있었다. 한국은 전통적으로 출산 후 삼칠일(21일), 길게는 100일 동안이 산후조리에서 가장 중요한 시기라 한다. 이때 특별한 몸조리 기간을 가지고 제약사항이 많다. 산모는 찬바람을 맞아서도 안 되고, 몸을 씻는 것도 최대한 자제하고 외출을 삼간다. 한여름에도 내복을 껴입고 체온 유지를 하게 한다.

내가 겪은 핀란드에서의 출산과 산후조리는 사뭇 다르다. 어떤 부분은 다소 충격적이었다. 누가 영하 10도에 하는 산모 산책 상상이나 해보았겠는가?

핀란드는 한국처럼 산후를 관리해 주는 산후조리원이라는 곳은 없다. 내가 그동안 살았던 미국, 캐나다, 영국, 이탈리아, 일본 등 대부분의 많은 나라가 그렇듯 한 달 정도의 산후기는 있다. 참고로 미국 한인 타운에서는 산후조리원이라는 개념 자체가 없기에 'Sanhujori'라는 한국 발음 그대로 단어를 사용하며 숙박업으로 등록해서 운영하고 있다. 산후조리는 흔히 'Postpartum Care'로 명명한다. 산모가 출산한 후 일상생활이 가능한 상태로 돌아가기 위해 몸과 마음을 추스르는 전 과정을 일컫는다. 난 헬싱키에 있는 출산 전문병원에서 첫 아이를 낳았다. 핀란드에서는 아이를 출산하는 장소부터 한국과 다르다.

## 출산 후 샤워와 커피로 시작한 산후조리

핀란드는 한국과 달리 수술실이 아닌 병실 같은 느낌이 드는 출산실에서 아이를 낳는다. 출산 후 바로 병실로 자리를 옮기는 것이 아니라 출산 직후 같은 출산실에서 휴식을 취할 수 있고 샤워까지 할 수 있는 시설이 갖춰져 있다. 17시간 진통으로 진이 다 빠진 상태로 아이를 만났다. 나는 침대에 누워 있는 상태에서 의사가 아이가 건강하게 잘 태어났는지, 몸무게를 재는 모습을 볼 수 있다. 건강 확인 체크가 끝나고 아기를 내 가슴 위에 얹어 심장 소리를 느끼게 해 준다. 가슴 위에 얹어진 조그만 아기가 다칠세라 조심조심 다루며 이마며 양 볼이며 살포시 뽀뽀했다. '아, 내가 정말 엄마가 된 거야?' 내게 달려 있는 기계음의 찌-익 찌-익 하는 소리 때문인지는 모르겠지만 내 마음도 함께 찌-익 전율이 왔다 갔다 한다. 엄청난 일을 해냈다는 뿌듯한 엄마 마음, 흥분된 떨림을 느끼는 순간이었다.

　남편과 간호사는 아이를 데리고 함께 나갔다. 그 동안 난 기진맥
진한 상태에서 2시간 정도 출산한 병실에서 휴식을 취했다. 그 후
미지근한 물로 샤워를 해도 괜찮다. 샤워 시간은 20분 이상 넘기지
말라고 조산사가 알려 준다.
　긴 진통시간과 혼이 빠진 출산을 하고 온몸이 바짝 긴장해 땀을
흘렸던 터, 몸 위로 떨어지는 물의 느낌이 너무 좋았다. 부드러운
물 마사지를 받는 것 같았다. 샤워 후 상쾌한 기분으로 한껏 개운
해졌다. 샤워가 거의 끝날 즈음 조산사가 묻는다. "따뜻한 커피 마
실래? 아니면 차를 마실래?" 아! 깜빡 잊고 있었다. 향긋하고 따뜻
한 커피의 맛을. "저 커피 마실래요!" 조산사가 나를 병실에 휠체어
로 데려다 주고 얼마 안 돼서 커피를 건네 준다. 평소에는 쳐다보
지도 않을 무카페인 가루 커피였지만 따뜻한 물에 타서 한 모금 들
이켰다. 세상에서 맛본 커피 중 가장 맛있는 커피였다.


헛똑똑이 엄마 아빠


　핀란드는 초임인지 재임인지에 따라 병원에 머물 수 있는 기간
이 다르다. 초임의 경우 아이와 산모의 건강이 좋다면 2~3일 머물
다 퇴원한다. 재임인 경우는 출산한 후 하루 자고 다음 날 바로 퇴
원시킨다. 내 경우 아이가 2.7kg로 3주 일찍 태어나 병원에서 4박

5일을 머물도록 했다. 커피를 다 마셨을 즈음 간호사가 바퀴 달린 아기 침대를 가져왔다. 내 아기가 새근새근 곤히 자고 있었다. 간호사는 내게 침대에 기대어 누워 내 맨몸이 아이의 맨몸과 닿을 수 있도록 도와줬다. 더불어 남편에게도 아기를 안을 때 맨몸으로 안아 주라고 이야기하고 나갔다. 병실에는 단란한 우리 가족 셋만 남았다. 우린 모두 한 침대에서 옹골 옹골 모여 아이를 사이에 두고 맨몸으로 잤다. 아기 침대, 내 침대, 남편 침대 이렇게 각자의 침대가 있었음에도 우리 셋은 떨어지기 싫었다.

다음 날 아침, 문에서 '똑똑!' 하는 소리에 일어났다. 간호사는 여러 가지를 점검했다. 그 와중에 아이에게 분유를 먹이지 않고 남편, 아이, 나 셋이서 9시간이나 숙면을 한 것을 알고 우리를 혼냈다. 매 3, 4시간마다 분유를 먹여야 하는데 아이를 밤새 굶긴 셈이다. 간호사는 부랴부랴 새로 분유를 준비해 왔고 아기에게 먹이라고 했다. 잠이 덜 깬 나와 남편은 나무늘보 속도로 주섬주섬 옷을 챙겨 입고 분유를 먹였다. 분유를 먹이고 나니 간호사가 다시 들어와 소화시키는 자세를 가르쳐 준다. 처음으로 하는 것들이 많다.

출산 다음 날 오후, 정신을 좀 차렸을 즈음 간호사가 병실에 와서 남편을 찾는다. 왜 그런가 하니 남편에게 아기 씻기는 방법과 닦는 방법, 그리고 몸에 보자기를 씌워 주는 법을 가르쳐 줘야 한다는 것이다. "아, 그럼 저한테 알려 주세요. 저도 배우고 남편에게도 가르쳐 줄게요."라고 했더니 "아니에요. 이건 남편이 배워야 합니다. 지금 산모에게 가장 중요한 것은 쉬는 것입니다."라고 대답하고 나갔다. 남편이 돌아왔을 때 간호사는 남편에게 "부인이 병원에 있는 동안 이 일은 남편이 해야 합니다."라고 단호하며 시범을 보여 준다. 아기를 씻길 때 팔뚝 위에 아이를 얹는 방법, 적정 물 온도 체크, 배변 후에는 휴지를 사용하지 않고 부엌 싱크대 같이 생긴 곳에서 흐르는 물 아래로 엉덩이를 씻기는 방법, 씻긴 후 깨끗한 수건으로 물기를 완전히 제거하는 방법, 아기를 천으로 싸 주는 방법을 전부 남편에게 가르친다. 난 침대에 누워 남편이 하는 자세를 교정받는 모습을 보며 배웠다.

4박 5일 동안 아기 기저귀 바꾸기, 배변 후 씻기, 옷 갈아 입히기, 천으로 아기 싸 주기, 등 그 모든 일이 남편 몫이었다. 간호사는 중간중간 와서 어설픈 남편의 자세를 교정해 줬다. 퇴원할 즈음에는 실력이 확실히 늘어 있었다. 몸이 불편한 내가 하는 것보다 훨씬 수월하고 민첩하게 했다. 그동안 조산사는 내게 모유 시도를 매 4시간마다 와서 가르쳐 줬다. 주의사항을 알려 주면서도 모유가 나오지 않는 것에 초조해 하지 않도록 다른 산모도 비슷한 경로를 거친다며 포기하지 않고 계속 시도하도록 해 줬다. 3일째 되던 날 모유가 나오기 시작했고, 젖몸살이 나지 않도록 규칙적으로 아기에게 젖을 물리는 것과 샤워로 뭉침이 풀릴 수 있다고 설명해 줬다. 그렇게 조금씩 남편은 아빠가 되어갔고, 나는 엄마가 되어갔다. 각자가 맡은 역할을 해 내면서 부모 되기 첫걸음을 잘 뗀 것 같아 흐뭇했다.

퇴원하는 날, 4박 5일 병원에 머문 금액을 정산하니 대략 40만 원이 나왔다. 물론 총금액은 이보다 크지만, 의료보험으로 90%가

처리되고, 개인 병실 사용료 정도밖에 안 된다. 병원에 있으면서 남편, 아기, 나 각자 잘 수 있는 침대가 있는 개인 병실, 식사, 아이의 분유 그 외 병원에 비치되어 있어 산모 편의에 따라 직접 꺼내 쓸 수 있는 산모 수유 옷, 수건, 산후 패드, 양말, 신발 모두 포함이다. 몸만 가면 되는 시설이다. 한국의 산후조리원처럼 화려하거나 고급스러운 시설은 아니다.

하지만 편히 쉬었고, 깔끔하고 실용적인 이곳에서 차분하고 담담하게 엄마로 변신하고 있었다. 산후조리는 엄마로서의 몸과 마음을 함께 준비하는 기간임을 배울 수 있었다. 혹시 몰라 웬만한 것은 다 챙겨갔지만 내가 유일하게 사용한 물건은 립크림과 보디로션이었다.


## 가정 방문 진찰

핀란드는 퇴원 후 2주가 되었을 때 간호사가 집으로 방문 진찰을 한다. 아이와 산모의 건강상태를 검사하고 부모가 가진 궁금증을 해결해 주기 위한 방문이다. 산후관리에 대해 세세하게 조언을 해 주었다.

가장 중요한 것은 세 가지였다. 충분한 수면 시간 확보, 다양한 영양가 포함된 음식 섭취, 이른 시일 내에 자연 가까이 산책을 시작하는 것. 모유 수유로 연속해서 2시간 이상 잠을 자지 못하고 깨진 잠을 자기 때문에 몸이 쉽게 지친다고 잠의 중요성을 강조해 준다. 충분히 자는 게 우울증을 줄여 주는 데 매우 중요하다고 했다. 그리고 모유를 하고 있으니 음식의 양과 시간에 대해서도 세세히 얘기해 줬다. 적은 양으로 다양한 음식을 자주 먹으라는 것. 무엇보다 강조한 것이 빠른 회복을 위해 집에만 있지 말고 아이를 유모차에 태워 함께 산책을 자주 하라는 것이었다. 간호사는 떠나면서 다음 단계로 2주 후 아이와 산모가 같이 '네우볼라Neuvola'로 방문하라는 설명을 해 줬다. 네우볼라는 아이의 건강 체크를 매달 한 번씩 해 주고 모든 정보는 아이 진료 데이터에 입력된다. 백신도 이곳에서 맞춘다.

7월 여름, 핀란드에서 가장 날씨가 쾌청하고 좋을 때 아이를 낳았다. 산책하기에 이보다 더 좋은 날씨가 없다. 핀란드는 주변 곳곳이 자연공원이다. 집을 나가자마자 펼쳐지는 해안로로, 수많은 산갈을 걷는다는 것이 자연 힐링 그 자체다. 잠을 충분히 자지 못했지만 걸어 다니면서 콧바람 새는 것이 얼마나 도움이 됐는지 모른다. 산책로를 걸을 때 유모차를 끌고 다니는 아빠들도 많이 본다. 북유럽 '라테 파파(라테를 한 손에 들고 유모차를 끄는 아빠)'가 괜히 생긴 말이 아니다.

하지만 겨울이 되었을 때도 산책을 하는 아이와 엄마를 보고 경악을 금치 못했다. 영하 10도 이하로 떨어져도 산모도 아이도 따뜻하게 차려입고 산책하러 나가기 때문이다. 더불어 바닷물이 꽁꽁 얼 정도로 찬 바람이 쌩쌩 부는 추운 날, 영하 10도인데 몇 달도 안 된 아기들을 유모차에 태운 채로 밖에서 재우기도 한다.

난 아이가 동상에 걸리겠다며 남편에게 아이보호센터에 아동학대로 신고해야 한다고 난리를 피웠던 적도 있었는데, 남편은 너털웃음과 함께 예전부터 해왔던 지극히 핀란드다운 방식이라고 설명했다. 지금이야 아이들이 오히려 더 잘 잔다는 것을 알고 자연스럽게 보지만, 이 사건은 내가 잊지 못할 충격적인 사건이었다.

핀란드에서 아이를 낳고 산후조리를 하면서 내가 느낀 점은 '남편과 내가 함께 발을 잘 맞추어야 하는구나' 하는 것이었다. 부부로서가 아닌 부모로서 또 다른 관계를 만들어 간다. 공부를 얼마나 했고 직업이 무엇이고 연봉이 얼마든 상관없이 '부모'라는 이름 아래 헛똑똑이로 거듭난다. 정보는 넘쳐나지만, 행동으로 실천하지 못하니 말이다.

흔히 사회는 여자가 엄마가 되면 어떻게 아이를 키워야 하는지 이미 다 알고 있어야 할 것처럼 대한다. 하지만 엄마라고, 여자라고 며칠 만에 육아 프로그램이 업데이트 되지 않는다. (그래만 준다면야 얼마나 좋겠는가!) 유전학적으로 모성본능이 남자보다 많은 것뿐이다. 아빠가 어떻게 아빠가 되어야 하는지 모르듯 엄마도 모르긴 매한가지다. 여자에게, 엄마에게 모든 육아를 떠맡기지 않고 버벅거려도 부모 각자가 잘할 수 있는 일을 서로 배분하여 함께하는 육아가 진짜 엄마, 아빠로 발돋움한다는 걸 배웠다. 핀란드에서 아이를 키우는 것이 혼자만의 일이 아니라 사회가 함께한다는 느낌도 받았다. 특히 남편의 출산 동행과 육아의 기초를 병원에서 함께 배운 것이 큰 도움이 되었다.

## 핀란드의 양성평등 출산, 육아휴가, 출산수당

한국과 마찬가지로 핀란드에서는 출산휴가와 육아휴가가 분리되어 있다. 한국에서는 부성 출산휴가를 1~3일 정도 쓰는 것 같았지만 핀란드는 총 18일이며 임금이 전액 지급된다.

육아휴가는 부성휴가는 노동일로 9주, 모성 휴가는 노동일로 6개월을 받는다. 주말을 포함하면 아빠는 한 달 반, 엄마는 8개월을 쓸 수 있는 셈이다. 아이가 생후 10개월이 됐을 때 육아휴직을 더 사용하고 싶으면 아이가 3살이 될 때까지 육아휴직을 추가로 사용할 수 있다.

핀란드에서는 '아이가 태어나서 세 살이 될 때까지는 한 사람이 키우는 게 아이 정서 발달에 좋다'는 분위기가 있어 엄마가 연이어 육아휴직에 들어가는 경우가 많다. 주변 친구들을 봐도 대부분은 2살까지 엄마가 키운다. 그로 인해 발생하는 모성 육아 편중과 엄마의 경력 단절, 소득격차가 발생한다. 핀란드는 육아제도가 좋기로 전 세계에서 손에 꼽히는 곳이지만 안주하지 않는다. 모성 휴가가 긴 것이 양성평등에 어긋난다고 판단하고 모성과 같은 부성 양육 휴가제를 도입시키기로 했다. 현재까지는 부성 육아 유급휴가를 9주를 줬지만 2022년부터는 부성 육아 휴가와 모성 육아 휴가를 같은 기간을 줘야 한다는 가족 육아휴가 개혁(Family leave reform)이 시행될 것이다. 자녀의 수, 한부모 가족, 다 부모 가족, 장애아 가족, 입양아 가족, 쌍둥이 가족, 다둥이 가족 등 다양한 가족 형태를 인정하고 양육 휴가제를 유연하게 적용한다. 예를 들어 한부모 가족은 한 부부가 쓸 수 있는 양육 휴가제가 합쳐진 날만큼 사용하게 배려하는 것이다.

한국에서는 엄마, 아빠, 아이가 한 가족을 이루고 그 굴레를 벗어나면 손가락질을 당할 수 있다. 이상적인 완벽한 가족을 이루지 못했기 때문이다. 하지만 완벽한 가족이라는 것이 무늬만 갖췄다고 완벽한 가족이라 칭할 수 있는 것일까? 부모가 한 명일 수도, 여럿일 수도 있다. 부모가 둘 다 여자일 수도, 둘 다 남자일 수도 있다. 가족 중 장애가 있어도 화목하고 서로 위하는 가족이 될 수 있다.
어떤 형태가 되었든 다른 것이지 틀린 것이 아니다. 딱 한 형태의 이상적인 완벽한 가족만이 존재한다는 것이 더 완벽하지 못하다. 다양한 형태의 비완벽한 가족을 인정하는 것부터 시작되었으면 좋겠다. 모자람이 아닌 다름을 사회적으로 인식하고 인정하는 것이 더 행복한 가족을 만들어가는 데 큰 역할을 해 준다고 생각한다.

엄마의 출산수당은 아이가 태어나기 30~50일 혹은 5주에서 8주 전부터 주어진다. 일을 그만두는 시기는 엄마가 선택할 수 있다. 총 105일의 노동일을 기준으로 하며 공휴일은 여기에 포함되지 않는다. 육아휴직은 180일, 노동일로 6개월이 되고 주말을 포함하면 보통 8개월을 법적으로 보호받게 된다. 엄마의 출산수당과는 상관없이 아빠의 출산수당은 수입에 따라 달라진다. 금액은 하루당으로 산출되며 최소 금액은 하루당 대략 38,500원(29.05유로)으로 일요일을 제외한 25~26일로 계산하면 최소 100만 원 정도를 받게 된다. 핀란드는 누진세율을 적용하기 때문에 연봉의 총금액이 높을수록 세금을 더 많이 내지만 받는 혜택 또한 상향 조정된다.

"한 가정의 부모가 되기 위해서는
엄마 아빠뿐 만이 아니라
가족과 사회의 동참이 필요한 것 같아."

# 북유럽
## 사람들은
## 왜 행복할까?

### 팬츠드렁크 하자 : 핀란드식 지금 행복하기

"어디 사세요?"
"핀란드에 살아요."
"휘바, 휘바!"

핀란드 하면 한국에서는 휘바 휘바가 먼저 떠오르나 보다. 무민, 산타할아버지, 사우나, 자일리톨껌 같은 물건을 생각하는 것보다 'Hyvä', '좋다'라는 표현을 떠올려 줘서 더 좋다. '좋다, 좋다'라는 말을 듣는 것만으로도 행복한 느낌을 대화 문맥에 맞게 표현해 주는 말이니 말이다.

핀란드에 이사를 온 지 5년이 되었다. "핀란드는 어때요? 세계에서 가장 행복한 나라로 뽑혔던데, 진짜 행복하세요?"라고 많이 묻는다. 나는 자신 있게 대답한다. "네, 행복합니다." 그렇다면 다른 나라 9개국에서 살 때는 안 행복했을까? 대답은 그때도 '행복했다'였다. 하지만 다른 나라에서 느꼈던 행복과 핀란드에서 내가 지금 느끼는 행복은 매우 다르고 특별하다. 그 이유는 다른 나라에서 가졌던 경제적 여유와 명성을 다 잃었던 불행을 핀란드에 있으며 겪게 되었다. 뼈아픈 고통 속에서, 앞이 보이지 않는 깜깜한 어둠 속에서도 좌절과 불행을 덜 느끼게 해 주는 사회적인 안전망이 무엇인지 핀란드라는 나라에 살면서 경험했다. 동시에 온전히 나를 마주하는 시간과 공간을 집에서 그리고 자연에서 느끼며 배웠다. 무엇보다 중요한 것은 완벽주의자였던 내가 비완벽주의자로 변신해야 하는 필요성을 보았고, 오늘도 완벽해지고자 하는 강박에서 벗어나기 위해 노력하고 있다는 것이다.

## 핀란드, 세계에서 가장 행복한 나라 1위 : 객관적 국제적 행복

2020년 UN 세계행복보고서가 발표한 '지구상에서 가장 행복한 나라'로 핀란드가 세계 행복도 1위에 선정되었다. 3년 연속이다. 2018년, 2019년에 이어 2020년도 역시 행복한 나라 세계 1위다. 행복 보고서는 개인이 지금 느끼는 행복의 정도를 말해 주지 않는다. 세계 각 나라 거주민들의 행복을 정량화 하여 행복지수로 표현하고, 이를 통해 정부, 기업 및 시민 사회가 행복에 관한 복지를 평가 및 피드백한 것이다. 이 보고서의 진정한 의미는 전 세계 사람들이 어떻게 하면 더 행복해질 수 있을지, 현실을 진단하고 해법을 모색하는 데 있다. 행복 측정은 여섯 가지 요소에 따라 순위를 매겼다. 1인당 평균소득(GDP per capita), 개인의 삶에 대한 선택의 자유(Freedom to make life choice), 신뢰-부정부패(Perception of corruption), 건강 수명(Healthy life expectancy), 사회적 지원 (Social Support), 관용(Generosity)이 여섯 가지 요소다.

한국의 2020년 세계 행복지수는 153개국 중 61위다. 한국인의 행복 수준이 30년 전과 마찬가지로 경제협력개발기구(OECD) 하위 수준이다. 2019년보다 7단계 후퇴했다. 행복에 부정적인 영향을 끼치는 요인으로 국민의 전체적인 소득 수준은 높아졌지만, 소득 격차는 벌어졌기 때문에 행복도가 더 낮아졌다. 경제적으로 풍요로워지고 보건의료서비스 등이 탁월해 건강이 좋아졌지만, 한국인이 체감하는 안전 수준이 다른 선진국보다 더 낮아졌고, 자살률은 더 높아졌다. 사회적으로 겪는 격차와 갈등, 성차별은 OECD 국가 31곳 조사 대상 중 꼴찌이다.

국가에 대한 불신이 심하고 개인이 더 나은 삶을 선택할 기회와 이에 대한 사회적 지원이 상당히 부족한 셈이다. 전문가들은 핀란드의 탄탄한 사회 안전망과 촘촘한 지원체계, 청렴과 관용 등이 세계행복보고서의 1위에 오른 결과라고 말한다. 부패 없는 정부 세계 1위를 차지하기도 했다.

올해 세계행복보고서에서 다룬 또 다른 장에서 자연환경이 어떻게 개인의 행복과 웰빙을 높이는 요소가 될 수 있는지 보여 주고 있다. 이 부분은 내게도 매우 흥미로운 요소였다. 핀란드는 국토의 70%가 자연으로 뒤덮여 있고, 4만 개의 섬들이 있다. 핀란드의 자연에 대한 사랑과 애정은 개인뿐만이 아니라 국가적인 차원에서 국민들과 함께 관리하고 보존하며 즐긴다. 집 문을 열자마자 자연을 느낄 수 있다. 쉽게 접하는 일상 속 자연을 통해 내 삶의 행복도가 차원이 다르게 올라가고 스트레스가 급격히 떨어졌다.

설문조사 분석 결과에서도 건강하고 자연적인 환경을 보존하고 유지하는 것이 사회의 행복과 웰빙 수준을 지원하고 높이는 것으로 나타났다. 녹지에서 멀리 떨어져 사는 사람보다, 녹지에 가까이 거주하거나 숲에 둘러싸인 사람들의 행복 수준이 높다는 것을 보여 준다. 핀란드 대부분 사람은 집 밖에서 쉽게 접할 수 있는 자연이지만 집안에도 식물을 키운다. 한때 한국에서 식물 키우기, 반려 식물 기르기, 플랜테리어(식물+인테리어) 열풍이 불어 코로나19로 인한 집콕(집에 콕 머무는 생활)의 힐링 역할을 톡톡히 해 줬다.

### 속옷 바람으로 혼술 - 주관적 실시간 행복

국가적 사회적 차원에서의 행복 요소는 세계 행복지수에서 잘 나타내고 있다. 그렇다면 개인적인 차원에서의 주관적 행복은 어떨까?

핀란드 최대 일간지 「헬싱긴 사노맛(Helsingin Sanomat)」의 문화부

기자이자 『팬츠드렁크』 저자인 마스카 린타넨은 그의 책에서 핀란드 사람들이 행복한 진짜 이유가 다름 아닌 '팬츠드렁크'에 있다고 답한다. 팬츠드렁크는 편한 옷차림으로 집에서 혼자 술을 마시는 핀란드의 문화다. 핀란드어로는 칼사리캔니Kalsarikäanni로, 속옷을 뜻하는 '칼사리'와 취한 상태를 뜻하는 '캔니'의 합성어다. 한국의 '혼술(혼자 마시는 술)' 문화와 '소확행(소소하고 확실한 행복)'과도 닮은 이 생활 방식은 핀란드 사람들의 일상에 자연스럽게 녹아 있어 매일 밤 그들의 행복을 책임진다. 차이가 있다면 자신과 솔직하게 대면한다는 것이 다르다.

한때 북유럽 라이프 스타일이라 극찬했던 휘게(Hygge, 덴마크어 노르웨이어로 편안하고 아늑한 상태를 추구하는 라이프 스타일)와 라곰(Lagom, 스웨덴어로 '알맞은, 적당히'라는 뜻)이 있다. 팬츠드렁크는 휘게와 라곰과는 조금 다른 삶을 살아가는 방식이자 핀란드 사람들만의 '나를 만나는 시간과 공간'을 의미로 '나 다움'을 마주하는 열쇠다.


## 스웨덴의 라곰


스웨덴 사람들은 더 많은 돈을 벌기 위해 개인의 삶을 희생하지 않는다. 더 출세하기 위해 밤낮을 가리지 않고 일에만 몰두하는 것을 추구하지 않는다. 휴일이나 명절, 야근을 하면 두 배, 세 배의 이익을 얻을 수 있지만, 그들은 본래 자기가 일해야 하는 시간을 제외하고는 자신을 위해, 가족을 위해 시간을 사용한다. 아이가 태어나면 일부로 일을 적게 하려고 자발적으로 정규직을 포기하고 비정규직 시간제 노동자가 되는 일도 흔하다. 스웨덴과 핀란드 모두 회사에서 적게 일을 할 수 있는 시스템도 구축되어 있다. 지나치지 않은 '적당함'을 찾는다. 이것이 라곰이다. '대충'이나 '적당함' 혹은 '중간'이라는 의미와는 다르다. 동양의 '중용'과 어느 정도 상통하는 말이다. 과유불급이라는 한자성어와도 비슷하다. 야심 찬 계획보다는 충분히 실현 가능한 계획을 세우고, 삶의 작은 성취를 축하하며, 나를 아끼고 거절하는 법을 배우는 것을 의미한다.

## 덴마크의 휘게

북유럽 국가들은 물가가 높고 날씨도 궂지만 늘 가장 살기 좋고 행복한 나라로 꼽히는 이유는 바로 삶의 행복의 기준을 관계, 친밀함, 편안함, 화목함, 평등함 등에서 찾기 때문이다. 덴마크는 세계 행복보고서에서 2012년, 2013년, 2016년 1위를 차지했다. 『휘게 라이프』라는 책을 쓴 덴마크 행복연구소의 CEO인 마이크 비킹은 휘게가 한국에서 한때 열풍의 원인에 대해 '국내총생산(GDP)으로만 사회 수준과 삶의 질을 평가하는 자본주의적 패러다임에 대한 불만이 역으로 터져 나온 것'이라고 분석했다. 한국은 단기간 내에 엄청난 속도로 경제적 성장을 이루었지만 부를 축적한 만큼 삶의 만족도가 높지는 않다는 독특함을 가지고 있다.

우리 자신이 정작 필요한 것보다 남들이 얼마나 가졌는지 비교하며 불행을 느끼는 경우가 많다. 청소년은 부모와 사회가 기대하는 학교에 가야 한다는 압박과 스트레스에 시달리고, 취준생은 취업 준비와 반복되는 좌절에 괴로워 하고, 직장인은 업무와 자기계발에 치열함을 강요받으며 살고 있다. 우린 더 완벽해져야 하니까. 어느샌가 해야 할 일들만 빼곡하게 들어차서 내가 누구인지, 내가 사랑했던 일들과 매일 멀어지고 있다. 자살률 또한 경제협력개발기구(OECD) 회원국 중 1위인데도 항우울제 처방률은 최하위권에 속한다. 사회적으로 낙인찍히는 것이 두려워 도움을 청하지도 못하고 있다는 건 정말 심각한 문제다. 문제를 알고 있으면서도 해결을 하지 못하고 나날이 그 심각성이 눈덩이처럼 불어난다.

## 핀란드의 팬츠드렁크

스웨덴에 라곰이 있고, 덴마크에 휘게가 있다면 핀란드에는 팬츠드렁크가 있다.

> 팬츠드렁크는 자기답게 쉴 수 있는 완전한 휴식 방법이다.
> 일상의 스트레스에서 벗어날 수 있는 빠르고 효과적인 방법이다.
>
> _『팬츠드렁크』중에서

미칠 듯이 좋다는 감정을 느끼기 원한다면 팬츠드렁크가 정답이 되어줄 수 없다. 핀란드 사람들이 추구하는 감정과 상반되기 때

문이다. 핀란드 사람들을 일컬어 외로운 늑대(Lone wolf)라는 표현을
한다. 외로움은 견디고 넘어야 할 감정이 아닌 자연스럽게 받아들
이는 감정이다. 남의 도움 없이 자기 스스로 감내해야 하는 감정들
이 있음을 안다. 팬츠드렁크를 한다는 것은 편안함과 안정감 그리
고 나만을 위한 자기 대면 휴식을 의미하며 핀란드인들이 추구하
는 차분하고 고요한 삶의 방식이다. 하루종일 멘탈과 체력이 탈탈
털린 나를 위한 완전한 휴식 시간이자, 나다움으로 돌아가는 리추
얼 같은 의도적인 행동습관이다. 여기에는 자기 연민과 측은지심
이 포함되기도 한다. 자신의 고통에 대해 자각하고 그에 따른 스트
레스에 압도당하는 순간에 그저 바라보는 연습을 할 수 있다. '오늘
힘들었구나, 오늘 스트레스를 많이 받았구나.' 감정을 인지하고 자
기 자신에게 친절해지는 시간을 만드는 것이다. '오늘 정말 수고했
어. 잘 했다'고 위로를 해 주는 시간이다. 자신의 비완벽함을 이해
하고 수용한다.


팬츠드렁크 - 하다(Pantsdrunk~)


1. 어디도 나가지 않고 집에서 가장 편한 옷차림으로 혼자 술을
   마시다.
2. 현재의 순간을 온전히 즐기며 몸과 마음을 쉬게 하다.
3. 지금, 가장 트렌디한 북유럽 라이프 스타일을 즐기다.

팬츠드렁크를 하는 것은 오늘 밤부터 당장 시작할 수 있는 가장 단순한 것들로 마음이 편해지는 마법이다. 빠르게 돌아가는 현대 사회에서 우리는 모두 혼자만의 약간의 평화와 고요의 시간이 필요하다. 이 순간만큼은 누군가에게 무엇인가가 되지 않아도 되고, 나를 포장하지 않아도 된다. 그저 잘났든 못났든 나 자신 그 자체로, 세상에서 가장 편한 공간에서 가장 편한 옷차림으로 그 순간을 온전히 즐기면 된다. 세월이 지나도 사회적 환경이 변해도 내가 평생 함께해야 할 내 몸뚱이와 만나 몸도 마음도 쉬게 해 주는 시간이다. 술 한잔 하는 것, 긴 버블 베스를 하는 것, 잔잔한 음악으로 책을 읽는 것 등 사람마다 다르겠지만 나와 대면하는 시간과 공간 속에서 행복감을 지금 바로 느낄 수 있다.

스웨덴의 '라곰Lagom', 덴마크의 '휘게Hygge', 일본 작가 무라카미 하루키의 '소확행小確幸' 중국의 '중용中庸' 프랑스의 '오캄au calme' 핀란드의 '칼사리캔니Kalsarikäanni' 혹은 팬츠드렁크Pantsdrunk는 사회적 규범이나 관습이 아니다. 그저 삶을 살아가는 방식인 라이프 스타일이다.

현재를 살아가는 우리 한국의 라이프 스타일은 어떻게 표현될 수 있을까? 그것이 무엇이 되었든 타인과 경쟁하고 비교하는 마음을 좀 줄이고 '나'에게 집중을 해보는 것도 좋지 않을까?

오늘 하루도 아주 많이 힘들었을 테다. 정신없이 바쁜 하루를 보냈다면, 오늘 저녁엔 핀란드 사람처럼 나를 위한 시간을 느긋하게 가져 보는게 어떨까? 우선 집에 들어가자마자 낮 동안 몸을 꽉 죄었던 답답한 옷과 신발, 양말을 모두 던져버리자. 자 이제, 집에서 내가 가장 편한 공간을 찾아보자. 가장 좋아하는 단짠단짠한 과자나 즐겨 먹는 스넥을 언제나 손이 닿을 수 있는 곳에 갖다 놓는다. 아직 자리에 앉기엔 너무 이르다. 제일 중요한 순서가 남았다. 냉장고를 열고 차가운 맥주 한 캔을 꺼내자. '치익'하는 소리와 '보글보글' 올라오는 하얀 거품을 느껴보자. 시원하게 첫 모금을 들이키자. 입술 위에 살포시 앉은 거품은 덤이다. 지친 몸과 마음을 풀어줄 잔잔한 음악을 켜보는 것도 좋겠다.

당신은 충분히 휴식을 즐길 자격이 있다. 오롯이 완벽하지 못한 우리지만 우리 자신을 안아 줄 시간이 필요하다. 오늘 밤, 팬츠드렁크 하며 행복해지자!

당신을
대신할 수 있는 사람은
이 세상에 단 한 사람도 없다

78퍼센트만 완벽하면 원을 만들 수 있단다. 행복 역시 완벽한 조건이 필요하지 않다.

행복과 성공은 완벽하게 준비된 환경에서 만들어진 것이 아니다. 행복감을 가지고 살아가는 행복은 적절한 불안감과 긍정적인 마음을 적절히 밸런스를 맞혀가며 살아가는 것이다.

시대가 강요하는 행복에 휘둘릴 필요가 없다. 더욱더 나은 미래를 선택하기 위해 지켜야 할 것은 생각보다 아주 작은 것들에서 나온다. 평생 하고픈 일을 찾아가는 것, 잘 맞는 짝꿍을 만나 살아가는 것, 사람과 사람 사이 사랑을 나누는 법, 어제보다 조금 더 나은 사람이 되는 것.

어떻게 사는 것이 과연 잘 사는 것일까? 우리 삶에서 무엇이 우선시 되어야 할 것인가?

내 행복은 오늘을 살아가는 것이 얼마나 감사한 일인가 하는 깨달음을 가진 그 순간부터 바로 시작했다. 두 다리 뻗고 잘 수 있는 침대가 있다는 것만으로, 남편이 해 주는 따뜻한 포옹만으로도, 건강한 아이가 내 앞에서 웃고 있다는 것만으로도, 따뜻한 커피 한잔을 마시는 것만으로도, 가족이 모두 안녕한 것만으로도…. 아주 작은 것들에 감사하기 시작하니 내 삶이 변하기 시작했다. 그 어느 것도 당연한 것은 아무것도 없다는 걸 느끼는 순간 모든 것이 감사하고 고맙고 행복했다. 높은 이상과 기대로 만든 완벽함을 내려놨다.

지금 더 행복해지기를 바란다면 변화를 만들 수 있는 지금, 바로 이 순간에 감사함으로 '나'를 변화시켜 볼 수 있다. 감사함도 없이 변화도 없이 불만과 불평만 늘어놓는다면 삶이 변할 가능성은 제로에 가깝다. 세상에서 제일 무겁고 제일 말 안 듣는 게 나다. 인생의 모든 터닝 포인트는 내 몸이 움직일 때 생겼다.

앞으로 나가는 나의 발걸음을 방해하는 것들을 버렸다. 특히 나의 시야를 가리는 사람들을 버렸다. 내 에너지를 뽑아가는 뱀파이어, 나의 사기를 자꾸만 끌어내리는 질투심 많은 사람, 부정적인 말과 행동을 일삼는 사람, 나를 소중히 여겨 주지 않는 사람, 본인이 필요할 때만 나를 찾는 사람, 이기적이고 욕심 많은 사람, 폭력적이거나 말을 험하게 하는 사람. 내 인생에서 그 사람들을 전부 밀어냈다. 고작 100년도 안 될 짧은 삶을 살면서 그런 사람들과 아까운 시간을 더는 소비하지 않기로 했다. 나를 사랑해 주고 아껴주는 사람, 나를 기꺼이 응원해 주고 더 나은 사람 될 수 있게 해 주는 사람들과 더 많은 시간을 보냈다. 내 삶은 훨씬 단순해졌고, 전보다 더 활기차고 아름다워졌다.

또 버려야 할 것들이 있다. 『최일도의 행복 편지, 행복하소서』에서는 행복하기 위해서는 무엇을 가지려 하기보다 먼저 버려야 한다고 했다. 행복해지기 위해서 먼저 버려야 할 것들 여덟 가지를 이야기했다. 나이 걱정, 과거에 대한 후회, 비교, 자격지심, 개인주의, 미루기, 강박증, 막연함, 기대감이다.

나는 여기에 두 가지를 더 얹고 싶다. 우리를 해치는 부정적인 생각과 건강을 해치는 식습관이다. 행복하기 위해서는 이것부터 버리면 된다. 병을 버려야 건강해지는 것처럼 지금 이 열 가지를 먼저 버리고 비우면 그만큼 당신은 행복으로 채워진다.

행복해지기 위해 버려야 할 것 10

나이 걱정, 과거에 대한 후회, 비교, 자격지심,
개인주의, 미루기, 강박증, 막연함 기대감
우리를 해치는 부정적인 생각, 건강을 해치는 식습관

한국사회의 정형화된 완벽한 행복과 성공이 있다고 하더라도 우리 개개인이 조금씩 달라질 수 있다면 결국 사회도 언젠가는 더 나아지지 않을까 하는 희망을 품어본다.

행복도 성공도 한 길이 아니다. 정답도 없는 길인데 많은 사람들이 가고자 하는 길이 너무 비슷한게 더 이상하지 않은가? 끼와 흥이 다분한 한국인에겐 너무 가혹한 일이다.

## 고유의 '정' 찾아오기

인간이 행복을 느끼는 경험은 인간의 생존과 번식에 유리하도록 진화됐다고 인류학자들이 얘기한다. 하지만 전두엽의 발달로 '이성'을 사용할 수 있게 되고 생존과 번식을 넘어선 감정들이 발달하게 되었다. 타인을 공감하는 마음, 자신을 희생하고 다수를 위한 행동을 하게 되며, 다른 사람의 감정과 고통을 공감하니 생존과 번식의 차원을 넘어선 또 다른 형태의 큰 행복을 느낄 수 있다고 한다.

나는 외국 사람들의 개인주의, 개별주의와는 다르게 이 고차원적인 감정이 한국 특유의 '정'에 고스란히 담겨 있다고 생각한다. 미워는 해도 당장 그 사람이 힘들면 도와줄 수 있는 도저히 이해할 수 없는 넓은 아량, 전혀 상관없는 사람에게 한순간의 고민 없이 친절을 베풀 수 있는 배려, 묻지도 않았는데 혹시라도 모를까봐 얘기해 주는 그 아름다운 오지랖까지도 세계 어디에서도 발견할 수 없는 한국인만의 '정'이 있다. 다른 사람의 감정과 고통을 공감하는 한국인다운 고유 정서라 생각한다. '정'의 근본에는 '남'을 생각해 주는 마음이 깊이 담겨 있기 때문이다.

이렇게 아름다운 '정'은 어느새 우리 삶에서 자취를 많이 감췄다. '나' 하나 살기가 힘들어 '남'을 돌아볼 여유가 없다. 외국에서도 그리 다르지 않다. 유독 같은 한국인들에게, 가까운 가족과 친구들에게, 바로 아래 팀원들에게, 외국에서 나와 같이 고생하는 동포에게 더 모나게 찔러대고 심하게 대하는 경우를 본다.

하지만 인생의 무게 앞에 내 삶이 초라해질수록 '남'에게 베풀면서 되돌려 받는 만족감은 우리에게 더 큰 행복을 선물해 준다. 이젠 우리가 좀 더 심각하게 '남'의 문제를 함께 고민해 '정'을 더 나눴으면 좋겠다.

이제 깊이 생각해볼 때다.

학생들이 책상에 매미처럼 붙어 암기식 정보입력을 하는 것보다 자기의 빛을 발할 수 있는 역량을 발견해 줘서 진정한 배움의 즐거움을 찾아가도록 지도해 주는 것은 정말 불가능한 것인지, 우리 때는 그러지 못했더라도 지금 자라는 아이들에게는 진정한 창의력을 키워 주고 배운 자체를 즐기도록 하는 것이 4차산업혁명 시대에 발맞춘 앞으로 나아가야 할 교육은 아닌지, 주중에 그렇게 뼈 빠지게 열심히 공부했으면 주말에는 좀 쉬게 현재를 즐길 만한 자유시간을 주는 것이 정말 불가능한 일인지, 취업에 대한 고민과 극심한 스트레스로 인해 그 값진 삶을 포기할 정도로 자살률이 매년 증가하는 20대 30대들을 향해 취업하지 못하면 루저고 실패자라는 손가락질하기를 멈출 수는 없는지, 끝까지 포기하지 않고 해낼 수 있도록 존재 자체를 인정해 주고 응원하며 따뜻한 말을 해 주는 것이 그렇게 힘든 일인지. 완벽해지려는 노력은 한참이지만 무너지는 건 한순간이다.


## 행복은 조건이 아니다

코로나19 팬데믹으로 인해 그동안 우리가 너무나 당연하게 생각하며 누려왔던 일상들이 절대 당연하지 않게 되었다. 우리는 일상에서 전보다 더 쉽게 상실감과 박탈감을 경험하고, 긴장감과 우울감의 수위가 높아지고 있다.

이젠 우리들의 마음을 위한 면역에도 신경을 써야 할 때다. 몸의 면역력이 떨어지면 병에 걸리기 쉬워지는 것처럼, 우리의 마음 면역이 떨어져도 똑같은 일이 벌어진다. 우리 삶에 많은 제약이 나타나는 지금 같은 상황에서 평소와는 다르게 신경을 건드리는 일들이 잦고 뾰족한 반응도 자주 나타난다. 의도치 않게 상대방의 마음에 상처를 남기기도 하고, 좋았던 관계에 흠집이 나기도 한다.

지금 같은 상황이 바로 우리 마음 면역에 비상이 걸렸다고 할 수 있다. 코로나 블루라고 하는 지금과 같은 특수한 상황이 아니더라도 인생의 굽어지는 길을 건널 때는 마음 면역을 높이는 방법이 필요하다.

아프리카 어느 부족은 우울증에 걸리면 다음 네 가지를 묻는다고 한다.

"마지막으로 노래한 것이 언제인가?

마지막으로 춤을 춘 것이 언제인가?

마지막으로 자신의 이야기를 한 것이 언제인가?

마지막으로 고요히 앉아 있었던 것이 언제인가?"

이 네 가지를 마지막으로 한 것이 오래전이라면 몸과 마음이 병 드는 것은 당연한 일이라는 것이다. 그 네 가지를 하루 빨리 하라 는 것이 부족 치료사의 처방이다. 나는 이 처방이 우울증 처방이라 기보다 마음 면역을 높이는 방법인 행복 처방이라 생각한다. 기분 이 좋을 때 흥얼거리는 노래 한 곡조차 품지 못하고 있다면, 할 때 마다 춤을 출 만큼 정말 좋아하는 일이 무엇인지 모르고 있다면, 지금 곁에 자신의 이야기를 나누고 서로 기댈 곳이 없다면, 마음의 안정을 찾는 나다움을 맞이할 시간이 없다면, 우린 정말 아픈 거다.

미래에 내 현재를 저당 잡히지 말고 잠시 쉬어갔으면 좋겠다. 숨 고르기조차 없이 쉬어가지 않으면 결국은 내 마음도 몸도 함께 병 이 들어 우울증이나, 무기력증, 만성 피로, 공황장애, 화병 등 다양 한 형태로 아플 수밖에 없다.

스페인어로 한 아이를 낳는 일을 'Dar la luz'라고 한다. 빛을 준 다는 말이다. 우리는 태어나면서 각자의 '빛'을 가지고 태어났다. 그 빛은 우리 스스로가 지켜내지 않으면 빛이 사라질 수 있다. 어 제보다 조금, 아주 조금 더 나은 나를 오늘 만들어가고 있다면 우 리의 삶은 그 순간순간에 빛이 난다. 당신은 볼 수 없을지 몰라도 남들이 먼저 알아보는 찬란함이 생겨난다. 그거면 충분하다. 우리가 우리 자신으로, 우리가 살고자 하는 의지대로 살아가는 삶만큼 행복한 순간들이 없다. 빛을 이미 잃어버린 것 같다면 포기하지 않고 끊임없이 당신만의 북극성을 다시 찾아내길 바란다. 우리의 빛이 강할 때 비로소 다른 사람의 빛도 함께 빛나게 해 줄 힘이 생긴다.

당신이 지금 그 자리에 있는 것은 당신이 과거에 한 행동들 때문이다. 그리고 지금 이 순간 용기 있게 행하는 행동은 당신 앞에 새로운 세상을 열어 줄 것이다. 실패하고 있다면 축하한다. 실패해서 넘어져 있어도 축하한다. 실패하지 않는 것이 가장 큰 실패이기 때문이다. 실패 없는 완벽을 추구하는 것보다 더욱 중요한 것은 빨리 실패해서 다시 일어나는 것이다. 당신이 어디서 무엇을 하며 어떻게 어떤 사람으로 살고 있든지 상관없다. '애쓴다! 고생한다! 그래도 힘내자!'라고 당신에게 말해 주고 싶다. 당신은 충분히 애쓰며 열심히 살아왔다. 그리고 앞으로도 잘 해낼 것을 믿어 의심치 않는다. 비완벽한 우리니까.

잊지 말자.
당신을 대신할 수 있는 사람은 이 세상에 단 한 사람도 없다.
그러니 그저 당신답게만 살자.

이 정도면 충분합니다

**지은이** 줄리 킴
**발행일** 2021년 6월 25일
**펴낸이** 양근모
**펴낸곳** 도서출판 청년정신
**출판등록** 1997년 12월 26일 제 10-1531호
**주 소** 경기도 파주시 문발로 115 세종출판벤처타운 408호
**전 화** 031) 955-4923 **팩스** 031) 624-6928
**이메일** pricker@empas.com